文學新象 274

ROGUE PROTOCOL & EXIT STRATEGY

厭世機器人

II

—太空探索逃生手冊—

瑪莎・威爾斯
Martha Wells

翁雅如——譯

高寶書版集團

本書為虛構作品，小說中所有角色、機構和事件皆出自於作者的想像，或僅為虛構情景使用所捏造。

第一部

叛逃協定

ROGUE PROTOCOL

1

只要遇上模擬機器人駕駛的交通船艦，我的運氣就很差。

第一艘船艦接受我用自己珍藏的影劇檔案來交換偷渡機會，它完全沒有其他居心，對自己的工作之專注，我倆之間的交流就跟使用者和搬運機器人的情況差不多。所以那整趟航程我都獨自沉浸在影劇裡，正合我意。

第一艘船艦讓我誤以為所有交通工具機器人都會像這樣。

後來我遇到了王八蛋研究船艦。王艦在官方資料上是登錄為深太空研究船艦。在我們這段關係中，王艦曾經威脅要殺掉我、跟我一起看我最喜歡的影集、幫我改造外型、提供強大的戰略支援、說服我假冒強化人維安顧問、救了我的客戶一命，以及在我謀殺了一些人類之後幫我善後。（是一些壞人。）我真的很想念王艦。

然後就是這一艘了。

這艘船艦一樣是由模擬機器人自動駕駛，沒有艦員，但是有乘客。大多是提供低等技術或是一般能力的技術工人或強化人，都是拿著短期工作合約、一起從中轉環往返的旅客。這對我來說不是最理想的情況，但是這是唯一一艘目的地方向符合條件的交通船艦。

就像王艦以外的其他機器人駕駛船艦，這艘也是用畫面進行溝通，它同意我拿影劇檔案交換登艦的機會。由於乘客名單就放在船艦的公開頻道上，所有乘客都能取得，我請船艦在航程期間將我的名字也列上去，以免有人上去確認。乘客資料表有一欄要填寫職業別，而我一不小心就寫下了維安顧問。

於是這艘船艦擅自決定這代表它可以把我當成艦上的維安人員來用，並開始提醒我一些乘客間的問題。而我就是蠢，竟然也開始回應這些警示。不，我也不知道為什麼。也許是因為我本來的設計就是要做這件事，所以這樣的反應其實已經寫進控制我身上有機部位的ＤＮＡ裡面了。（實在是應該要有一條錯誤訊息碼，代表「我已收到你的請求，但決定無視。」）

一開始，一切都滿簡單的。（「如果你再去煩她，我就會把你手掌到手臂的每一根骨頭打斷。大概會花一小時。」）後來情況變得比較複雜，因為就連本來互相有好感的乘客也開始吵了起來。我花了很多時間（很多可以拿來收看／閱讀娛樂媒體檔案的珍貴時間）排解一些我根本覺得管他去死的糾紛。

今天是航程的最後一個循環日，全員不知怎麼地都撐過來了，而我現在正要去食堂艙調解另一場發生在兩名愚蠢人類之間的紛爭。

交通船艦沒有配備無人機，不過有少數監視攝影機，所以我在艙門滑開前就已經知道眾人在廚房／食堂內的相對位置。我大步橫越艙室，走向由叫囂的人類和翻倒的桌椅組成的混亂現場，並且擋開這兩位鬥士。其中一個抓了一把餐具當武器，我使出「注意別扭下手指之奪刃術」，完成繳械。

你一定會覺得，當我這個大家都知道是維安顧問的人這樣衝進來、搶下其中一人的武器，應該就足以讓他們住手，好好評估一下眼前的情況。但是喔，你這樣想就大錯特錯了。

那兩人腳步踉蹌地後退，嘴上還在叫囂痛罵。而艙內其他人則從對他們兩人叫囂痛罵，轉為對我大吼，所有人都想把剛才發生的一切說給我聽，版本各不相同。

我大喊：「全都閉嘴！」

（假裝是強化人維安顧問，而不是合併體維安配備的好處，就是你可以叫人類閉嘴。）

所有人都閉嘴了。

依然氣喘吁吁的艾爾斯說：「瑞安顧問，我以為你說你不想再上來這裡了——」

另一人，愛比克則動作誇張地指向對方。「瑞安顧問，他剛才說他要——」

雖然我在哈維海洛用的名字是伊登，不過我讓接駁船艦在乘客名單上把我登記為瑞安。我算是滿確定拉維海洛轉運站的維安單位，沒理由把「伊登」這個名字與一艘私人船艦上突然死亡的任何人連上關係。即便連上了，沒有特別委託的合約，他們也不會追查到管轄區之外。不過換一下名字可能還是比較好。

其他人開始從桌子以及倉促堆成堡壘的椅子後面魚貫走出，大家都想提供意見，進而又是一陣叫囂互罵。這是典型反應。（如果沒有那些從娛樂頻道下載的影劇，我會以為大多數人類只知道一種溝通方式，就是叫囂互罵。）

以客觀事實來看，這天是航程的第二十六個循環日，主觀感受卻至少有兩百三十個循環日。我試過分散他們的注意力。我把手邊所有的影劇檔案全數複製到交通船艦的乘客用公開系統，樣他們能在各自的播放器上連線觀看，成功把哭喊狀況降到了最低程度（兒童成人皆適用）。外加在我第一次單手將某人固定在牆上並且強調一套清楚的規則之後，吵架的情況也有了顯著的減少。（規則一：不准對維安顧問瑞安動手。）但即便如此，我還是時常得無計可施地站在原地，聽他們抱怨各種對彼此、對那些踐踏他們的企業（對，誰能比我懂）以及對活著這件事本身的不滿和苦水。對，傾聽真的是痛苦至極。

於是今天，我直接說：「我不在乎。」

所有人再次閉上了嘴。

我繼續說：「只剩最多六小時，船艦就要進站了。在那之後，你們愛對彼此做什麼都隨便你們。」

這招沒用，他們還是想告訴我到底是什麼事引起了眼前這場糾紛。（我不記得原因了，我一踏出艙門就直接把過程從記憶體裡刪除。）

他們全都是煩人又非常無能的人類，但我還是不想殺掉他們。好吧，也許只有一點點想。

維安配備的工作，就是要保護客戶不受任何想要殺掉或傷害他們的人事物威脅，還必須溫柔地勸退他們對彼此採取殺戮或殘害等舉動的念頭。至於釐清客戶為什麼會有前述念頭，就不是維安配備的工作了，這是人類的主管要做的事。（或說他們要做的事情就是故意無視，直到事態一發不可收拾地演變成大災難，維安配備只能暗自祈求現場直接發生一場嚴重意外失壓事故來換取一刻平靜，但這不是我的親身經驗啦。）

但是這艘船艦上沒有主管，只有我。我知道他們是怎麼回事，即便他們想假裝這些憤怒和挫折都是來自於維尼格或是伊娃多拿了一包虛擬水果包，他們也知道自己是怎麼回事。所以我還是得整天聽他們抱怨，假裝要展開大型調查，看看到底是誰在廚房洗手間的水槽留下那張餅乾包裝紙。

他們的目的地是同一座勞動工作站，位在某個爛到爆炸的世界。艾爾斯說他們全都把自己的勞力套牢在一張期限二十年的合約上了，等到約期結束後，可以領取一大筆費用。他知道這個合約很差，但是比其他選擇好。勞動合約裡包含住處，但是其他所有物品都會收取百分之幾的費用，例如吃下去的食物、消耗的能源和任何醫療照護開銷，連預防費用都包還在內。

（對，沒錯。拉銻說使用合併體是一種奴隸制度，但至少我在接受修繕維護和補充彈藥盔甲時，不需要再另外付錢給公司。當然，沒有人先問過我想不想當維安配備，但是那又是全然不同等級的比喻了。）

（給自己的備忘錄：去查比喻的定義。）

我問過艾爾斯，合約說的二十年是按照星球曆表來計算，還是管理該星球的企業體的專屬曆表來算，或者是照企業網的建議標準時間，還是其他計算法？他不知道，也不曉得這有什麼關係。

對，這就是為什麼我努力和他們保持距離。

如果有得選，我一開始就絕對不會上這條船。但是我要想辦法去企業網之外的一個叫做秘盧的地方，而就只有這艘船艦會抵達連接秘盧的轉運站。

我是在離開拉維海洛之後，才決定要前往秘盧的。一開始，我只是必須盡可能遠離拉維海洛的轉運站。（詳情可見前段，關於被謀殺的人類那邊。）我跳上第一艘態度友善的接駁船艦，七個循環日後就在擁擠的轉運站下了船。

這點很好，因為人潮越多，我就能越輕易地消失在其中。但這同時也是缺點，因為到處都是人類和強化人，充斥在我四周、看著我，簡直就是人間煉獄。（認識艾爾斯那些人之後，我對人間煉獄的定義顯然又改變了。）

除此之外，我還很想念王艦，甚至也想念塔潘，還有梅洛和拉彌。如果一定要照顧人類，最好就是去照顧那些年幼又柔軟的人類，他們會對你好，會因為你保護他們不被殺害而覺得你很棒。（他們會喜歡我只是因為他們以為我是強化人，但沒關係，魚與熊掌不能兼得。）

離開哈維海洛之後，我決定不要再亂搞，直接離開企業網，但我還是得計畫路線。在接駁船艦上的時候，我沒辦法連線查詢需要的時刻表和頻道。不過自從船艦停靠，各種資訊就多到可以把我淹沒，所以我得花點時間才能把資料都看過一遍。

除此之外，我才剛到這座轉運站二十二分鐘，已經迫切需要一點清淨。所以我進入一間自動管理的快速服務站，用現金卡裡的錢付了獨立休息間的費用。

休息間裡的空間只夠讓我帶著小背包進去躺下，但因為很像運輸用的箱子，能稍微給我一點慰藉。過去在執行合約期間被當作貨物運輸時，我在運輸箱裡度過不少愉快的獨處時光，不過人類如果能在這裡頭休息而不失控尖叫，得要真的夠累才行。

我躺好後便連上站點頻道，瀏覽近期與戴爾夫以及灰軍情報有關的新聞。看到其中一則新聞串，我立刻點進去。

各種訴訟正在進行中，正在蒐集證詞等等的。看來自從我離開哈維海洛之後，情況並沒有太多進展，實在是有點讓人挫敗。

再來，那具沒人想提起的麻煩維安配備目前仍然行蹤不明，這點可以歡呼一下。依照新聞內容沒辦法判斷記者是不是認為有人把我藏起來了，看起來他們並不想去猜測我是不是自己亂跑失蹤的。

然後我點開曼莎博士的訪談，這篇是六個循環日前上線的。

再次見到她的感覺出乎意料地好。我加強了解析度仔細端詳，判定她看起來很累。

從影片背景看不出來她人在哪裡，我迅速掃過新聞內容，裡面也沒有提到。希望她已經回到保護地了，如果她還在自貿太空站，我希望他們有簽一套可靠的維安服務。但我知道她對維安配備的想法（就是那套「這是奴役制度」的觀念），所以強烈懷疑她一定沒有這麼做。

就算我的頻道裡不再有醫療系統支援，我還是能看出她眼周的皮膚出現了變化，顯示出缺乏睡眠的狀況已經接近長期症狀。

我有點罪惡感，類似啦。事情不太對勁，我希望與我無關。我會逃跑不是她的錯，我希望他們不會找她咎責。你懂的，別怪她把一具有大屠殺歷史的叛變維安配備放生到毫無防備的社會中。

說老實話，她也沒有這種打算。她本來是要把我帶回位於保護地的自宅，然後再做什麼──我不知道，讓我社會化吧？或者是教育我之類的，我對細節不太清楚。

我唯一可以肯定的是，保護地不需要維安配備，而他們對維安配備是自由個體的認定方式，就等於我會有一個人類的「監護人」。（在其他地方，他們會說是「持有者」。）

我再看了一次新聞內容。媒體深入追蹤灰軍情報的事蹟，挖掘出了其他類似案件，顯示戴爾夫小組遭攻擊的事件對灰軍情報來說並非偏差意外，更像是平時執行業務的部分內容。（看看我的驚訝臉。）灰軍情報一直因為草率的合約內容和與數座太空站之間的特別約定交易而接到不少投訴，其中包含一項地點在企業網外、後來被終止的地球化計畫，終止原因沒有人知道。

因為不明原因搞爛了一顆星球，就算只是星球的一部分，這可不是什麼小事，我很驚訝他們居然能全身而退。好吧，我其實並不驚訝。

關於這件事，記者有問曼莎博士，她說：「親自見識過灰軍情報的作為之後，我打算敦促保護地政務委員會提出正式附議，呼籲有關單位展開對秘盧的調查。企圖地球化卻失敗，這是對資源及該星球的地表生態的慘烈浪費，但是灰軍情報卻拒絕解釋他們的行為。」

那名記者在曼莎的言論底下標註了一串相關資訊，其中，有些評論提到了一家來自企業網外的小公司，最近剛申請到灰軍情報棄置的地球化機構的所有權。那間公司架設了一圈自動曳引機，避免那些被棄置的地球化設施在暴露在氣層中而損壞，預計很快就會開始進行評估作業。這篇評論後來寫得非常戲劇化，猜測著評估作業會發現什麼東西。

我躺在那裡，在公共頻道和時刻表之間翻來翻去，最後的總結是我大概知道評估作業會發現什麼。

我會在外面自由流浪，以及曼莎博士會上新聞，都是因為灰軍情報不計代價殺掉整組無助的人類研究員，藉以獨占我們研究地區的土壤中出現的外星遺跡、礦脈，以及可能的外星文明生化殘留物。

塔潘他們也說過，他們開發的編碼能夠辨識異合成物質，聽過這件事之後，我去下載了一本講異合成物質的書，在追劇空檔讀了一遍。

政府和企業政權間有數不清的協議，橫跨企業網裡裡外外，都是針對外星遺留物的限制。基本上如果沒有一堆特殊許可證，你就不能接觸外星遺留物，就算有許可證也不見得可以。

我離開自貿太空站的時候，心裡的推測是灰軍情報想不受阻礙地取得外星遺留物。我的預測是，灰軍情報會弄個採礦或打造殖民地這類的大型計畫作為掩飾，讓他們可以採集並研究那些遺留物。

這麼說來，秘盧的地球化機構會不會只是一個名目，其實根本是在開採外星遺留物或異物質，或者兩者皆有？等灰軍情報挖完之後，再假裝棄置地球化計畫，實際上他們根本從未進行過。整座設施被棄置在氣層中慢慢損壞，證據就會自動消失了。

如果曼莎博士的手上有這樣的證據，針對灰軍情報的調查就會變得更有意思了。也許會有趣到讓媒體直接忘記某具流浪的維安配備，然後曼莎博士就沒必要繼續留在自貿太空站，可以回到安全的保護地，我也可以不用再擔心她了。

取得證據不會太難，我想。人類總是以為自己已經把所有線索都抹消、刪光了資料，但他們常常錯了。所以……也許我該去做這件事。我該去秘盧，取得所有我能蒐集到的資料，再傳給曼莎博士，看是傳到她在自貿太空站的落腳處還是保護地老家都可以。

我再次連上站點頻道，搜尋往秘盧的交通船艦，但是在這座轉運站的公共交通時刻表上什麼也沒找到。我把搜尋範圍放大，檢查其他相連的轉運站，只找到一份舊的交通新聞，發布日期是四十個循環日前。

新聞上說因為秘盧的地球化機構已經長期沒有進出活動，現在當地轉運站已將該機構視為廢棄站點。通往秘盧的貨運路線已經中斷，只剩從企業網外部的賀夫瑞登站出發的路線還在運行。我找不到任何關於賀夫瑞登站往秘盧的交通船艦更新資訊，只有一些報導片段提到部分通勤路線在某些時段還是會運作。

這樣看來，要到秘盧搞不好得自己開船去，但那是不可能的。我有內建接駁小艇和其他地表飛行器的訓練模組，但是沒有接駁船艦或交通船艦的駕駛模組。這代表我得先偷一艘船艦、外加一組駕駛機器人，就算是對我來說，這樣搞也太麻煩了。

不過，賀夫瑞登站是離開企業網的重要轉運站，到那裡之後，我就會多數百個目的地可以選。就算最後去不成秘盧，跑這趟也不算白費力氣。

下一班直達賀夫瑞登站的是一艘貨運及載客船艦，這就是為什麼現在我會和艾爾斯和他那群被勞工合約綁死的白痴待在同艘船上。

在打斷食堂內的最後一場糾紛、並試圖終結我那短暫的「走投無路之人的人際關係顧問」職涯之後，我躲回自己的寢室。等到船艦穿越蟲洞，開始接近賀夫瑞登站時，我連上了轉運站的公共頻道。

我想盡快取得賀夫瑞登站的時刻表，也期待有機會能下載新的影劇。我現在追的劇開頭很好看，但最後變得有點煩。劇情是某個地球化計畫的前導行動（在一個完全不適合地球化的星球上進行，不過這對我來說不重要），從探勘變成主角群與危險生物和變種入侵者的生死鬥。但人類角色弱到讓劇很難看，還一個一個陣亡。看得出來最後肯定是壓抑絕望的結局，所以我實在沒心情追完。最令人煩燥的是，這部劇明明只要多加一具維安配備英雄，或一些有意思的外星遺留物，就能變成一個超棒的冒險故事了。

而且保險公司絕對不可能幫這支勘測隊做保、又不派任何專業維安人員隨行，這部劇實在太不切實際了。維安配備英雄也不切實際，但是就像我對王艦說過的，有些不切實際好看，有些不好看。

看到變種入侵者把小隊的生物學家拖去吃掉的時候我就棄劇了。說真的，我就是設計來避免這種情況的啊。

想到同船那些乘客的未來命運，也讓我沒心情看劇了。我不喜歡看見無助的人類，比較想看聰明的人類互相拯救。

我在公共頻道的可用資訊目錄裡翻找，然後開始下載新的檔案，查詢前往秘盧的時刻表和交通新聞。

今日沒有班次，隔天也沒有。即使我把搜尋範圍拓展到未來三十個循環日，也同樣一無所獲。嗯，我可能遇到了點問題。

花了這麼多時間在處理乘客衝突之間思考著我的計畫，現在的我實在很不想放棄。我真的很想狠狠打擊灰軍情報，如果不能使用發射型爆裂武器，這就是第二好的方法。

也許是時刻表沒有更新，講到資料維護，人類就是這麼他媽的不可靠。船艦開始減速停靠，我改在站點公共資料的目的地目錄中搜尋。果不其然，秘盧就列在上面。

這種情況很普遍，由於秘盧轉運站的營運管理是由不同公司負責，所以就算地球化設施已經被棄置，秘盧還是被列為運作中的站點。轉運站的人口數字上下浮動，最多的時候也不到一百人。

浮動很好，這代表定居者占少數，人口經常來來去去。但是不到一百人就不好了。就算我到得了那裡，由於沒有什麼合法的造訪理由，我還得確保沒有人看到我才行。

王艦調整過我的身形比例，所以掃描不會判讀出我是維安配備，我也替自己寫了一些編碼，確保行為舉止比較像人類或強化人（主要是把肢體動作和呼吸加上一點隨機變化）。但我還是得避開其他維安配備，而且最好還要避開見過維安配備沒穿盔甲模樣的人類（例如出勤中心的工作人員）。

灰軍情報在企業網範圍內活動時有租過維安配備，所以在秘盧站上可能也用過。雖然在拋棄地球化設施的時候，他們應該也撤掉轉運站上的所有辦公室了，但是還在那裡的人類可能有見過他們用的維安配備。

這是可計算風險，也就是說，即使我知道這可能會像朝自己的膝蓋骨開槍，我也要這麼做。

其實我大可放棄這個計畫。畢竟還有其他交通船艦會航向遠離企業網範圍的地方，抵達一些我一無所知的目的地。但我已經疲於假扮成人類了，我需要一點休息時間。

我查了一下私人船艦的時刻表，沒看到任何前往秘盧的航程，不過有幾艘預計在隔天之類的時間啟程的船艦沒有登記目的地。其中一艘是機器人駕駛的小型貨運船艦，只能運送約能讓一百到一百五十名人類使用一百多個循環日的物資量。

我在知識庫系統裡查了一下那艘船艦的歷史紀錄，發現它往返的行程很固定。這艘可能是簽了私人合約，負責提供秘盧站物資的船艦。之所以沒有列在時刻表上，是因為不想在地球化設施徹底瓦解及被處理掉之前，有人類莫名其妙地跑到那裡去。

其實這艘貨運船是表定在十八個循環日前啟程，可是它提出了暫時停留的要求。有六艘大小各不相同、出發地也各異的交通船艦跟我搭乘的船艦同時抵達賀夫瑞登站。如果這艘貨運船是為了執行特定載貨指令才延長停留時間，那很可能是在等新抵達的其中一艘船。也可能是在等待維修也說不定。

想知道更多的話，我就只能親自去問了。

2

等交通船艦完成停泊協定程序後，我就爬下臥鋪，收拾背包（裡頭是放了一點東西沒錯，不過會帶背包主要還是因為背著能讓我看起來更像人類旅者），抄捷徑爬下維修井，來到客艙門前。

其他人會從貨艙口出去，直接進入交通艙，再由貨櫃升降機搬上另一艘帶他們去新家的船艦。表面上說是為了他們的方便才這樣安排，實際上是雇主不想讓他們自行穿越轉運站，以免他們改變心意逃跑。

我不想道別。我無法把這麼多人類從他們要去的地方、從他們以為是自己想去的地方解救出來，但我也不需要親眼看著慘劇發生。

我倒是跟交通船艦說了再見。它幫我打開減壓艙門，然後從日誌中刪除了記錄。

我感覺得出來它很難過我要走了，但是這不是一趟我會想馬上再來一次的旅程。

我已經練習過如何駭入不同太空站和中轉環的維安系統，所以通過武器掃描區的時候已經沒那麼精神緊繃。

維安配備是設計來擔任維安系統的活動部位，所以必須能配合各式維安系統，這樣公司才能把我們租借給更多單位，包含那些擁有專利裝備的客戶。

駭進維安系統的技巧就是要讓系統覺得你本來就該在那裡，而公司非常方便地提供了所有需要的編碼給我們。熟能生巧加上沒成功就會完蛋的恐懼，讓我現在三兩下就能改好系統設置。

不過我在中轉環商場倒是停了一下，站在一臺放了非強化人用的頻道控制介面、攜帶式螢幕和記憶卡的自動販賣機前。

記憶卡可以提供額外的數據資料儲存空間，每片大概跟指尖差不多大。如果人類得架設新系統，或是去一些沒有頻道連線的地方，甚至是想把資料存在頻道不能存取的地方時，就會用到記憶卡。（雖然說公司的維安配備還是有辦法讀取記憶卡，因為客戶有時候會想把專利資料存在上面。）

我用現金卡買了一組記憶卡。（我看到現金卡裡還剩不少錢，塔潘他們一定付了我很多錢。）

私人停泊口向來不如公共停泊口那麼繁忙，除了寥寥幾個人類進出，幾乎全是搬運機器人在裝卸貨物。

我一邊穿越登機區，一邊掃瞄無人機，但現場只有兩架在監看搬運機器人的工作狀況。我找到了那艘貨運船的停泊區，發訊息敲了敲船艦，看看有沒有人在家。模擬機器人駕駛回應了我的呼叫。

那是低階版本的模擬機器人，運作能力沒有高到會在停泊的時候覺得無聊，也不會想找事情打發時間。就跟其他我遇過的交通船艦機器人一樣（王艦除外），它透過畫面來溝通。沒錯，阿船是補給船艦。對，阿船要去秘盧，每四十七個循環日跑一趟。中轉環控制中心發來的更新消息通知阿船延後起程時間，但是預計會在未來兩個循環日內取得批准通行。跟它對話就像跟預錄的旅遊資訊廣告對話一樣。

但我想這一次我算走運了。

我讓阿船以為我取得了港務局的批准，請它讓我登艦，它照做了。然後我溫柔地從阿船的記憶體中把我登艦的紀錄刪除。現在在它的認知裡，我從一開始就在船上了。

我不喜歡這麼做，我喜歡跟機器人駕駛交換條件，但是阿船的運作能力實在太有限，我擔心它在和我達成協議之後無法信守承諾。我不想冒險讓阿船向港務局報告我的存在，只因為它不明白這麼做為什麼不好。

我穿過短短的走道進入主艙，找到往儲貨艙的通道。儲貨艙很小，只剛好夠放兩箱貨櫃及操作裝載和卸除的控制臺，還有一排存放艦上補給品的置物櫃。兩箱貨櫃都固定好了，所以如果船艦是在等其他貨物，就需要有人把貨櫃卸下再重新裝載。不過按照組員活動區的結構來看，就算是這樣應該也影響不到我。

我利用這段時間到處搜查，主要是因為我有點緊繃，巡邏又是我出廠內建的老習慣。維修無人機偵測到船艦上出現本來不該有的移動物件，所以跟在我身後，但是在阿船沒有直接下指令的情況下，它們倒也不會煩我。

這裡沒有私人休息艙，只在駕駛艙旁邊有幾床臥鋪，沿著控制甲板區固定在艙壁上。另外兩張臥鋪在儲貨艙後方的小隔間裡，旁邊是緊急醫療系統和一間小小的洗手間。我不需要那個，可以不用為了讓自己看起來像人類而定時假裝去用，真是讓我鬆了一口氣。

不過我倒是已經習慣可以自由使用人類的淋浴間了。跟維安配備的準備中心相比，人類淋浴間簡直豪華到不得了了。我在控制甲板區的其中一床臥鋪上安頓好，開始整理新的影劇檔案。

（好吧，我早該意識到船上會有這些床組和置物櫃裡會放補給品是有原因的。）

在試看並打槍幾部新下載的影集之後，我點開某部感覺值得追下去的影集第一集。故事是設定在平行世界，有魔法和會說話的荒謬武器。（會說荒謬是因為我自己就是臺會說話的武器，也知道大家對我的看法。）

二十幾個小時過去後，我依舊沉浸在影集之中，愉悅地享受沒有人類的假期。幸好維生系統開始循環的時候，我有感覺到氣壓提高。（我不太需要空氣，如果沒空氣了也可以切換成冬眠模式，所以自動駕駛船艦上的最低氣壓對我來說就綽綽有餘了。）

我暫停影集，坐起身連線阿船，問它是不是有人要登艦。

是的，兩名乘客即將登艦，它還收到轉運站的官方消息，航行已批准，船艦可提交起程時間。

「喔該死」的時刻再次降臨。

至少我已經巡過整艘船，所以知道幾個應該可以躲的地點。我翻下臥鋪，還記得抓起背包，跳進垂直通道下到主艙。我橫越主艙，穿過通道來到儲貨艙，撬開最遠的置物櫃，調整內容物位置，直到我可以擠進底端，讓補給品擋住我。

我再哄了阿船一次，提醒它我本來就該在這裡，沒有必要對其他人提起我的存在，包含乘客和港務局。

阿船沒有任何監視攝影機（不是企業政府控制的交通船艦很少會加裝監視攝影機），但是它還有無人機。靠著無人機的掃描器，只要我把不需要的那些維修數據移除，就能清楚看見所有內艙的畫面。

十六分鐘後，減壓艙循環完畢，兩名乘客登船了。是兩名強化人，背著行李和幾個我一眼就認出來的箱子。是戰鬥裝備，包含盔甲和武器。

有意思。以格鬥需求來說，通常比較少靠人類，大多是用機器人，就跟維安合約通常會簽維安配備的考量一樣——因為如果我們不聽命行事，大腦就會被燒掉。但是使用格鬥機器人時，需要顧慮到企業政府和其他政治體系的相關協議規範。（說是這麼說，大家似乎都有辦法避開那些協議。在那些來自企業網外的影集裡常常看得到這樣的劇情。）

我透過無人機和阿船的頻道監聽，但是兩名強化人的話不多，安頓裝備時只說了一兩句話。

從頻道上的簽名看來，她們的名字是葳爾金和葛絲。想聽她們閒聊去秘盧的原因可能是太遙不可及的夢想，不過總會有辦法的。

身為維安配備，我的內建功能中有一大部分是錄下客戶的一切行為和談話，再讓公司把任何有價值的資訊拿去換錢。（常聽人說，想要有好的維安服務就要付出代價，公司可說是徹底實踐了這句話。）

錄下來的內容大多都是垃圾，但還是會先被分析一遍，把有用的部分挑出來之後再刪除。一般來說，維安系統會協助處理這個流程，但是我也可以獨力完成，身上也還有相關的編碼。錄影檔會占走我可以存影劇的空間，但是這部分我暫時沒辦法更動。

在兩名人類忙著從前端置物櫃拿補給品的時候，我調整了無人機的編碼，讓它們開始錄影。等我蒐集到足夠的資料後，就可以啟動後臺分析了。

等到阿船脫離停泊閘口、啟程前往秘盧時，我已經回頭去看新影集了。

抵達秘盧總共要花二十個阿船艦上循環日。

我原本不覺得這會讓我困擾。以前被裝在運輸箱和修復室的時間比這長多了，那些旅程還有不少是發生在我解除控制元件、開始下載影劇之前。

沒想到我已經不習慣以貨物狀態移動了，就算有新節目、影劇和幾百本書可以看也一樣。之前躺在快速修復艙時並沒有讓我困擾，我在另外三趟旅程——包含王艦那趟——也都幾乎動也不動，我不知道這次有哪裡不一樣。

好吧，也許我知道。在其他地方我都可以想動就動。

管他的，總之等阿船回報已經接近秘盧的時候，我真的鬆了口氣。兩分鐘後，我發現自己連上了站點頻道，可是頻道上空無一物。

通常都會有交通和停泊資訊、航程風險警告、旅客新聞之類的東西，但是這個頻道上什麼都沒有。我向阿船確認狀況，接到的回報是沒有其他交通船艦要進站，而且現況跟之前靠站的經驗一致。（我看過一部影集，講的就是鬧鬼的廢棄太空站。好吧，那不太可能是真的，但還是確認一下比較好。）

即使如此，寂靜還是帶來古怪的不安感。

這座太空站的形狀是三角形，比拉維海洛還小。掃描顯示站中停泊著兩艘船艦和零星一些接駁船，只用了全站的一丁點空間。

阿船調整好停泊角度的時候，我才終於聽見頻道上的一點動靜。歡迎進站的訊息聽起來還算正常，但是站點首頁看起來像是資訊系統有什麼地方故障了。頻道上有一份各種商家和服務的列表，但是每一項都顯示「已關閉／無效服務」。這樣看來，這地方可能沒有鬧鬼，但距離廢棄／停止運轉大概只有一步之遙。

阿船還在進行停泊流程，我檢查了一下分析的結果。葳爾金和葛絲是維安顧問，受雇於一支事實調查團隊，團隊則是與古奈蘭德自治區簽的約。

古蘭區對灰軍情報棄置的地球化設施申請了廢棄標記，並架了一批曳引機陣列避免被棄置的設施毀損，現在他們要開始正式啟動取得所有權的流程了。調查隊的工作就是進入地球化設施，針對現存狀態做一份報告。

這種任務就是保險公司會派維安配備去做的事，我執行過的次數之多，連現有的記憶體裡都還有紀錄。但是葳爾金和葛絲在過去二十個循環日的對話裡，都沒有提到保險公司的存在，也沒有維安配備。我試著不要覺得被針對了。

（如果有保險公司發配的維安配備參與，我就會直接放棄這個……我現在在做的事。我改造過的身形比例也許可以騙過掃描，但騙不過其他維安配備。任何維安配備只要偵測到我的存在，就會立刻回報給中控系統。連我自己遇到都一定會回報了。叛逃的維安配備超他媽危險，你可以相信我說的話。）

我想了想，阿船停泊時的金屬碰撞聲應該能掩蓋我的小動靜。我把背包拉過來，打開右臂能源武器外緣的皮膚，把之前買的所有記憶卡都塞進去。

記憶卡放在裡頭感覺很怪，而且有點擠，但我會習慣的。我準備把背包留在置物櫃裡。

船艦總算停好了，葳爾金和葛絲收拾好裝備走出減壓艙，進入了太空站。我一邊把自己從置物櫃裡解放出來，一邊利用太空站的公共頻道駭入站點的維安系統。

大多數攝影機都已經停止運作，掃瞄功能只針對環境的安全性以及設施破損問題。看來比起遭遇偷盜搶劫或惡意破壞，他們還比較擔心設備故障。

我把置物櫃重新整理好，確保自己沒有留下任何存在過的證據之後，到處檢查了一番，看看強化人有沒有留下什麼東西。

什麼都沒有。我猶豫了一下，把念頭動到阿船的無人機上。太空站裡沒有那麼多監視攝影機可以用，有一架無人機感覺比較方便。但是維修無人機的體積比我平常習慣用的無人機大多了，主要是因為它們必須具備一對細小的機械手臂才能進行修復工作。最後我下了結論，偷走阿船的無人機不太值得。

不過我還是做了一些調整。我讓阿船在時刻表上把自己標註成維修中，並讓它認為需要取得我的核准才能離開。有鑑於機器人駕駛的船艦會照顧自己，而且阿船的公司在這個星系裡別說營運點了，甚至連臺自動販賣機都沒有，我認為只要它沒有超過啟程時間太多天，應該沒人會想到要來確認它的狀態。這裡停靠的船艦這麼少，我可不想被困住。

我打開阿船的減壓艙門一看，登機區空無一人。燈光不足，陰影四布，但這也藏不住地板上的摩擦痕跡和汙漬。一張食物包裝紙隨著空氣循環系統出吹來的微風飄動，彷彿這地方連清潔機也停工了。

沒有無人機，沒有搬運機器人。阿船外頭有兩架模擬機器人操控的大型升降機，正在卸下貨櫃箱準備轉運。我很高興有它們在外頭鏗鏗鏘鏘地工作，還有在幾乎完全無聲的站點頻道上互傳數據。我不喜歡穿過人滿為患的大廳，讓人類盯著我看和跟我四目相接，但沒想到遇上相反的情況竟然也一樣不舒服。

透過少數還在運作的監視攝影機畫面，我找到了葛絲和葳爾金的身影，然後開始追蹤她們的行蹤。她們正在往登機大廳移動，而不是往居住層走。我在頻道上找不到提供給旅客下載的地圖，但是駭入攝影機之後我就能連上站點的維護系統，我直接從系統裡叫出平面圖。

幾乎所有區域都關閉了，只剩維持站點最低程度運作所需的區域還有開放。不知道古奈蘭德自治區申請回收棄置站點的請願案在這地方受不受歡迎。我已經不太喜歡這地方了，而我還不是得住在這裡的人呢。

我有可以暫停攝影機並刪除我的影像的編碼，也在更艱難的情況下實踐過了，所以我配合站點內的維安系統調整了一下，讓這套編碼開始運作。不過說真的，我眼前最大的風險應該是有人類直接在登機區看到我，然後心想「嘿，那是誰啊？」，幸好站內的大部分地方都沒有燈光。

我尾隨葳爾金和葛絲來到登機大廳的尾端，走上斜坡，前往平面圖上看起來是港務局／貨物管制局的辦公室。

我走過斜坡，來到閘口交界處的時候，突然有個明亮鮮豔的東西跳到我面前，我差點就尖叫了。結果那是一則物流服務的廣告，用標記塗料畫在地板上，會感應動態而觸發。廣告也在頻道上投出一段小影片，以免你不知道為什麼竟然錯過了面前這刺眼的東西。

通常這種標記塗料只會用在緊急設施上，因為塗料本身在斷電環境也能運作，我從沒看過有人用來做廣告。標記塗料的用意就是停電時，你只能看見這東西，所以能夠很容易找到。要讓愚蠢的人類跟著標記塗料做的指標前往安全處就已經夠難了，要是還有廣告會跳出來擋住緊急通道——

我提醒自己，保護人類安全已經不再是我的工作了。

但我還是很討厭標記塗料廣告。

我又檢查了一下監視器畫面，看見葳爾金和葛絲在港務局附近找到了其他活體。他們站在辦公中心外頭，中心的大型圓罩窗橫跨三層樓，俯瞰應該是轉運站商場的空間。這個空間是開放式廣場，幾班在管狀軌道裡移動的交通工具沿著拱型路線越過上空，一座大型球體螢幕飄浮在空中，目前只顯示著待機中。

廣場四周是好幾層沒點燈的營業空間，空蕩蕩的店鋪本來該是咖啡館、飯店、貨物轉運商、轉運站辦公室、電子產品店之類的地方。大多數店鋪看起來都未完工，彷彿從不曾有人搬進去過。其他店鋪則是停業狀態，只剩幾面不知道哪來的飄浮螢幕。

我轉進一條從港務局區域往主要居住區的通道——如果這地方曾經有過主要居住區的話。四周的照明近乎漆黑一片，我好不容易才找到一座空的小凹槽，看起來像本來預計要裝設什麼東西，但後來停工了。

我窩了進去，現在終於可以專心監看攝影機畫面，不用擔心會有什麼站內人員發現我。一架維修／武器掃描無人機掃過我的主頻道，我立刻抓住它、取得控制。它本來在執行港務局辦公室外部的隨機巡邏，我利用它來取得比監視攝影機的雜訊畫面更好的視訊和音訊。

葳爾金和葛絲正在與兩位人類新面孔說話，他們身旁站了一具人形機器人。我已經有一陣子沒親眼見到這種機器人了，只在娛樂頻道上看過。

在企業政府統治的區域，這種機器人並不特別受歡迎，因為它們能做的事情隨便一臺專門功能的機器都做得更好。加上它們的頻道有限，儲存和分析資料的能力也普普。它們不像合併體，身上沒有任何複製人的組織，就只是一具純粹的金屬機器人體，可以舉起重物，但是又不像搬運機器人或貨櫃升降機那麼有力。

在我看過的某些影劇裡，它們會扮演邪惡的叛變維安配備，威脅恐嚇主角群。我沒說我覺得這樣很煩喔。其實那也不錯，這麼一來，從來沒跟維安配備合作過的人類，就會以為我們就是長成人形機器人那樣。我一點都不覺得煩。一點都不覺得。

我得重播無人機的攝影畫面來跟上現在的狀況進度，因為我剛剛都在忙著壓制心裡湧出的那股一點都不煩的感覺。

第一個人類新面孔說：「我是唐艾貝納。」她伸手示意第二個人類新面孔。「這是我的同事，赫倫，還有我們的助理米琪。」她頓了頓，「派僱公司有先和妳們簡報過嗎？」

「他們說這次是護衛工作。」葳爾金瞥了機器人一眼，那具機器人顯然叫做米琪。它抬著頭站在那裡，雙眼圓睜地盯著她。

人類特別介紹機器人這種事情並不常見，我說不常見算是非常婉轉了。

葛絲看起來好像在努力保持專業、維持那張撲克臉，葳爾金繼續說道：「你們要下去地球化機構的設施，進行初步評估，你們與古奈蘭德自治區簽屬的合約規定你們必須帶上維安組員。」

艾貝納點點頭。「我希望到時候不會真的需要妳們出動。但是棄置這個機構的公司沒有維護衛星監控設備，而且自從他們離開後，就沒有人再進去過了。我們預期內部已經完全荒廢，不過沒辦法確定。」

「仲介公司說這可能會是個問題。」葛絲說。「地球化外罩擋下了從外部掃描的可能性？」

赫倫回答了這個問題：「對，因為有古蘭區搭建的曳引機陣列，我們知道機構設施本身狀態穩定，但也只知道這樣而已。轉運站方面有持續監控，但是妳們也看到了，這裡沒有巡邏艦艇。」

她的意思是說，說不定已經有趁火打劫的人跑進了機構設施。不過如果他們真的這麼做了，大概也不是多厲害的打劫犯，因為他們竟然把轉運站視為無物。除此之外，打劫犯通常都是搶了就跑，不會跑到一座破敗的地球化機構裡面住下來。

事實上，就我在維安方面的經驗來看，會想跑到一座破敗的地球化機構裡面住下來的對象，通常都比打劫犯更讓我緊張。

葛絲和葳爾金對視一眼。也許她們心裡也有一樣的想法，葳爾金問道：「機構被棄置的時候，裡面有可能留下有機物嗎？」

「員工撤離的時候，所有生化基質應該都被密封或銷毀了。」赫倫做了個像是要把什麼東西彈開的動作。「就算沒有，會製造出能空氣傳播的汙染物質的可能性也很小。」

葳爾金的神情維持著專業的冷酷形象，但還是繼續問下去。「我是指細菌以外的東西。有沒有任何有機物是大到可造成人身安全威脅的？」

好吧，看來對於地球化這件事，就連我也比這兩位懂得多。

現在赫倫那面無表情、咬著嘴唇的模樣，在我的判斷中是人類想忍住不要展露感受時會有的樣子，特別是聽到有人不小心說出超級搞笑的話的時候。（這就是為什麼我這麼不想放棄盔甲，隱藏臉部表情真的很難，就連對人類來說也一樣。）

唐艾貝納眼裡帶笑，但是她表現得像是她懂葳爾金說的笑話。「生化基質不會跟任何比細菌大的有機物質作用。而且實在也沒什麼理由要帶大型有機生物下去機構裡。當然，我們也不知道他們有沒有帶，所以還是要小心為妙。」

葳爾金看起來是接受了這個說法，或者至少是沒有再多問了。說來也算合理，對客戶保證的「一切都沒事」保持懷疑心態，確實屬於維安顧問的工作範圍。（至少維安配備的客戶只會和彼此保證一切都沒事，你則默默盯著牆面等待慘劇發生。）

艾貝納和赫倫帶著維安顧問進入港務局辦公室，裡頭是僅存的站務人員的辦公中心。他們要討論完整的任務簡報和行前準備工作，並且把離站時間訂在十六小時之後。

人形機器人米琪跟在一旁，然後停下了腳步。

它轉過頭，望向我操控的無人機。頭一歪，它的視線焦點對準了攝影機。

我放開了無人機，它對自己這段被短暫控制的時間沒有任何記憶，茫然地對系統傳送了一段重新定位的要求，然後就慢慢回到巡邏路線上。

米琪沒有動，依舊用不透明的雙眼盯著黑暗處。頻道上乾乾淨淨，它不可能知道我剛剛在那裡。

然後米琪發了一道沒有指定方向的訊息，單純是摸黑呼喚，看看會不會有人回覆。

我檢查自己有沒有任何訊號外漏，再加強了一遍防火牆，提醒自己要更小心。轉運站的公共頻道雖然一片寂靜，不代表沒有人在上頭傾聽。古蘭區調查隊會用自己帶來的系統頻道溝通，但是還是有站內人員在站點頻道上發送指令給搬運機器人，或許也還是會檢查維安報告。

這地方真的好安靜，也許米琪有聽見我撞上標記塗料廣告。也許它是在空蕩蕩的頻道上聽見什麼人在說悄悄話，光是這點就詭異到讓我心煩了。

最後它終於回過頭，跟著主人進入了港務局辦公室內部。

我從小凹槽裡溜出來，走向黑暗的大廳，尋找更好的藏身地點。

我沿著維修通道和貨物通道移動，進入了一間空蕩蕩的店鋪，離港務局不遠。小心翼翼地動過手腳後，我成功取得港務局辦公室內兩支監視攝影機的畫面。

對，兩支。身邊這些人類沒有時時刻刻透過維安配備、中控系統、無人機來監看一切，上頭也沒有人類主管監控，感覺實在很怪。

一支攝影機裝設在中央控制室，對著港務交通的控制臺，另一支則是裝設在隨意拼湊而成的站務控制室，對著裡頭的主控臺——這兩個地方都是一出差錯就必須馬上知道的地方，換言之，不是食堂、廁所或私人寢間。彷彿只要不是炸掉這座轉運站或是弄壞搬運機器人，就沒有人在乎你說了或做了什麼事一樣。（在花了數千小時分析並刪除人類吃飯、性行為、個人衛生清潔、排除體內多餘液體的影片之後，這對我來說真是個解脫，但還是很怪。）

運氣不錯，古蘭區調查隊和站內人員看起來對彼此都滿放鬆的，對話內容提到首趟調查很精簡，只會花十二小時在機構設施內部進行整體狀況的初步評估，然後他們會回到站內分析蒐集到的資料，等稍作休息後再啟程離開。聽起來很完美，要在十二小時內找到我要的東西，對我來說應該綽綽有餘。

他們也提到了預計從哪個停泊口離開，還有把補給品運上接駁船的時間。但我還是得想辦法登上調查船，目前運作中的系統實在太少，我沒有其他選擇。

我得跟那具愚蠢的寵物機器人交朋友了。

嗨，米琪。

它立刻回應了。**嗨！你是誰啊？**

我用了米琪之前放送訊息的訊號位址來建立安全連線。艾貝納和其他人已經完成了準備程序，稍作休息後就要前往地球化機構了。我大概有三小時左右的時間可以引誘這具機器人。我想應該用不了那麼久。

我說：**我是維安顧問。古奈蘭德自治區與我所屬的維安公司簽約，以確保你的團隊能安全完成任務。**

它試圖透過頻道傳訊息給艾貝納，但我擋下來了。

你不能告訴任何人我在這裡的事。

我等著它問我是怎麼控制頻道的，問我怎麼會來這座太空站。我覺得大多數問題我都預期到了，也已經準備好回答的內容。

它說：**可是，為什麼不說？我什麼事都會告訴唐艾貝納。她是我的好朋友。**

我叫它寵物機器人的時候，還真心覺得自己的用詞有點誇飾。現在看來這整件事即將變得超乎我預期的煩人，而我預期的厭煩指數已經非常高了，也許有百分之八十五這麼高。現在我想可能會加到百分之九十，搞不好有九十五。

我忍住不讓自己的反應顯露在頻道上。不容易啊。**這件事必須保密，才能保護唐艾貝納和其他人的安全。我們不能冒險讓任何人發現。**

好。它這麼回答。

我不確定它是不是認真的。不可能這麼簡單吧？也許它只是先配合我，等到有機會上報的時候再把我攤出來？但是它又說：**你跟我保證，唐艾貝納和我所有的朋友都會很安全。**

我有種超級不妙的預感，它是認真的。我雖然沒有期待對方是王艦程度的機器人，但是這也太扯了。

人類真的把它的編碼寫成像小孩子一樣嗎？或者該說跟寵物一樣？還是它的編碼

是自己發展成這樣的，因為大家都這樣對待它？

我猶豫了，雖然我確實不想看到整組人類被殺光（又來一次），但我也不是他們的維安配備，甚至不是他們的偽強化人維安顧問。不能讓人類見到你的時候，要保護他們的安全是很難的。

但它在等我的答覆，我想讓它信任我，所以我說了：**我保證**。

好。你叫什麼名字？

這問題讓我措手不及。機器人沒有名字，維安配備沒有名字。（我有幫自己取名，但那是我的個人隱私。）我決定用之前提供給艾爾斯他們的那個名字。那群可憐的愚蠢人類，把自己賣給了公司，而且可能此時此刻才意識到整樁買賣有多糟糕。

瑞安，維安顧問瑞安。

這不是你的真名啊。透過頻道，我感覺得出來它是真心感到疑惑。**這名字聽起來不是你。**

顯然米琪透過頻道接收到的東西比我想像的還多。我只要知道這點就好。我對這整件事無從準備，我的暫存區也沒有任何幫得上一丁點忙的資訊。我選擇了直覺設定，也就是坦誠相對（我知道，我也很驚訝）。

我想被叫做瑞安。我從不告訴別人我的真名。

好。我明白了，瑞安。你在這裡的事，我不會告訴任何人。我會當你的朋友，一起協助唐艾貝納和我們的團隊。

好。（我差點說出：**好喔。**）我無法判斷這是它內建的首選答案，還是米琪真的給了我承諾。算了，反正它要不就是去告訴人類，要不就是不會說，如果我打算繼續進行計畫，就只能相信它不會舉發我了。

你能讓我進入接駁船系統嗎？我想確認船體是否安全。

好。接著，數據就透過頻道傳了進來。

他們稱之為接駁船艦的東西，其實是星球用勘測／交通船艦，有兩層組員生活區，加上一座被改裝成生化實驗室的儲貨艙。這艘船艦沒有能穿越蟲洞的裝置，但是可以在星系之中自由移動。船上沒有模擬機器人駕駛，只有那種比較常在大氣飛船上見到的、最低功能程度的自動駕駛系統。如果船艦上每一個會操控船艦進階功能的人都受傷或無法動彈的時候，這種系統的幫助就有限了。不過換句話說，既然沒有機器人駕駛可以殺，刺殺軟體就派不上用場。

接駁船上也沒有獨立的維安系統。我曾經在來自企業網之外的節目上看過，似乎在那些地方比較不需要擔心內部維安，重點會放在潛在的外部威脅，而不是監管自己人。

我之前不覺得這種事是真的，但是這裡確實不太監控站點人員在私人空間做什麼。我那些來自保護地的客戶看起來也是如此，這讓我不禁好奇保護地到底是什麼樣子，但我把這個念頭壓下去了。大概只是個無聊的地方，大家只會盯著維安配備看，跟其他地方一樣。

米琪給了我所有權限，所以我透過它的檔案稍微看了一下之前的行程狀況。這是一艘很不錯的接駁船，比公司能提供的任何船艦都好，就連內部裝潢都很乾淨而且有在保養。

這再次證明了古蘭區對於回收計畫的投入程度。這艘船應該是裝在阿船那種大型運輸船艦的貨艙送到這裡，或者是特地透過托運船拉過來的。

我會需要像王艦進入我的內部頻道那樣進入米琪的頻道，但是跟王艦不一樣，我無法隔著站點和星球間的距離進行連線。好消息是，接駁船上有不少藏身處，就算不把自己塞進置物櫃也沒問題。壞消息是，這麼一來我就沒辦法透過任何系統監看現場情況，除了透過米琪，什麼都看不到也聽不見。

哇，好期待啊。

米琪，我之後會需要透過你的系統來監看你的——我差點說出「客戶」，花了幾乎一整秒的時間才轉換成米琪想聽的用語——**你的朋友。我需要你當我的攝影機，讓我使用你的掃描能力。有時候我可能會需要透過你說點話，假裝我是你，才能在我發現危險的時候警告唐艾貝納和你的朋友們。你可以讓我這麼做嗎？**

其實有了米琪現在給我的權限，我大可直接取得米琪的控制權，為所欲為之後再從記憶體裡面刪除整段紀錄就好。我就是這樣對阿船的，但阿船是低階模擬機器人，自我意識還沒有清楚到會在乎這種事。要對米琪這麼做實在……但我其實不知道如果它拒絕我，我要怎麼辦。

米琪說：**好喔，瑞安顧問，我會照做的。雖然聽起來很恐怖，但是我想確保沒有人會傷害我的朋友。**

這感覺太容易了，我有點想懷疑到底是不是陷阱。或者……**米琪，是不是有人給你命令，要你接到任何要求都得同意？**

沒有，瑞安顧問。米琪說完，又補充：**覺得有趣—表符376=微笑。**

又或者，米琪是一具從來沒被虐待或欺騙過、備受寵愛的機器人。它真的覺得它的人類是自己的朋友，因為他們都是這樣對待它的。

我傳訊號給米琪，讓它知道我會先退出頻道一分鐘。我的某個情緒需要一點私人空間。

3

我利用站點內的搬運機器人通道穿過廢棄的商場，回到登機區。接駁船就停在港務局附近，好在現場還有一支運作中的監視攝影機。我能清楚看見停泊區域的狀況，找出淨空的時機。透過米琪的頻道，我得知兩名地勤人員正在控制臺前跑一些飛行前的檢查流程，其他人則在站點工作區，進行各自負責的最後檢查。

我短暫凍結監視攝影機的頻道，製造空檔讓自己穿越陰暗的登機區，衝到艙門前。我送出米琪給我的通行碼。艙門在減壓後開啟，循環過的空氣撲面而來，我身上的掃描數據顯示船上空氣比站內還要乾淨，確實也好聞多了。

我踏進艙內，關上艙門，然後從系統中刪除進入船艙的紀錄。

我跟聽米琪和人類調查隊的群組頻道，聽到凱德發言：**赫倫，是妳嗎？**他正在接駁船控制臺前，是兩名強化人駕駛的其中一位。

赫倫回話：**什麼？我還在港務局這裡。我們要下去了。**

奇怪，我好像聽到艙門開啟的聲音。

系統沒有進入的紀錄。另一名駕駛薇波接著說。**你聽錯了吧。**

這下我只好去檢查一遍來證明妳錯了。凱德對她說。

這時我已經踏上通往工作區的走道，穿過生化實驗室來到儲藏間。儲藏間裡有個空位，原本是用來放船艦上的搬運機器人，但有鑒於儲貨艙已經被改造成實驗室，也就不需要搬運機器人了。這個空位比阿船的補給品置物櫃還寬敞，雖然不能把腿伸直，至少我還能靠牆坐在船艙地板上。我其實也不是真的需要伸展，但是有空間的話還是很不錯。這裡一片漆黑，但我腦袋裡的頻道那麼熱鬧，黑暗也不會是什麼問題。

米琪問：**你還好嗎，瑞安顧問？**

我又檢查了一次，確保我們之間的連線夠安全，人類聽不到我們的對話，強化人也不會不小心聽到回音。這個頻道很安全，因為我控制了米琪的頻道，但我大概還是會在它每次跟我說話的時候都檢查一遍，因為我就是習慣這樣的程序。

我很好。你可以叫我瑞安就好。這樣跟「瑞安顧問」比起來，稍微沒那麼煩人。

塔潘、拉彌和梅洛叫我顧問的時候倒沒讓我覺得那麼煩，但是……我不知道，所有事情現在都讓我覺得很煩，我不知道原因。

好喔，瑞安！米琪說。**我們是朋友，朋友可以直接用名字互稱**。

也許我知道原因。

米琪正在幫調查隊把最後幾組裝備和勘測用具搬下來，我透過它的雙眼觀看現場狀況。調查隊把所有東西搬進艙門，分別安置好。從群組頻道上的對話來看，他們對於終於可以出發感到很興奮。

調查隊總共有四名研究員，兩名船艦組員，全都是古奈蘭德自治區的長期員工，之前都有合作過，也都不耐煩地等著他們的維安組員現身。

唐艾貝納一度勾起米琪的手臂，對著它的攝影鏡頭微笑。我很慶幸自己沒有嘗試控制米琪的一舉一動，因為我當下立刻往後一縮，頭還用力撞上儲藏間的艙壁。

（沒有人會來勾維安配備的手，我現在才領悟到這個好處。）

我還是不太擅長靠外形判斷人類的年紀。唐艾貝納暖棕色的皮膚在嘴角和眼角處有些紋路，深色長髮中參著幾縷白髮，但那也可能是美觀上的選擇。她笑起來，深色雙眸瞇起。「我們終於要出發了，米琪！」

「萬歲！」米琪說。我從它的頻道內部看得出來，它的反應是真心的。

米琪幫赫倫收好防護衣，然後自動隨機跟隨它的人類好友，看著他們安置自己的個人物品。我建議米琪離開實驗室，去儲藏間裡看看正在卸下裝備箱的葳爾金和葛絲。

米琪身上沒有跟我等級接近的武器掃描功能，但是視線具備我所沒有的放大功能。（這是維安配備和設計來協助科學研究的機器人之間的差異之一。）

我請它仔細看那兩名維安顧問的裝備箱，希望能在葛絲把箱子收進置物櫃前擷取一些近拍畫面，讓我分解成不同角度慢慢研究。我本來想在阿船上做這件事，但他們放東西的速度太快，派無人機去檢查可能會引來不必要的注意。

葛絲瞥了米琪一眼，沒有停下動作。「你在看什麼？」

我告訴米琪：**說『唐艾貝納要我來問妳們需不需要我幫忙搬東西。』**

米琪歪頭，然後一字不差地重複我說的話，配上那種只有真的徹底無辜又純真的機器人才做得出來的無辜又純真的模樣。

葛絲淺淺微笑。「不了，謝謝你，小機器人。」葳爾金發出憋笑的聲音。

小機器人？有沒有搞錯啊？（到底在哪裡可以找到被視為可怕的殺戮機器和被幼童化的中間地帶啊，一定有的吧。）我督促米琪回去找它的朋友。

它一邊踏上通道，一邊問：**瑞安，她們為什麼不想讓我們看她們的箱子？**

不是每個人都想讓一具寵物機器人把掃描器伸進自己的東西裡好嗎。但我當下有點分心，只說：**我不確定。**

從裝備箱的外型看來，裡頭裝的是武器、火藥和幾組會自動校正的高規格盔甲，我只有在影劇上看過的那種。公司從沒給過我們那麼好的盔甲，不過得說句公道話，我們的盔甲確實三不五時就會被炸個粉碎。

沒看到無人機的箱子，但人類本來就不太擅長操作維安無人機。要指揮無人機，必須要能一心多用，大多數人類若是沒有加裝足夠的強化部件是做不到的。即便沒帶無人機，她們依舊看起來已經準備好面對任何情況。

也許沒有什麼特別的原因吧。

我思考著如果真著有機會，要不要去偷點什麼來用。自動校正盔甲真的很誘人，給我改一下編碼後會變得更棒。但光是要讓我自己通過武器掃描的檢查就已經夠難了，帶那麼笨重的裝備在身邊只會增加被抓包的可能性。

米琪往上走，回到控制甲板下的組員活動區，艾貝納和赫倫正與布蕾雅思及亞吉洛坐在那裡，凱德和薇波則待在正上方的駕駛艙。人類把幾張控制臺的椅子轉過來面對弧形沙發，目光聚集在內艙半空中漂浮的球型顯示器上。

從畫面上顯示的平面圖來看，船艦正航行在建議路線上，穿過機構內部。我小心翼翼地在他們各自的主頻道裡探頭探腦，這時，艾貝納拍了拍身邊的位置。「坐下啊，米琪。」

米琪坐到她身邊的沙發上，其他人類對此都沒有任何反應。顯然這整件事都非常的正常。

「可以進去看看設施內部，你有沒有很期待，米琪？」赫倫問它，一邊把平面圖換個角度。「我真是受夠只能一直看著圖面了。」

「我很期待！」米琪回答，「我們會好好地完成任務，然後就可以接新的任務了。」

亞吉洛笑出聲。「有這麼簡單就好囉。」

布蕾雅思說：「管他難還是簡單，反正我們在前進了！一直陪我們玩麻思，米琪可能都膩了。」

「我喜歡遊戲。如果可以的話，我會一直玩下去。」米琪說。

我不得不抽身，回到我陰暗的小角落去。我又有情緒反應了，這次是憤怒。

在曼莎博士買下我之前，我坐在人類椅子上的次數屈指可數，而且也絕對不是在客戶面前。

我連自己為什麼會有這種反應都不知道。我是在忌妒人形機器人嗎？我不想當寵物機器人，我就是因為這樣才離開曼莎博士和其他人的。（雖然曼莎也沒說過她想要寵物維安機器人。我覺得她根本就不想要維安機器人。）到底米琪擁有的東西，有什麼是我想要的？我毫無概念，我不知道我想要什麼。

對，我知道這大概就是問題所在。

我回到米琪的頻道裡。唐艾貝納正在說話：「——要記得，你跟人類互動的經驗有限。我們把你當作家人，但是對其他人來說，你就是個陌生人。這大概就是為什麼我們的維安組員不想讓你看她們的東西。」

喔，不。我把米琪的拍攝畫面重播來看，找出我錯過的對話。米琪問了艾貝納為什麼葛絲會在它看她和葳爾金的行李箱時出現那種反應。好在艾貝納在回答的時候同時也在看設施的平面圖，所以分心了。如果她有想到要問，米琪會不會把我的事告訴她呢？它會怎麼回答那個問題？

我可以照原本的計畫徹底控制米琪就好，可是它跟艾貝納以及其他人的互動方式實在是複雜得驚人，我不認為自己能一路假裝下去。光是要演好強化人維安顧問這個角色就已經夠難了，而且我還不需要去騙認識我的人，或者去騙認識我假扮對象的人，之類的。

我一邊試著不要聽起來太緊張又／或被惹火，一邊說：**米琪，要記得你說過你不會告訴唐艾貝納關於我的事喔。**

我不會的，瑞安。米琪聽起來如此冷靜又自信滿滿，我的效能直接掉了百分之二。**我保證。**

我把怒氣往肚裡吞。但是米琪內建的行為反應中一定包括遇到問題就去找唐艾貝納這個指令。我必須確保自己盡可能詳盡地回答它的疑問，顯然「我不知道」是不行的。

赫倫問艾貝納：「到目前為止，妳對我們的維安組員有什麼看法？」

艾貝納說：「我其實滿滿意的。她們看起來對地球化機構沒有什麼概念，但是應該沒關係。」

可能會有關係，但維安配備的教育模組實在太爛，而且我對地球化的所有知識都是在我毫不在乎的前題下吸收的，所以也許我不是最有立場發言的人。

透過米琪的視線，我看見赫倫瞥了一眼在旁邊討論校驗的其他兩人。

「大概吧。只有她們兩個人，遇上打劫犯應該也幫不上什麼忙。」她壓低音量。

艾貝納發出哼聲。「如果現場有打劫犯，我們就立刻撤退回轉運站。」

等妳看到他們就來不及了。

我的反應一定是跑到頻道上去了，因為米琪焦慮地問：**你會保護他們吧，瑞安？**

會的，米琪。我對它說，因為這是我唯一需要繼續維持下去的戲碼。

4

從米琪的頻道，我可以看到一張地球化機構的設施掃描圖，與附有原始設計細節的平面圖疊在一起。好，我想我知道該去哪裡找我要的證據了。

透過米琪的攝影機，我在接駁船的顯示器上看到我們已經很接近了。我們飛過了曳引機陣列，根據傳回站點的自動回報看來，裝置仍然非常盡責地運作中。

機構本體是一座大型平臺，位於高層大氣。體積比轉運站本身大得多，也比完整尺寸的中轉環還要大。大部分的空間都給了那些裝著引擎的大量迷你艙，引擎的工作就是控制地球化的進展。

機構懸浮在洶湧的風暴層之中，視線範圍內都是漩渦狀轉動的厚重雲層，電流閃現其中，擋住了星球表面，讓人什麼也看不見。

「所有環境指數的表現看起來都很好，」駕駛艙中的凱德把數據傳上頻道。「你們確定要穿全副裝備下去嗎？」

我神經一繃，很肯定馬上就要聽到錯誤答案了。

米琪，告訴她——

但艾貝納回答：「對，我們就照完整安全規章流程走。」

這代表要穿上全套防護衣，帶上過濾器和緊急呼吸供應設備，以及一些保護人類脆弱身軀的裝備。

「我們會先這樣做，直到可以實地檢查環境狀況和接手機構控制權後，再重新評估要不要調整。」

我鬆了口氣。然後我又提醒自己一次，這些人不是我的客戶。

米琪說：**沒事的，瑞安。唐艾貝納總是很謹慎**。

我親眼見過不少謹慎的死人，但我沒打算這樣對米琪說。

透過米琪的雙眼，我看著艾貝納穿戴裝備，準備進行第一次現場評估。凱德和薇波會待在船上，但葳爾金和葛絲，還有赫倫和兩名研究員——布蕾雅思與亞吉洛會跟艾貝納和米琪一起下去。

葳爾金先走出了減壓艙，她的頭盔攝影機把畫面傳上群組頻道。我們停泊在居住區的人員出入專用閘口，登機區的空間有限，無法讓重裝配備或一般尺寸的搬運機器人通過。

機構裡的電源還開著，不過已調整到最小流量。地面上的緊急照明燈條能照到牆面一半高的地方，雖然大型頂燈都關閉了，但現有的光線還算充足，人類不用透過頭盔的特殊攝影機濾鏡也能看得清楚。

從這裡登上機構是個好主意嗎？平面圖顯示還有另一處較大的多功能登機區，位置就在上一層。這個小一點的降落區也許能讓接駁船比較好防禦，可是這也代表如果出了狀況，要讓隊員全數撤回船艦上也會比較困難。

很難說這個判斷到底好不好。一般來說，人類在維安工作方面就是比較隨便。我的話，一定會先派出無人機進行全面部屬，把人類留在密閉的接駁船上。我會先親自評估機構狀況（例如，先在四周走動當活動誘餌，看看有沒有東西會攻擊我，藉此確保現場沒有不速之客），結束後才會帶人類進入。但不用在意我的看法，反正我又不知道自己在幹嘛。

葳爾金往前進，身上的攝影機繼續把畫面傳上群組頻道。她走出減壓艙，踏上走廊。我注意到附近環境都沒有受到破壞，只有牆壁和地面上有些刮痕，都是正常使用留下的痕跡。

跟在葳爾金身後的是艾貝納、赫倫和米琪，接著是布蕾雅思和亞吉洛，葛絲則走在最後。我把注意力分成七個部分，分別追蹤每個人類的頭盔攝影機，外加米琪的視線。我也同時留意著所有頻道和通訊器，不過這也是透過米琪。

艾貝納開口：「米琪，你有接收到任何東西嗎？」

「沒有，唐艾貝納，」米琪回答。它在掃瞄所有機構內的系統，看有沒有任何訊號。

有鑑於這座機構是灰軍情報打造的，我猜會有我熟悉的中控系統和維安系統，或是類似的裝置。現場裝設了不少監視攝影機，只是沒有啟動。

但米琪說得對，這裡除了滯悶的空氣以外，什麼也沒有。機構頻道上除了燈光和環境控制的電力流量表以外，沒有半點動靜。

也許他們覺得如果把系統開著留在這裡，它們會寂寞。米琪說。**瑞安，你覺得呢？**

我不禁思考王艦在我腦袋裡的時候，是不是覺得我就是這麼蠢。也許吧，但是如果王艦真的這麼想，它八成當下就會說出來。

有可能喔。我這麼回應，因為我知道如果不回答米琪的每一個問題，它就可能會不小心把我的事情說給離它最近的人類聽。

這時我想起，這地方本來就是要留在這裡任其崩解、化為烏有，直到古蘭區取得所有權。

我接著說：**灰軍情報在撤退時可能就把現場的所有核心系統都移除了，他們會想減少損失。**

能夠在這麼複雜的環境下運作的維安和中控系統一定非常昂貴。我對灰軍情報不了解，但是持有我的那間公司絕對不可能把這麼大一筆錢丟著不管。

這時米琪說了：「唐艾貝納，灰軍情報在撤退時可能就把現場的所有核心系統都移除了，他們會想減少損失。」

搞屁啊。

「這樣也合理。」赫倫說。她一直在通訊器裡東翻西找，然後說：「好像有一些干擾源，是防護罩嗎？我連不上站點訊號了，不過我還是能透過船艦頻道聽見凱德和薇波。」

亞吉洛拉了一段干擾訊號到自己的頻道上研究。「對，就我們所知，防護罩非常厚，可能是氣層的干擾。」好像聽到召喚一樣，一波靜電訊號衝進通訊器和所有頻道，維持了一點三秒的時間。

天氣很差啊，小心要下雨囉。薇波在通訊器上說。

調查隊員都咯咯笑了起來，米琪傳了笑臉表符編碼到群組頻道上。喔，講屁話，這種事最不討人厭了呢。葳爾金和葛絲無視這一切。

走在前方的葳爾金踏出通道，進入一座比較大的空間，她盔甲上的掃描器報告現場沒有任何生命跡象。她沿著外緣走了一圈，徹查空間內部，然後才示意其他人進入。

這個空間在平面圖上沒有標記，但是現場有消毒間，牆邊的架子上則放著環境防護衣。從人類的攝影鏡頭望過去，這裡同樣沒有任何明顯的破壞痕跡。

布蕾雅思說：「這裡是清潔區嗎？我以為生化艙有另外分離安置和封閉。平面圖上是這樣說的，對吧？」

「應該是那樣沒錯。」赫倫說，一面檢查離她最近的消毒間上的面板。面板還有電，但是每一間消毒間的門都開著。（每次看到這種景象我都會鬆口氣。小隔間裡如果有躲東西，可不是鬧著玩的。）赫倫試著從面板下載使用報告到頻道上，但是面板的儲存空間裡空無一物。

我查看了一下凱德和薇波的狀況，兩人的注意力都黏在頻道上，不過凱德維持著與站點之間的連線。有些干擾源，但他還是能接收到敲他的訊號，也能收到站內港務局的回覆。可能是大氣防護層阻斷了位於機構內部的組員與站點的連線。

總之，該動作了。我從儲藏間溜出來，穿過走道，啟動減壓艙循環，並且阻止減壓艙將此動作回報到日誌紀錄上。還在站點的時候，凱德曾在我登船時有聽見艙門打開的聲音，但這次他太專注在看群組頻道上的隊員動靜，所以沒有注意到。

我踏進溫度較低的機構空氣之中，讓艙門關上並封閉。

小隊已經離開了消毒間，正往生化艙前進，準備檢查生化艙的狀況。我望向走廊深處。

在此之前，我時不時會有點懷念有盔甲的日子，通常是我必須在中轉環上穿過人群的時候。為了求生存不得不捨棄盔甲，加上跟艾爾斯他們旅行的經驗，我已經有點習慣直接跟人類對話和對視，只是我不太喜歡而已。

這次則是我第一次因為感覺安全受到威脅而想念盔甲。

我無聲地穿過消毒間，踏上出口走廊，然後沿著分岔的通道，往和生化艙反方向的地質艙移動。這條通道和我從米琪及其他人的攝影畫面看到的一樣，沒有損傷、沒有倉促離開的跡象，只有靜悄悄的走廊。

（我不知道為什麼自己一直覺得會看到人類員工逃命時留下的破壞痕跡和線索，實際上種種跡象都顯示，這地方其實就只是按照計畫棄置而已。也許我又想起拉維海洛了。你一定以為我一看到那地方、找出在那裡發生過什麼事，那些片段的回憶就會自己淡去。結果一點都不是這麼回事。）

我不應該覺得詭異，但我就是覺得很詭異。米琪和隊員的頻道畫面在後臺裡自動播放，所以我知道他們的確切位置，他們的聲音也掩蓋了頻道裡的沉默。但是這裡就是有一種氛圍，讓我的複製人皮膚在衣服底下發麻。我討厭這種感覺。

我找不到讓我不安的原因。掃描沒有掃出東西，而現在距離調查隊位置這麼遠，我的周遭除了空氣循環系統的微小動靜，什麼聲音都沒有。

也許是因為我沒有監視攝影機的權限，但我也曾經在更糟的地方經歷沒有攝影機的情況。也許是潛在感官接收到的什麼東西。不，這感覺非常清晰，所以是實感官？超感官？算了，這裡也沒有知識庫可以查。

調查隊已經來到了生化艙外的通道，左手邊有許多大型圓罩窗，面朝翻攪的紫灰色暴風雲層。右手邊是開著的通道艙門，通往不同的機房。艾貝納在她和米琪的私人頻道上說：**這地方讓我頭皮發麻，米琪。**

我也覺得。米琪說。**雖然一片空蕩蕩，還是好像會有人突然冒出來。**

嗯，米琪也沒說錯。前方空中有東西閃爍著，但是等我到了電梯口，才看到原來那只是緊急訊息的標記塗料，漂浮在天花板下方，上面用三十種語言列出了警急撤離的流程。

中控系統有即時翻譯服務，我猜非企業政府地區的頻道上也有類似的東西，但是在緊急情況中，大家都會希望指示內容能一目瞭然，就算頻道斷線了也一樣。所以這東西就在這裡，在一座空殼裡，快樂地持續執行自己的工作。

我敲了敲我跟米琪的私人頻道：**我要準備用電梯了，米琪。如果你的掃描器發現電力啟動的資訊，請不要告訴任何人。**

好的，瑞安。你要去哪裡？

我得去看看地質艙，這是我的任務指令之一。

電梯回應了我的呼叫，只花了一點五秒就抵達了。我這才想起自己告訴米琪的工作內容是提供調查隊加強的安全保護。唉呀。

幸好米琪明白指令是什麼，沒有再提出問題。**小心點，瑞安，這地方讓我們頭皮發麻。**

我踏進電梯，下指令前往中央地質艙，電梯門關上後就咻地出發了。我對照平面圖，看著電梯經過用來釋放大氣的巨大球體外部。

我考慮著要不要告訴米琪，我來這裡是要蒐集灰軍情報為了獲取外星遺留物可能做過的違規行為的證據。我的行動其實不會傷害到艾貝納或調查隊，甚至是古奈蘭德自治區，所以我不想再說更多謊了。

但它一定會立刻告訴艾貝納，我知道它會。調查隊其實早晚會發現這座地球化機構有些地方很可疑。（像是閘口內的消毒間，進行地球化工作不會需要清潔工作人員的相關設備，但如果你是在搜刮外星生物殘骸，那可能就需要了。）但如果是米琪告訴艾貝納這件事，她就會問它是怎麼知道的，那米琪就會告訴她我的事。直接問它問題的話，它不會說謊。

誰想得到當一臺冷血的殺戮機器竟然會遇到這麼多道德矛盾呢。

（對，我是在諷刺。）

電梯停了下來，打開門後是另一條空蕩蕩、靜悄悄的走廊。我沿著走廊前進，找到了通往地質艙的主艙門。內部是寬闊的穹形空間，部分的穹頂是透明的。

我已經在米琪和其他人類往生化艙移動時，透過他們的攝影機畫面看過風暴的模樣，但是親眼看見感覺還是很不一樣。

雲層像一座不斷變動的巨型結構，色彩比起翻騰，比較像笨重地緩慢挪移。這景象浩瀚廣闊，而且感覺很詭異，很可怕，同時又很美。我只能呆站在原地，瞪著看了好久。後來回頭檢查，大概持續了二點二秒。

大概是有什麼訊號透過頻道流了出去，因為米琪問：**瑞安，你在看什麼啊？**

我一驚回神。**只是在看風暴。地質艙這裡有透明艙頂。**

我可以看看嗎？

我覺得沒必要拒絕，所以就複製了那段影像，把能夠辨識出我是維安配備的編碼都消除後，透過頻道傳給了米琪。

好漂亮！

米琪一邊跟著艾貝納走下斜坡，一邊重看了幾次影片。他們來到一座電梯口前，但電梯大小沒辦法一次容納所有人，葳爾金還算有點概念，拒絕把隊伍分散。從葳爾金的攝影畫面，我看見懸在空中的緊急標示上有生化危險可能性的警告符號。

他們已經快到了，我得加快速度才行。他們檢查完生化艙的時候，我希望自己已經窩回接駁船上，看我的《明月避難所之風起雲湧》了。

地質艙的控制臺被關掉了，裡面的數據也完全被清空，這比單單用系統刪除處理更徹底。但這不是我打算找的東西。

平面圖上顯示，這座機構用了挖掘機。（事實上應該是稱為半自動地質操作……

之類的，顯然我已經把全名從永久存放區刪除了。總之，它們不是機器人，只是地質系統的外部配件。）挖掘機上有內建記憶體，存放工作流程和任務內容，但是它們也有掃描功能，找到什麼都會存起來。

我找到了挖掘機的控制介面，然後重新啟動。果然沒錯，挖掘機還在，就塞在地質艙下方，縮在比我們的接駁船大三倍的庫房裡。沒有母系統的支援，它們就沒辦法運作。

有了控制介面，不用喚醒它們，我就能把記憶體內容複製下來。有人已經下指令要它們刪除紀錄了（這麼做會讓保固失效，但是既然他們本來就打算任憑這座機構在這顆星球上崩解，也就沒人在乎這件事了），但不幸的是，挖掘機是把紀錄都丟到暫存區了沒錯，可是暫存區還來不及刪除內容，機器就被關掉了。

數據量很大，不過我成功寫了一條語法，篩選掉運作指令和其他無關緊要的東西。我必須直接連線才能把數據下載到我另外植入的記憶卡，這代表我得把右前臂武器槽旁的皮膚再次剝下來。完成這個步驟後，後面的流程就快多了。

我坐在控制臺邊緣，面對著主艙門，點開《明月避難所之風起雲湧》裡我最喜歡的那集在後臺裡播放，幫我打發時間。不過我依舊開著米琪的頻道和群組頻道。

我才剛完成手邊的工作，就聽到米琪說：**瑞安，是你嗎？**

我正在一心多用，一邊關掉影集，一邊解除自己與工作檯及幾乎空無一物的沉睡挖掘機大腦的連線。我知道團隊還在生化艙的中心區（他們在評估設備的生化矩陣狀態，還有嘗試重啟工作檯），所以那個問題聽起來並不合理。

什麼意思？

這個。米琪聽起來有點迷惑，有點擔心。

它傳給我一段音檔。我聽見人類透過通訊器交談的聲音，赫倫和亞吉洛，然後是葛絲說了一些評論。

這段對話嗎？對話內容是在講圍堵設備沒有停在該在的位置，我不明白為何米琪會覺得疑惑。**我還在地質艙**。

不是，瑞安，是這個。米琪重播了音訊檔，把通訊器的聲音拉掉，人類的聲音變得模糊不清。音檔收到的是環境音，空氣循環系統的聲音。我聽見像是燈光閃爍的聲音，快得跟心跳一樣……喔，喔，該死的。

我浪費了零點零零二秒丟了一條編碼到米琪的頻道上，我都是這樣回應其他維安配備的。我跑到地質艙中央時才意識到我得開口說出來，否則米琪不會知道該怎麼做。我衝過轉角，跑上通往電梯口的走廊。

米琪，有一個未知／可能的威脅正朝你們的方向移動。你要確認方向，然後警告你的客戶，順序如上。

米琪放大了掃瞄範圍，在它的注意力全部專注到音訊上的時候，我透過連線就什麼都接收不到了。它轉動身體，試圖偵測更寬闊的範圍。我還是能透過人類的頻道聽見通訊器的內容，葛絲說：「小機器人在做什麼？」

「怎麼了，米琪？」艾貝納問道。

瑞安——米琪放棄讓自己聽起來像人類，直接傳了一段要求緊急協助的信號給我，綁在一段音訊數據上。我早該想到的，米琪不是維安機器人，它沒有任何編碼告訴它怎麼處理這個狀況，也沒有人教過它如果發生了緊急狀況，面對活動中且可能有意識的威脅時它該怎麼做。我到了電梯口，但是愚蠢的電梯已經回到某處待命了。

在我像個白痴一樣浪費好幾秒時間等著蠢電梯回來的時候，我迅速分析現況，再拉出機構的平面圖對照。我把米琪、人類和接近中的威脅做上記號，然後丟回米琪的頻道。米琪立刻開口：「唐艾貝納，有東西在接近我們。我們必須走外部通道回到接駁船。」它把我做的動態平面圖傳給人類。

電梯門一開，我立刻跨進去。我按下目的地序列編號，一邊把米琪處理中的環境音檔投影到我的平面圖上。這個東西，不論它是什麼，都移動得比我預測的還快。

我傳給米琪：**沒時間撤退了，告訴客戶原地找躲避處，想辦法封閉所在區域**。

米琪對艾貝納說：「唐艾貝納，對方太接近了，我們必須留在這裡，把門關上。」

但是等到葳爾金和葛絲終於搞清楚發生什麼事的時候，我聽見他們對探勘隊喊著要他們回到走廊上，直接撤退回接駁船。

我不用再看一次投影也知道，他們絕對連走廊都來不及走完。這就是為什麼人類不該負責維安工作，狀況變化的速度太快，他們跟不上。

我叫電梯直達生化艙，停在離調查隊最近的電梯口。門一開，迎面而來的是各種聲音：尖叫聲、能源武器發射聲。我跑過走廊，衝過轉角。

接下來的狀況，是我透過自己和米琪的攝影畫面重新還原現場的描述，因為當下就連我也只是一股腦地想著：**喔該死喔該死**。

葳爾金和葛絲已經帶著調查隊離開生化艙，上了斜坡，進入與另外三條走廊的交會處，可說是這一整區之中最適合受到攻擊的位置。我的意思是，如果我想攻擊某個人，我也挑不出比這裡更好的位置了。

我當場沒空挖苦，因為葳爾金和葛絲正在對左側的走廊開火。那地方連緊急照明都沒了，我沒辦法立刻辨識出她們射擊的對象。

亞吉洛靠著另一端的牆面，緩緩地滑到地上，彷彿剛剛有誰把他甩到了旁邊。右側的走廊通往生化艙的下一個區域，底端有道能上鎖的厚重艙門，艙門正在緩緩閉攏。試圖照我的指令行動的米琪，已經從牆面上的緊急控制板啟動了關門程序。

布蕾雅思腳步踉蹌，彷彿被什麼東西擊中了，艾貝納抓緊的她的手臂穩住她。看起來所有人類都還活著。葳爾金和葛絲正在擊退那個讓她們犯蠢衝來正面交鋒、還差點拿自己客戶去餵食的攻擊對象。

然而，就在艙門和牆面間即將閉合的縫隙中，有動靜一閃而過。整個過程快到連我都必須重播畫面才能看清楚。我差點來不及行動，那東西就衝過了米琪，抓起唐艾貝納的頭盔，把她扯到艙門縫隙。

只是差點來不及。

我越過走廊交叉口衝向她們，彎身閃過米琪和布蕾雅思，撞上牆面，利用反作用力往上跳了兩公尺，追上飛到半空的唐艾貝納。我把身體撐在角落，一腳頂著關閉中的艙門，然後用力推。連我身上的非有機部件都感受到了壓力，我沒辦法撐開門太久。

布蕾雅思被艾貝納飛甩的腿踢倒在地，米琪是唯一來得及動作的人。它抓住唐艾貝納的身軀，它的整個頻道只剩下一串吼出來的緊急協助需求碼。我伸出手臂抱住艾貝納的腰部，再抓住她的一條手臂。其他人則奮力地想辦法抱住米琪。

如果艾貝納沒穿著防護衣，她絕對會被扯成兩半。如果艙門沒有安全感應機制，保留時間讓人清除障礙物，她絕對會被夾碎。

我浪費三秒看了一眼緊抓著她頭盔的蜘蛛狀物體。它是紅色的，有八根多重關節的支臂，現階段我只能看到這樣。然後我想到了一個最直接的解決方法。這裡的空氣可以讓人類直接呼吸，如果她真的受到物質汙染，也還能夠接受醫療處理，只要她的頭還在就好。

我摸向她的頸部，但陌生的防護衣設計耽誤了我的速度。突然，我的手指摸到了一顆小小的扣鎖（如果我穿著任何一套盔甲，就絕對不可能找得到。我雙手上包覆的複製人皮膚比盔甲手套敏銳太多了）。我按下去然後一扭，緊急釋放裝置立刻鬆開了她的頭盔。

頭盔被卡在艙門縫隙將近一整秒的時間，足以讓我用力一蹬，扭轉抽身。然後另一邊的那東西就把頭盔用力抽走，艙門瞬間關閉。我雙腳落地，懷裡抱著頭還跟身體連在一起的唐艾貝納。

她整個人倒在我身上，氣喘吁吁，雙手緊抓著我的夾克。米琪貼在我身邊，非常擔心地在頻道上敲她，它長長的手指輕輕地撩起她的頭髮，檢查頸部。

「唐艾貝納，妳需要醫療協助嗎？唐艾貝納，請回答。」

葛絲和葳爾金停下對左側走廊尾端的掃射，我的掃描顯示不論原本在那裡的東西是什麼，都已經不在原地了。

倒在地上的布蕾雅思喘著氣說：「剛才那是——你是——」亞吉洛從牆角彎著腰

爬起身，大喊道：「艾貝納！」

我正在心裡恭喜自己（因為沒人這麼做）達成了完美救援。人類維安組員到現在才意識到，有東西企圖搶走她們客戶的頭。接著，葛絲說：「那是一具維安配備！」

所有人類的目光全都盯著我和艾貝納。更重要的是，葳爾金和葛絲也把武器對準了我。喔，殺人機，你做了什麼好事？

（連我自己也不知道。我懷疑是在從必需聽命行事、一舉一動都被監控，變成可以隨心所欲的過程中，不知怎麼地，我控制衝動的能力就一路跌到谷底去了。）

唯一脫身的方法，就是殺掉他們。

如果我這麼做，就得殺掉所有人。包括米琪。包括艾貝納。她那顆沒斷掉的頭正靠在我的鎖骨位置，貼著複製人皮膚的髮絲溫暖又柔軟。

對，唯一聰明的脫身方式，就是把所有人殺掉。我只能採取愚蠢的方式了。

我確保自己的表情和聲音都維持著維安配備的基本狀態。「我是發配給維安顧問瑞安的維安配備，瑞安接受古奈蘭德自治區委託，針對調查隊提供額外維安保護。」

我得承認自己是維安配備，沒有強化人能做得到我剛剛做的事。除此之外，我的右手袖子依舊高高捲起，露出前臂上的武器槽。（武器槽的非有機部件還可以解釋成是受過傷後進行了強化改造，但是武器槽本身除了是武器槽以外，不可能是別的東西了。）

直到此刻，我才想起米琪，以及我告訴過它自己是強化人維安顧問的事。我還在米琪的頻道裡，這樣的連線十分親密，即使我拉起了防火牆，米琪還是會知道一直以來跟它說話的瑞安就是站在眼前的維安配備。唉，我之前就該在有機會的時候直接控制住米琪才對，現在已經沒時間這麼做了。

我在與米琪的私人頻道上說：**拜託你了，米琪，我只是想幫忙**。

米琪歪著頭望向我，然後看著艾貝納。艾貝納看起來還是有點昏頭轉向，可能還有腦震盪，她到現在都還沒放開我。

艾貝納抬頭盯著我看，疑惑地皺起眉頭。我依照人類傷患規章指示，把體溫升高了一點，避免她休克。她開口道：「米琪……？這是誰？」

米琪說：「維安顧問瑞安是我的朋友，唐艾貝納。我受命不要告訴妳，以保護你們的安全。」

嗯哼。不算說謊，但也不是實話。也許米琪其實深藏不露。

我看見葛絲震驚地瞥了葳爾金一眼，葳爾金則壓抑了自己的反應。兩人都沒有用頻道對話。

凱德在接駁船上要求狀態回報，問調查隊員是否需要協助。

布蕾雅思回應：「亞吉洛受傷了。」她靠著牆面撐起身，微微顫抖。「艾貝納沒事嗎？發生什麼事了？」

艾貝納正要點頭，然後皺起眉。她輕拍我的手臂，然後稍微把我推開一點，我便讓她落地自己站好。「我沒事……」

她在頻道上告訴凱德留守原位，然後開口問：「亞吉洛，你的傷勢如何？」

「在肩膀上。」亞吉洛說。他的聲音聽得出來很勉強，表情因痛楚而緊繃。

我馬上想啟用醫療系統，才想起我沒有醫療系統可以用。（我知道，我真的是有夠狀況外。）

亞吉洛接著說：「剛剛是什麼東西？我看不清楚，只看到一點影子。」

葳爾金和葛絲的武器依然對著我。唐艾貝納和米琪擋住了最佳射擊角度，要是葳爾金或葛絲移動位置，我就得立刻想想辦法了。

這時米琪說：「唐艾貝納，赫倫不見了，也沒有回應頻道訊息或通訊器。」

好吧，該死。他們不是我的人類，所以我沒有點名。我檢查了一下赫倫的頻道連線，感覺到艾貝納、葳爾金、葛絲、布蕾雅思和亞吉洛也都在頻道上呼叫她。她的主頻道依舊是上線中，但狀態是無回應。這表示她還活著，但是沒有意識。我有限的掃瞄範圍什麼都搜不到，米琪也一樣。

透過接駁船上的通訊器，我聽見薇波出聲咒罵，凱德叫她安靜聽。

艾貝納的表情驚恐不已。在群組頻道上，米琪重播著我到場前的最後幾秒畫面。我一格一格檢視畫面，只看見一個動得很快的陰暗形體，從通往主生化艙的走廊接近，在米琪按下艙門關閉鍵時，那東西在它的視線中不過是一閃即逝的影子。接著米琪轉身走向通往中央區的走廊，但為時已晚。它只拍到赫倫身上的防護衣光點在她被拖走時消失在黑暗中的畫面，葳爾金和葛絲緊接在後朝那條走廊開槍。一切都發生得如此快，我認為葳爾金和葛絲都沒有意識到攻擊者抓走了赫倫。

人類在群組頻道上檢視影像的時候，亞吉洛看起來好像快吐了，布蕾雅思低聲咒罵。艾貝納轉向葛絲和葳爾金。「我們得去追她。那些東西到底——妳們為什麼要把槍口對著我？」

她們不是把槍口對準她，而是對準我，我就站在她身後。

葳爾金說：「那是一具維安配備，唐艾貝納。妳得讓開，讓我們把它收拾掉。這個瑞安在哪裡？在機構裡嗎？這跟古蘭區給我們的任務簡報內容不符。」

艾貝納才剛遭受極大驚嚇，但她的腦袋在我眼前迅速恢復了運作。她咬牙，神情變得堅定。「赫倫在哪裡？是什麼東西把她帶走的？妳們應該要保護我們才對。」

葳爾金堅持立場。「在我們去找她之前，我得先知道這具維安配備為什麼會在這裡。這個問題應該不算太難回答。」

米琪在艾貝納的頻道說：**拜託，唐艾貝納，瑞安是我的朋友。請妳告訴她們妳本來就知道瑞安在這裡。**

我心想，艾貝納不可能會聽寵物機器人的話。（而且老實說，她的寵物機器人對實情交代得很模糊，請求的用詞也沒有說清楚瑞安顧問和維安配備實際上是同一個對象，所以它說的話實在沒什麼價值。）

艾貝納憤怒的視線從葳爾金身上移到葛絲身上。

「我不知道瑞安會在機構裡。古蘭區是在我們離開時才通知我的。監管部門派瑞安來提供額外保護——」她瞥了我一眼，「是瑞安顧問派你來的？」

好在我沒有只是像個白痴一樣站在原地，所以沒有錯過她幫我做的這個完美的開場。「我是瑞安顧問的合約中配備的維安設備。瑞安顧問在轉運站上，派我搭她的接駁船到機構現場。」

葛絲說：「沒有人跟我們說這件事。」葳爾金瞪了她一眼。兩人的私人頻道上還是沒有任何交談。

她們大可問一堆問題，因為我說的那種客戶派維安配備提供另一組客戶額外保護的狀況，技術上來說是有可能的，但這樣會違反保險公司的規章和承諾的服務。不過葛絲放下了武器，把槍口指向該指的位置，也就是赫倫被拖走後仍然敞開著的走廊。

艾貝納怒道：「我不在乎妳們有沒有被告知！我們得找回赫倫！布蕾雅思，妳送亞吉洛回接駁船。葛絲，妳跟他們走。葳爾金，妳要不就幫我，要不就把槍給我，自己跟其他人回船上去。」

她切換回群組頻道。**凱德，通知站內港務局我們現在的情況。告訴他們我們還不確定攻擊我們的是什麼東西，請他們透過系統注意可能的打劫犯行蹤。**

凱德將訊息標示為已讀。

我實在無法自拔，我就是喜歡人類果斷的樣子（特別是選擇不射殺我的人類），所以我說：「瑞安顧問要我盡所能協助妳。」

我凝視艾貝納，因為我是維安配備，維安配備就是會這樣。你要對客戶說話，然後讓那些拿槍的人決定你說的話有沒有讓他們感受到自己身處險境。（他們應該要感受到，他們應該要非常強烈地感受到才對。）

葳爾金急切地說：「我們是妳的維安組員，唐艾貝納，我們當然會去。但是妳應該跟葛絲和其他人一起回船上，我會帶瑞安的維安配備去找赫倫。」

亞吉洛掙扎著站起身，布蕾雅思撐著他沒受傷的手臂，讓他借力站穩。

布蕾雅思說：「我在頻道上和凱德講完了，艾貝納。薇波已經準備好醫療艙了。」

有鑑於我現在是維安配備了，我說：「不要搭乘電梯。攻擊者可能已經控制了系統，能讓電梯直達他們的所在位置。」

「這我知道。」葛絲怒回。

我知道妳知道啊，王八蛋。

布蕾雅思朝我點點頭。「不搭電梯。」接著看向艾貝納，「請務必小心。」

艾貝納回答：「妳也是，保持與凱德的聯繫。」她轉身面向葳爾金，「我沒空爭辯了，我們得現在出發。」

米琪轉身走向左側走廊，葛絲只好讓開。艾貝納跟著米琪走了。葳爾金猶豫了一下，敲了敲葛絲的頻道。

葛絲朝亞吉洛和布蕾雅思擺擺手。「去吧，不會有事的。」

我等到葳爾金追上艾貝納，看著她大步走到最前方。然後我才跟上去，走在艾貝納身邊，把布蕾雅思的頻道畫面放到後臺去，好讓我能追蹤回接駁船的隊員狀況。

5

口氣專業、完全不像剛讓客戶被綁架的葳爾金說：「我的掃描結果什麼都沒有，但是我的掃瞄範圍有限。只要赫倫的頻道依舊是上線狀態，我們就可以透過這個追蹤她的位置。」

真的嗎？妳覺得啊？米琪早就處理完這個步驟，並且通知了艾貝納。

我什麼都還沒做，不過正在努力讓自己不要驚慌。

我敲了敲跟米琪之間的私人頻道，然後完全不知道要說什麼。（「謝謝你沒揭發我說的謊」聽起來有點太好意思了。）

米琪說：**你救了唐艾貝納，瑞安／維安配備**。

我覺得好像該回顧一下我跟米琪的對話，看看我到底是哪裡做錯了。**你之前就知**

道我是維安配備了嗎？

我不知道是維安配備是什麼意思，我的知識庫裡面沒有包含這個內容。如果你已經不是瑞安了，我該怎麼叫你？

就叫我維安配備。不知怎麼地，我已經決定要繼續擔任維安顧問這個角色，而這次甚至連現金卡都拿不到。就跟之前一樣，這完全就是我自己的錯。

但我覺得這次的結果應該不會有什麼問題就是了。我們只需要救回赫倫，然後我會想出個理由解釋為什麼我需要搭他們的接駁船，回到站點後就說我要回去找瑞安顧問，然後再溜之大吉。

搞不好結果會比沒什麼問題更好。如果灰軍情報是這次攻擊的背後主使者，那我就能夠取得錄影證據，跟地質艙的數據一起送回去給曼莎博士。

走廊很暗，從葳爾金的攝影畫面看來，她已經開啟了夜視濾鏡。牆面和地面上的標示塗料緊急照明隨著我們的腳步，照在我們身上。

艾貝納問葳爾金：「妳對攻擊我們的東西有什麼看法？是某種機器人嗎？還是採集裝置？」

事實上這個猜測非常有概念。我有拍到一張清楚的蜘蛛爪形物體，我想如果把圖片拿去比對生化艙的庫存圖，應該能找到這個東西本來是什麼用途，或者是哪種器材的一部分，用來採集地表樣本之類的。

由於機構的核心系統已經被移除，現在沒有辦法比對庫存內容。我的理論是，米琪聽到動靜的那個攻擊者啟動並使用那臺採集裝置，好讓調查隊分心，並趁機抓走赫倫。葳爾金說：「我的攝影機沒有拍到畫面。我認為是打劫犯在機構內部使用留在這裡的器材來對付我們。維安配備，瑞安顧問可以確認這點嗎？」

我說：「瑞安顧問沒有額外的資訊。」畢竟我何必在根本沒有人要付我現金卡的情況下，幫她做她份內的工作呢，我說得沒錯吧？

艾貝納在私人頻道中問米琪：**米琪，這個瑞安顧問可信嗎？她是在哪時候聯繫你的？**

在站點上的時候。米琪回答道。**瑞安是我的朋友，古蘭區派瑞安來保護妳。**

然後它又說：**妳差點就受傷了，葳爾金和葛絲都完全沒有要幫忙的意思。**

她們那時在想辦法保護亞吉洛和布蕾雅思。艾貝納有點心不在焉地說道，她的思緒顯然在其他東西上頭，可能是在想我的故事編得有多爛。**所以她們沒時間。**

我不想讓她細想維安配備神祕現身的可能性，以及它們所屬的（可能根本是冒牌貨的）維安顧問。我敲了敲她的頻道說：**唐艾貝納，妳可以透過這個頻道和我私下交談。我不論何時都會與我的客戶保持聯繫。請特別注意，瑞安顧問已提出明確要求，妳是我的主要客戶，不包含妳的維安人員。**

我是想讓她知道我站在她這邊，不是她們那邊。這話大概還可以說得更好一點，但我很確定之後一定會出現選邊站的情況，畢竟葳爾金和葛絲顯然不相信我們能夠成功救回赫倫。

這就是人類維安人員的另一個問題：他們可以選擇放棄。

艾貝納花了點時間重新整頓思緒，然後問我：**你知道帶走赫倫的是什麼嗎？**

我注意到她這次重問這個問題時是直接問我，儘管她已經聽見我與葳爾金的交談了。看來艾貝納也認為之後會出現選邊站的情況。我說：**我認為妳的想法正確，那是採集裝置。攻擊者想帶走至少一名成員，然後在撤退之前殺掉其他人，或至少令其他人受傷，並且希望藉此讓其他隊員離開接駁船，以利對方殺掉那些人。**

試圖美化絕境從來都沒有幫助，客戶必須要能夠相信你的評估是正確的才行。

（我知道，這不是我的客戶。）

她花了三秒消化這個事實，認知到我們目前的行動可能正是攻擊者想要的結果。

但我們必須找到赫倫。有什麼辦法可以應對嗎？

妳已經做出應對處置了。對方不知道妳身邊有維安配備。如果這話是人類口中說出來的，那就是逞英雄的發言。但如果是維安配備說的，那就只是實話而已。就像之前我對特蕾西說我會殺掉她，我就只是在告訴對方我接下來要做什麼。

我們沿著陰暗的走廊前進，艾貝納安靜了五秒，然後又問：**你本來就知道這裡會有危險嗎？你知道我們會被攻擊嗎？**

我不知道，直到米琪警告我有東西在接近你們為止。這是真的。我更希望現在自己可以躲在接駁船上看我的影劇。**瑞安顧問並不知道機構內有攻擊者**。

你之前在哪裡？瑞安顧問派你來這裡的真正目的是什麼？

我在心裡一慌。我要說謊，還是要吐實？不論如何，都要能夠跟我之前對米琪說的內容相符才行。那些話只有部分是謊言，算是啦，而且艾貝納也許不會意識到我的猶豫，但是米琪會，除非我現在就回答——

我剛剛在地質艙，我立刻說。**我在針對灰軍情報可能違法採集異物質一事蒐集證據。**

啊，這樣就說得通了。艾貝納遲疑了一下。**你能救回赫倫嗎？如果她還活著的話。**

可以，我相當有把握。

艾貝納吁了一口氣。**那就好。我們合作吧。**

看來說實話算是幫了我一把。

我們走過陰暗的區域，來到另一條走廊，這裡的光源雖弱，但至少還在運作。

葳爾金說：「唐艾貝納，妳之前有跟維安配備合作過嗎？」

「沒有，在我們家鄉星系，維安配備是違法的。」她的語氣沒什麼耐性。現在的她不想聽到葳爾金說任何與救回好友無關的話。

我們走近一處交會口。葳爾金透過群組頻道示意大家停下腳步，並暫停動作進行掃描。我一直持續掃描，但是收到的讀數都是垃圾，一定是風暴的靜電干擾。

葳爾金繼續說：「我知道妳跟妳的機器人很親近，但是那東西跟米琪不一樣。它是一臺殺戮機器。」

艾貝納抬頭望向我，而雖然可能是錯誤之舉，但我也低頭看她。四目相接且不要緊張意外的容易，也許是因為我已經習慣透過米琪的頻道看見她的臉。她摸了摸脖子，撫摸那個採集裝置企圖扭斷她的頭的時候，頭盔環緊壓留下來的印記。

她的視線再次回到葳爾金的背上，但是她在我們的私人頻道上說：**我從來沒有跟維安配備合作過——我從沒見過維安配備，或跟維安配備互動過——所以如果你需要我給你任何資訊或指令，請告訴我。**

葳爾金的掃描收到了一些干擾源，跟我和米琪收到的一樣，來自搜索範圍外緣的靜電。我們再次前進，踏上右手邊的走廊，離開通道交會處。

艾貝納問我：**你可以告訴我為什麼古蘭區沒有通知我有另一個任務在進行中嗎？**

這個問題和其他疑問，我已經準備好了答案。**灰軍情報遭控在一處企業政府領域的任務地點，殺害戴爾夫勘測隊的成員，並攻擊一支來自保護地的團隊。等妳能連上新聞頻道的時候，可以查詢自貿太空站以取得更多資訊。目前有理由懷疑灰軍情報利用這座地球化機構進行違法行動，並且可能會想辦法妨礙他人接手此處。**以上都是實話，說出來的時候聽起來還滿有說服力的。

原來如此。艾貝納聽起來很鬱悶。**所以灰軍情報利用這座機構開採異合成物質，而不是進行地球化，而他們懷疑針對剩餘設備的細部調查，可能會揭發他們的罪行。**

可能。其實我很肯定，但是給自己留一點退路、以免最後發現自己搞錯了是我長年來的習慣。通常這麼做其實躲不掉控制元件給的懲罰，但總是值得一試。

在地質艙的數據交出去並且分析完畢之前，我們都沒辦法確定。瑞安顧問決定最好的做法，就是把蒐集數據的工作跟為你們提供額外保護的任務結合進行。

眼前的走廊已經到底，進入一片開放空間，葳爾金示意停步，我早在五秒前就會這麼做了。平面圖顯示這裡是各個艙區的轉接區。

前方的陰影動了，但我看得出來那是來自外部的反射。左手邊有一大片觀景窗，跟地質艙裡的透明穹頂一樣，不過這裡是建置在牆面上。光線和雲層的互動，在地面上形成陰影。

葳爾金進行了掃描，然後示意我們跟她一起前進。干擾在這裡變嚴重了，但是音訊上什麼也沒有。

我問米琪：**你知道掃描器是被什麼東西干擾嗎？**

不知道，維安配備。我把這裡的干擾跟氣候產生的靜電比較，看起來一樣，但是兩者有不同的波源。很奇怪，對不對？

葳爾金領隊走進了一處較寬闊的空間，踏入透明牆面外的風暴翻騰形成的陰影之中。她的注意力主要還是放在掃描器上。建築的樑柱在上方沿著弧度交織，堅固的金屬建材不知怎麼地搭建出模擬外頭那湧動雲層的視覺效果。這裡有三座高聳的艙門，現在都敞開著，通往陰暗的走廊，往不同艙區延伸。透明牆面正對著一道環繞四分之三空間的廊道，廊道上有更多走廊開口。米琪的頻道追蹤器指向這層樓的右手邊第三條走廊。

不奇怪，這是策略。我對米琪說。**有東西在利用天氣造成的干擾來掩蓋訊號**。

這感覺真的很挫折。我很懷念有維安系統可以好好進行分析的日子。就算我們現在能夠破解那訊號，我也沒有資料庫可以進行任何比對。

米琪切換到群組頻道說：**唐艾貝納，有東西在利用風暴的干擾來——**

我感應到動靜，是關節移動的時候發出的細小聲響，我立刻對米琪發出警告。

就在此刻，一道身影從上方的廊道爆衝而出。我抓住艾貝納的腰部，奔向右邊第三條走廊，因為我們要找回失蹤對象就得往這裡去。而第一步就是要在攻擊者忙著對付葳爾金的時候先抵達那裡。

我一口氣衝進走廊一段路之後才停下，好讓艾貝納遠離任何奔放的流彈。（葳爾金的武器開火的頻率之密集，我猜她沒有什麼時間去瞄準。）

米琪一秒後也到了。我把艾貝納放在她身邊，她腳步踉蹌，米琪伸手扶住了她。現在這個狀況，就是我討厭人類維安組員的另一個原因。如果葳爾金是維安配備，我的優先順序就很清楚了：繼續前進以救回赫倫，把她和艾貝納帶離險境，然後回頭收拾／解決葳爾金的殘骸和攻擊者。但是葳爾金是人類，所以我現在只得回頭去解救她。

米琪傳了一張圖片到我們的私人頻道。**是戰鬥機器人！**

嗯哼，謝謝你的新聞快報，米琪。那東西才剛跳出來，我就已經拍到清楚畫面了，那時我還夾著艾貝納，正在往另一頭跑。

我告訴米琪：**你跟著唐艾貝納**。然後跑回走廊上。

我要再澄清一次，我知道在整段敘述中，聽起來都像是我已經掌握了情況，但實際上，我整顆腦袋只在想一件事，就是**媽的，該死，媽的，該死**。

戰鬥機器人比我更快、更強壯，也配置更強大的火力。就算有維安系統可以用，沒有實體的連線，我也駭不進戰鬥機器人。如果想進行實體連線，結果可能就是我被五馬分屍。（我之前被分屍過，所以在我要避免的情況清單上，這是排序第一的項目。）

戰鬥機器人唯一的好處就是它們不是戰鬥維安配備。戰鬥維安配備更可怕。

我幾乎全速衝出走廊，趁機清楚拍下全局後規畫要怎麼進攻。（我應該把規畫加上上下引號，因為在那個情況下其實真的很難做什麼計畫。）

葳爾金倒在地上，手上的大型武器剛被掃落。戰鬥機器人彎身俯瞰著她。從外觀來看，戰鬥機器人很像人形機器人，有點像米琪——如果米琪有三公尺高，胸口和後背裝設多處武器槽，還有四條手臂和很多雙手可以切、割、發射能源束之類的，再加上不是很討人喜歡的個性的話。

我跳上牆面，想辦法找到正確的彈射軌道，然後用力一跳，落在戰鬥機器人頭上。它的攝影鏡頭和掃描器都在上面，但是真正進行判斷和儲存記憶的地方是在下腹位置。（米琪也是，放在下面比較安全，因為大家通常都會朝頭部開槍。）（至少大家通常都是朝我的頭部開槍，所以我猜他們對人形機器人也是這樣。）

戰鬥機器人知道我是維安配備，因為它透過皮膚發送了會造成我的痛感元件爆表的電流。（我已經預期道會這樣了，所以先把痛感調低，但感覺還是很不好。）

下一波電流的目的是要炸掉我的盔甲和我身上的發射型武器。由於我已經把這兩者留在自貿太空站，這波攻擊對我沒造成什麼影響，而且這個誤判給了我需要的半秒，得以把手臂上的能源武器塞進它的感應接收器。我把火力調到最大，啟動發射。

我之所以需要那半秒，是因為我一開火，機器人就揮舞手臂把我從它頭上擊落。我滑行了三公尺，但是機器人蹣跚地往側面傾倒，暫時（我要不斷重複「暫時」這兩字）目盲、耳聾，無法掃描任何動態或能量，沒有能力可以拿內建武器鎖定目標。

葳爾金翻身的時候我也站穩了腳步，從她的背帶上抓起炸藥後衝向戰鬥機器人。從頻道裡迸發的靜電看來，它正好修正了感應接收器，但是我已經撞上它右臂的關節上方，把炸彈放好了。

它巨大的手抓住我的頭和肩膀，我感覺到它手上的金屬在移動，代表有尖銳物體要伸出來了。我心想：**呃，好吧，那招沒用啊**。它大可用胸口內建的任何一種武器把我摧毀，但是它很火大，想讓我痛。

一聲悶悶的爆炸聲從塞炸藥的地方傳來。

那包炸藥有兩段爆破功能，剛剛那是第一段，功能是把厚重的防護層炸出一道開口，這對戰鬥機器人的外殼也有一樣的效果。我還連著葳爾金的主頻道，從頻道上聽見炸藥的倒數計時器響起。

如果這具戰鬥機器人有多一點自我意識，可能就會停下動作來碾碎我的頭，但是它的防禦模式在這時啟動，所以它把我丟到一旁，往炸藥的位置伸手。

我再次撞上地面，手腳並用地爬著後退，它則伸手挖炸藥。葳爾金翻身跪在地上，往機器人的胸口和頭部開槍。她打中了感應器和武器槽，這我同意是個好主意。這麼做能避免機器人在炸藥發威之前鎖定我們。

炸藥的塑膠外殼脫落，但是炸藥本體已經埋入機器人的外殼內部。機器人企圖放探測器進入外殼破口取出炸藥，葳爾金則在它伸長結構的時候擊中了脆弱的關節處。

這麼一來就替炸藥爭取了它需要的兩秒時間。我雙手抱頭，把聽力調低，然後一個翻滾。

爆炸聲響變小了，可是機器人倒地的時候，我還是感覺得到震動。我站起身，對於策略生效及自己還活著又能正常運作感到震驚。（這就是維安配備學的戰鬥方式：把自己的身軀拋向目標，殺個片甲不留，然後希望有人把你放進修復室修好。對，我知道我已經沒有盔甲或修復室可以用，我很清楚，但是積習難改。）

那具機器人像一團破銅爛鐵般崩倒在地。炸藥被它的外殼包覆，所以現場沒有炸裂的碎片，爆炸的威力破壞了機器人的處理器和其他位於腹部的重要機件，但是它還是啟動狀態。

我對葳爾金說：「再給我一些炸藥。」

她趴倒在地上，但是身上的盔甲保護了她的聽力。她從背帶上抽出炸藥包，舉起來給我。

我接手後，把每一塊都設定好後丟進機器人外殼的開口，然後迅速撤退。

葳爾金搖搖晃晃地起身後退，武器對準了機器人。

我才到走廊口，炸藥就引爆了。每一次爆炸都讓機器人的身軀彈起、抖動。最後一個炸藥引爆後，我掃瞄了一下活動狀況。機器人還有動力，但是炸藥已經摧毀了首要和次要處理器。這樣應該就行得通了。

葳爾金在檢查她的掃描結果，安心地吁了口氣。「成功救援。走吧，那種東西看見一具，表示還有更多具。」

是吼。

我跟著葳爾金踏上走廊，回到米琪和艾貝納等待的地方。艾貝納一手搭在米琪手臂上，像是在保護它一樣。看見我們走近後，她放開手說：「不論是誰啟動了那東西，就是他帶走了赫倫，對嗎？」

「一定是這樣。」葳爾金想阻止，但是艾貝納已經深入走廊繼續前進，葳爾金只好跟上去。

我走到最前面，米琪不用我說，自己走在艾貝納身邊。這樣很好，米琪在戰鬥的時候也許幫不上忙，但是至少我知道它只聽艾貝納的話，不論葳爾金說什麼都一樣。

我聽見艾貝納在接駁船的頻道上講話，警告薇波和其他人，再次要他們留在船艦上，不論任何情況，都不要來找我們。

葳爾金把我們的攻擊過程影片船傳給了葛絲，葛絲回傳表示已讀。此舉比明顯坐立難安的凱德來得專業，不過他也回報表示，他們已經傳送了警告訊息給轉運站，會持續更新消息給港務局。

葳爾金說：「我沒見過任何打劫犯有能力派出戰鬥機器人，但我想凡事總有第一次吧。」

我確定戰鬥機器人應該是機構裡本來就有的設備。我們講的可是灰軍情報，他們的企業精神八成是「殺光，搶滿，賺大錢」。

艾貝納沒有回話。在我跟她說過那些話之後，她大概也已經不認為這一切跟打劫犯有什麼關係了。「他們會知道我們要過去了。」

他們已經知道了。我在我們三方的私人頻道上對她和米琪說。**現在其他戰鬥機器人會知道有維安配備在場，並且根據這點改變它們的策略**。

我真希望我也有策略。

〔狀況：維安配備在監控區行動。〕

我停下腳步。我沒有驚聲尖叫，不過我有零點二秒的時間想這麼做。

我覺得自己應該有維持住面無表情，但是艾貝納和米琪都轉過來看我。葳爾金繼續前進。

我再次邁開腳步，試著找出這個訊息是從哪個頻道進來的，才能想辦法擋下來。

〔狀況：回答。〕

米琪在我們的私人頻道上說：**維安配備，剛剛那是什麼？**

不要回應就好，米琪。是戰鬥機器人，想找到我們的位置。

戰鬥機器人無法像戰鬥維安配備那樣進行駭入行動。它們的行動不會跟維安系統或中控系統連線，這點跟維安配備不同。但是我還是不想讓它在我的腦袋裡說話，或米琪的腦袋。

〔狀況：維安配備攜帶次級配備。〕它聽起來很堅定，還有點覺得有趣的樣子。

〔狀況：寵物機器人。〕

我快成功了。

〔目標：我們會摧毀你們。〕

頻道被我擋下來了。我緩緩地吁了一口氣，不想吸引人類的注意。米琪傳了一個難過的表情符號給我。它說：**沒關係啦**。完全口是心非。

我提醒自己，戰鬥機器人不是人類，它們不是我看的影集裡的反派。它是機器人，而且它不是在威脅我們。

它只是在告訴我們，接下來它會這麼做。

戰鬥機器人通常都需依賴人類控制。嗯，它們如果要完成特定目標，就需要人類操控。

如果目標是像「一邊製造跟風暴干擾相似的干擾源來掩飾系統運作的線索，同時殺掉任何進入機構內部的人」這麼不明確的話，可能就不需要控制者了。但是挾持人質、引誘我們深入機構，這類狀況證明了背後有個完整計畫。

灰軍情報可能留了一名操縱人員在站內，就在港務局人員的眼皮底下，繼續監控這座機構。他們早就知道接駁船會在哪時啟程，哪時抵達機構，也能預估團隊進入艙內開始進行評估所需的時間。然後他們就發送訊號啟動了戰鬥機器人。

能穿透機構外部防護層的信號？有可能。

如果可以知道到底有多少具機器人就好了，不過沒關係，至少我現在知道第一個陷阱設在哪。那個陷阱失敗了，所以戰鬥機器人會移動位置，製造第二個陷阱。

我再次檢查了一遍平面圖，確認我們現在即將穿過中央區。

我說：「唐艾貝納，我得先去前面探路。我想讓葳爾金跟我一起去，讓妳和米琪留在這裡，這樣比較好。」我在頻道上補充：**而且我們得動作快**。

艾貝納本來就希望能加速，我也不想給葳爾金爭辯的時間。艾貝納說：「好，去吧。」

我加快了腳步，往走廊移動。葳爾金遲疑了一下，然後就跟過來了，她的動力盔甲讓她能夠追上我。

「等等。」她說。我停步，只為了讓她以為我會聽她的，也因為我從頻道上看得出來，她在查看平面圖。「了解了，我們走吧。」

我讓葳爾金領頭。

我們沿著管狀軌道，繞過中央交會點，順著弧度往機械艙走。我一直在自動掃描無人機的蹤跡，但什麼也沒有。

我敲了敲米琪的頻道。**你最近有確認船艦狀況嗎？維安配備，我替唐艾貝納監看著凱德的頻道，並且每二點四秒就檢查一次船艦系統狀況。亞吉洛在醫療艙，預估將會完全康復。**

這是我第一次聽見米琪說話變得這麼不煩人，不知怎麼地，我覺得受到了極大鼓舞。**收到，只是想確認而已。**

米琪傳了個微笑符號給我。**確認朋友狀況很好。**

好吧，這是我自找的。

軌道在眼前順著弧度延伸，跟我猜測的一樣，我看見了跳躍的光影，表示前方兩側都是透明牆。

我們接下來要進行的戰略很好猜，戰鬥機器人可以派迷你無人機來這裡看看我們有沒有嘗試這個方法。但我的掃描器上沒有接收到任何監視設備、動靜或可疑靜電的蛛絲馬跡。

這情況證實了沒有人在現場控制它們的這個理論。從平面圖上看不出這些通行軌道有窗戶，考量機構其他地方的設計，我覺得有這個可能性。戰鬥機器人應該不會注意到這點。

我走到通道牆面還沒變透明的地方，腳步停在陰影內。葳爾金也在我身旁停下來。我從頻道裡看見她在調整攝影鏡頭的放大畫面功能。

軌道透明段的其中一邊俯瞰機械艙的中央區。現在的位置離那裡只有二十二公尺遠，也能看到寬闊的穹頂，跟地質艙的設計一模一樣。葳爾金把她的頭盔攝影機貼在軌道牆面上，然後把畫面傳給我。

我其實看得到動態，也可以自己算出位置，但是有更清楚的細節確實也不錯。眼前是一具戰鬥機器人，在中央區的樓層大步前進，經過一座位在中央位置，看起來之前應該是兼具藝術欣賞功能，且可以通往上層廊道的樓梯建築結構。

葳爾金的鏡頭辨識出上層有動靜，從動態跡象看起來，我知道那是一批戰鬥無人機。在我接過的任務案件中，大多數都是使用比較小型（比較便宜）的版本，主要功能是蒐集情報（包括客戶的專利資料），同時能夠監看基地領地，確保沒有任何東西會偷偷接近。但是現在這批是比較大的機型，有情報能力、強化外殼，還內建能源武器。

葳爾金還在掃瞄，一邊低聲說：「看來還有一具戰鬥機器人，還有無人機。」

現場至少有三具戰鬥機器人，其中一具站在廊道後方的陰影中。葳爾金沒有注意到它，但是我從葳爾金的鏡頭捕捉的能量圖上推測出來了。我敢打賭應該還有一到兩具待命中，或者是在機構的其他地方運作。很可能就位於我們和接駁船之間，因為這些東西的工作方式就是如此。

然後葳爾金說：「找到目標。」

她口中所謂的「目標」，就是她的客戶赫倫，正躺在樓梯底端的平臺旁。（千萬別客戶稱為目標，沒人想在錯誤的時刻弄錯意思。）（剛才那是笑話。）她蜷曲著側躺在地上，背對我們，我沒辦法判斷她是否還活著。還有其他東西讓我覺得有點怪。

「它們為什麼選機械艙？」

我們得穿過中央交會點才能抵達這裡，除非那邊設了陷阱，否則大氣艙不但比較近，而且只有一個出入口，也比較好防禦。機械艙有一個出入口通往中央交會點，另外有一條從生產艙分岔出來的軌道，還有一座電梯在中央，位於廊道正下方。

「機器人的大腦在想什麼很難講。」葳爾金說，然後瞥了我一眼。

我直盯著前方。如果說眼前這個狀況有什麼好處，那就是讓我更加堅信我⑴駭入自己的控制元件，⑵逃跑是多好的決定。

當維安配備真的是爛透了。我等不及要回去過我的大逃脫生活，一路搭乘機器人駕駛的交通工具，追著劇浪跡星際。

葳爾金接著說：「走吧。我有計畫了。」

是啊，我也有計畫了。

知道戰鬥機器人的位置之後，葳爾金帶著我們走向中央交會點的通道，進入生產艙，這麼一來，我們就可以穿過替代軌道進入機械艙。或者是我就可以穿過替代軌道進入機械艙，因為這就是她的計畫。

「我們會派維安配備去分散注意力，然後我會去救赫倫。」葳爾金對艾貝納說。

米琪歪頭。艾貝納皺眉，她丟給我的神情看起來非常震驚。「這麼做根本是自殺啊。」

葳爾金耐著性子說：「它是維安配備，它們就是這樣做事的。」

米琪透過頻道發出警告訊號。**這不是個好主意，維安配備。**

艾貝納的神情再次變得嚴肅。「這違反了古蘭區的行動原則。」

葳爾金挑眉。「妳想不想救回赫倫？」

我看著艾貝納的臉。她很掙扎，在擔心赫倫安危及派我去面對可怕但至少有機會瞬間結束的死亡任務這兩個念頭之間糾結不已。這情景非常有意思，因為她知道我是維安配備。

她咬牙說：「一定還有其他辦法。瑞安顧問絕對不會同意這種事的。」

但是她說她從沒見過維安配備，也沒和維安配備工作過，米琪則是連資料庫裡都沒有維安配備的概念。而且艾貝納是個擁有寵物機器人的人類，她可能是把我想成瑞安顧問的寵物機器人了，就像米琪是她的寵物機器人一樣。

我們沒有時間繼續爭執下去了，而且我真的想避免有人再想起瑞安顧問，這個虛構角色的真實感已經單薄到吹彈可破了，至少對我來說是這樣。

我說：「沒關係，唐艾貝納。這是我該做的。」要掩飾口氣裡的諷刺依然如此艱難。

我在我和她以及米琪的私人頻道上說：**沒關係，我另有計畫。這樣對赫倫來說比較安全。**

你確定嗎？艾貝納問道，然後又說：**你不想告訴葳爾金你的計畫。**

對，我不想，主要是因為我不想聽她再對我下一些我必須無視的命令。也因為我對於自己想做的事只有一個大概的構想，剩下的部分都得靠現場發揮。

妳是我的客戶。妳可以透過這個頻道監看我的行動。

我對葳爾金說：「我們該出發了。把妳的武器給我。」

「什麼？」葳爾金沒有立即擺出要開槍的姿勢，但是她的盔甲關節處移動的模樣讓我覺得那應該是她的第一直覺反應。

「如果我要先進去，我就需要發射型武器。」我只是想看她會怎麼做而已。

「不，我會跟著你進去。」葳爾金說，口氣有點不耐煩。「我會待在生產艙走廊和軌道中間的艙門處，幫你掩護。」

她往走廊走去，一邊對艾貝納說：「妳們在這裡等。如果我用頻道叫妳們逃跑，就先回接駁船上去。」我跟在她身後，就像一具聽話的小維安配備／殺人機。

在我們身後的米琪移動腳步，看著我們踏上走廊，並把她的攝影畫面傳給艾貝納。

在我們脫離她們的聽力範圍之後，葳爾金把通訊器和頻道靜音，對我說：「瑞安顧問那邊有消息嗎？」

「沒有，這裡連不上轉運站頻道。」葳爾金知道這件事。「如果妳想跟她通話，我可能可以透過通訊器連繫上她。」這我還能裝得出來，但我需要一點時間練習。

好在葳爾金決定她不想邀請另一位維安顧問來指點她的策略，特別是在她打算讓那位維安顧問的維安配備去送死的時候。我不知道我們維安配備被殺掉的時候，保險公司會收客戶多少錢，但大概會是很大一筆。

我猜葳爾金的計畫就是派我進去後封閉艙門，等戰鬥機器人殺掉我，她就可以告訴艾貝納和米琪說她已經試過了，可是現在他們得回接駁船上離開這裡。

少了維安配備在身邊的艾貝納沒有任何武器，身上也沒有動力盔甲，如果她反抗的話，葳爾金可以直接把她拖回去。當然，如果葳爾金敢動艾貝納一根寒毛，米琪絕對會出手阻止，但我不確定葳爾金有沒有意識到這點。

我們走到艙門後，葳爾金便停下腳步。她說：「祝你好運。」

好啊，去妳的。我心想，然後繼續向前走。

好吧，我對這個情況確實很不爽。又不是說我還有修復室在某處等著我。我可以透過醫療系統復原，但是還得先找到醫療系統才行。離我最近、我又能夠使用的醫療系統，就位於我的那艘貨運船艦，阿船還停在轉運站的停泊口。但我知道我可以的。

（我希望我可以。但我最近對自己的判斷能力有點疑慮。）

隨著我越來越接近進軌道，脫離了葳爾金的視線之後，我把她的頻道畫面移到後臺播放，並且敲了敲我和米琪以及艾貝納的私人頻道，讓她們透過我的頻道畫面看現場狀況。（影像會不如頭盔攝影機，因為拍攝的管道是我的雙眼，所以畫面會一直跳動。）米琪在說話，不過主要對象是艾貝納，但我沒有注意聽。我在釣一臺無人機。

我在一條開放頻道上釋放短短的靜電電波。無人機應該會把電波判斷為語音通訊器的訊號，彷彿某個可憐的人類剛好經過這裡，企圖透過通訊器呼救，而不是使用艾貝納、米琪和葳爾金在我們的頻道上用的那種安全介面。

這麼做可能會立刻搞砸，吸引所有的無人機全部衝來這裡抓我，但是我不認為會這樣。機器人還沒有派無人機來追我們，是因為它們不想讓我們知道它們有無人機，目的很可能是它們打算利用無人機來攻擊接駁船。我希望是保護領地和和巡邏用的無人機會過來一探究竟。

我來到軌道的銜接處，這裡有個本來要放設備的空位，但是現在沒有東西，成了一個陰暗的小空間。我站進其中一個陰影下，把掃瞄範圍放到最大，並持續發送做為誘餌的間歇訊號。然後我收到了回應，也是一陣類似靜電的電波，像是通訊器想回答我，但是被干擾源淹沒了。

一具正常的維安配備（你知道的，就是還有控制元件的那種，焦慮程度低於我，但可能比我更憂鬱）就能做到這件事，但是會受限於只能用戰鬥匿跡模組裡的罐頭回覆回答。無人機可能就會把這類回應辨識為來自另一具戰鬥配備，而非人類。

反正我身上沒有戰鬥匿跡模組（我一直沒有升級到那裡，可能是因為拉維海洛和「殺掉客戶」的舊事吧，你可以自己想想看），所以我從某部影集裡剪出片段對話，處理掉背景噪音和音樂，並且除去音訊裡任何可辨識的編碼。我播放出預錄音檔「你在——找不到——哪裡——船——」並巧妙地用靜電雜音打斷。

無人機又傳了另一段巧妙的靜電電波回應我。從這個信號的強度看來，它的距離變近了。我待在原處等候。

米琪在頻道上說：**你在做的事情讓我們很擔心，維安配備。**

掃瞄還沒看到任何東西出現，所以我有時間聊天。**為什麼要擔心，米琪？**

因為我們不知道你在做什麼。葳爾金在頻道上告訴艾貝納博士說你沒有動作——

無人機就在這時進入了我的掃瞄範圍，緩慢移動著，以避免驚動那個它以為就在這裡的人類。我站在陰影中，停止呼吸，暫停任何它可能會注意到的動靜，接著又傳了一小段通訊器音訊逗弄它。

平面圖顯示這些空位是大氣樣本測試站的一部分，所以說無人機完全不知道這裡有成人大小的空間可以躲藏。無人機對於看起來空無一人的情景顯然感到有點疑惑，便開始嘗試追蹤訊號來源。我把一串無人機控制碼壓縮後丟給它。

（控制碼不是匿跡模組的功能，也不是公司提供的維安系統具備的數據。這是我從公司客戶那裡取得的專利數據，他們專門研究對抗戰鬥無人機的方式。我一直想把這個檔案刪掉，把空間拿來存我想看的新影集，但我忍住了。我知道總有一天派得上用場。）

其中一串控制碼生效了，無人機隨即切換成待命模式。我在它的控制碼中逛了一、兩分鐘，確認它的運作方式。它和所有其他的無人機（數據顯示有三十架啟用中），還有三具戰鬥機器人都在同一條安全頻道上工作。

其他無人機和兩具戰鬥機器人都在機械艙前廊。第三具機器人顯示為運作中，可是沒有顯示位置。（我有個不好的預感，它可能正在接近接駁船，等著攔截我們。）

機器人的安全防護牆就比較多了，即便我現在就在它們的共用系統裡，如果開始嘗試駭進機器人，它們也來得及跑來這裡殺掉我。

不過我還是可以控制所有無人機。

再過二十秒，它們就會全部歸我管了。

喔，我懂了。米琪說。**當我沒說**。

可是我的動作必須迅速。我叫無人機一號繼續待命，然後下指令讓其他二十九架無人機攻擊機械艙理的兩具戰鬥機器人。然後我拔腿就跑。

我拐過一道弧彎，穿過兩扇開著的艙門。

我已經聽見能源武器和發射型武器開火、金屬撞擊在牆面上，以及戰鬥無人機發動攻擊的時候會發出的尖銳怪聲。

我不需要一一控制無人機，下指令之後，無人機就會知道怎麼做。要是我介入指揮，只會讓它們的速度慢下來。

一看到機械艙的艙門，我就開始加速。我全速衝刺到走廊尾端，用力往下一跳。艙內的前廊已經成了一片戰場。我落地後順勢滑到另一端。離門口最近的那具戰鬥機器人正大動作地揮舞著手腳，想趕走密密麻麻朝它開火的無人機。

它朝四面八方攻擊，宛若暴怒的金屬旋風，各種武器發射出來的流彈擊中牆面、地面、柱子。它用剪刀手擊落一架無人機，碎片飛得到處都是。

我早有預期，先把痛感調低了，但還是能感覺到背上和肩膀上的撞擊力道，那些小小的拉扯代表有東些扯破了我的衣物，刺進我的皮膚。（聽起來恐怖嗎？因為我嚇死了。）

第二具戰鬥機器人企圖往前跑，但是無人機形成一面牆撞上去，用槍林彈雨和盔甲外殼把機器人逼退。

我翻身站起，再次往前撲，停在赫倫身邊。她看起來沒有外傷，我也沒看見血灘，但我沒有時間檢查她是不是還活著。（這也不重要。在這種救援行動裡，除非我把屍體帶回去，否則人類不會相信肉票已經死了。）我一把撈起她，接下來就是最難的部分了，我得跑出前廊。

機器人這時已經想通了(1)維安配備來了，(2)維安配備動了手腳控制住無人機，所以說(3)它們全都氣炸了。我穿過戰場，衝向門口。

兩具機器人已經解決了二十三架無人機，在我的意識裡，一架架無人機是一顆顆光點，或是一道道連線，陸續閃逝。但是無人機鎖定攻擊機器人的關節處、武器槽和手部，也造成了不少傷害。

從一架還存活的無人機拍攝畫面來看，有一具戰鬥機器人想撲向我撤退的方向，卻只能跪倒在地上。剛剛在部分無人機分散它的注意力時，其他則鎖定火力往它的腳踝處攻擊。

我面前的機器人往前一撲，擋住門口。我一個右轉，直直奔向電梯口。

正如我稍早警告布蕾雅思的情況，戰鬥機器人已經拿下了電梯系統，但是戰鬥機器人無法像維安配備那樣駭入系統。我沒有試圖控制整個系統，只針對這一座電梯下手，叫它來等我。

我跑到電梯前的時候，電梯門聽命打開來。我下指令要它帶我到生產艙去。電梯門關上時，門縫正好夾住伸過來的尖銳金屬手指，然後電梯就把我咻地帶走了。

無人機一號還在走廊上待命，我下指令要它關上機械艙和生產艙之間的艙門，鑽透牆面，讓控制器的保險絲燒掉。它立刻行動，同時電梯也抵達了，打開了門。

我踏出電梯，站在空蕩蕩的生產艙電梯口前，把我準備好的編碼傳入電梯系統。編碼把整個系統都關閉，並加上了密碼鎖。戰鬥機器人如果有對的密碼模組就能打開，如果它們花點心思，還能把它用在其他東西上。不過這還是能替我爭取到需要的時間。希望啦。

現在我有時間可以評估一下自己的狀態了，所以把疼痛感應調高了一點點。我剛剛感覺到的撞擊從隱隱作痛變成了刺痛的燒燙感，像是皮膚底下發生了小型爆炸。

唉呦，唉呦，好吧，唉呦喂啊。我鎖緊膝關節，讓自己站直，然後調高了進氧量。

無人機在我四周被打碎的時候，我身上中了好幾道碎片穿刺傷。我還受到兩記發射型武器攻擊，一記在身體左下側，一記在左肩位置。我可以很肯定地說，打中我的都是本來要攻擊無人機的流彈。如果機器人當時有辦法鎖定我攻擊，我早就被轟成碎片了。

我把痛感調低，被打中的地方就從爆炸的感覺變成只剩餘燼的程度。（我知道這不是長久之計，假裝壞事沒有發生就長遠來說不是最好的生存策略，但是我現在也沒有別的辦法了。）我手臂上插著記憶卡的位置沒有受傷，這讓我鬆了口氣。

我踏上走廊，往生產艙前廊走去，其他人應該都在那裡。

我敲了敲米琪的頻道等它回報狀況，因為它和艾貝納一定能透過我的視線畫面看見剛剛發生的一切，兩個人卻什麼話也沒說。這時，赫倫戴著手套的手捏了捏我的肩膀。

好險我還記得自己手上抱著可能還活著的人類，沒有失聲尖叫或把她丟在地上之類的。她的頭盔和上頭的通訊器麥克風被扯掉了，頭就靠在我的肩膀上。

她口齒不清地說：「你是誰？」

我當下的注意力不在她身上，直覺反應是做出標準回覆：「我是妳簽訂的合約所提供的維安配備。」之所以注意力不在她身上，是因為我與米琪和艾貝納的頻道中傳來了奇怪的聲響。不是頻道上的溝通訊息，是音訊。米琪用頻道傳了通訊器音訊給我。

因為憤怒而聽起來顯得粗啞低沉，艾貝納說：「是誰派妳來的？灰軍情報嗎？」

赫倫靠在我肩上，茫然地說了個「啥？」。

另一段通訊器音訊太微弱，就連我都聽不見說了什麼。我浪費了四秒，把音訊轉為聲譜後才認出來。

音訊裡有兩個聲音，一個是米琪的關節發出的低頻聲響，一個是動力盔甲發出的高頻聲響，兩種聲音交織在一起。

死定了。

我確實會犯錯（我在一個特別檔案裡隨時更新數字），看來這次我犯了個大錯。

我把葳爾金的行為全都解讀為跟我有關，解讀為可能是覺得客戶不信任她和葛絲，所以另外找了一個維安顧問，對方還派維安配備突然現身這件事，造成她的不自在和被害妄想症。（我知道，這種「都是因為我」的想法通常是人類的毛病。）但現在看來，她的緊繃可能另有原因。

與之前持有我的那種保險公司簽下維安服務的好處，就是小一點的合約你要去公司辦公室簽收配備，大一點的合約會用公司的運輸工具把配備送去給你。這麼做可以大幅減少突然有人出現假裝是你的維安組員，實際上卻是受命來殺你的可能性。

葳爾金和葛絲很高明。我在阿船上的時候就一直側聽並分析她們的對話，完全沒有發現任何蛛絲馬跡。但是回頭想想，如果是替灰軍情報做事，她們肯定會對整個企業網都採用的保險公司維安監視系統有所警戒。

此刻我的無人機已經到了艙門口，也就是葳爾金該等著的地方。當然，她不在那裡，她在忙著背叛自己的客戶。（我說我不喜歡人類擔任維安人員的時候，你以為我只是個混帳，對吧？）

我利用與米琪相連的頻道，開啟她的攝影畫面。喔，沒錯，情況不妙。

畫面很晃，但我看得出來米琪把葳爾金逼退到一根柱子旁。它用一條手臂把葳爾金的右手腕壓在柱子上，而葳爾金則企圖把發射型武器對準艾貝納。

米琪的手有點狀況，但我沒有看到清楚畫面，我也不想在這時候讓米琪分心，只為了要它回報損傷狀況。

葳爾金的另一條前臂抵著米琪的臉，像是想把她推開，但她的目的並非如此。她的盔甲前臂位置有內建能源武器，她打算把武器轉到正確位置，把米琪的頭炸掉。（沒有頭，米琪還是可以運作，可是它的感應接收器和攝影機都在頭部位置，而且沒有頭會變得非常詭異。）

葳爾金已經把我擋在她的主頻道外，但我利用艾貝納的頻道來繞過阻擋。

我是維安配備。我們可以談談。若妳願意出庭作證，瑞安顧問可以提供妳豁免的機會。

我希望這番話聽起來合理（這是《明月避難所》裡的臺詞），我很確定一聽就讓人覺得我只是在拖延時間。但我不是在拖延時間，我也不需要她回答我，我只希望能讓她分心，沒有注意到我在她的主頻道裡做什麼。

妳的老闆要完蛋了，不論他們付妳多少錢，都抵不上妳被關進監獄的代價。（對，這也是《明月避難所》裡的臺詞。）

一邊說話的同時，我也瘋狂地尋找著正確的編碼。製造動力盔甲的公司跟製造維安系統、情報無人機、攝影機等等的公司不同，所以系統架構也不一樣，讓一切變得更困難了。

艾貝納緊抓著葳爾金的發射型武器，試圖幫助米琪把武器扭開，但是面對動力盔甲，她能做的有限。我看得出來她對於前臂的能源武器毫無概念，那東西的位置危險多了。從頻道上我聽見艾貝納叫米琪放開手，快點逃命，米琪則是因為如果它逃跑，葳爾金一定會開槍射擊艾貝納，所以拒絕離開。而真正該逃跑的艾貝納，顯然認為沒有米琪她就不走。

我趕到了拐進生產艙前廊的轉角，艾貝納和米琪就在那裡與葳爾金搏鬥。她的能源武器緩慢但穩定地滑到定位，對準米琪的頭，無視它企圖固定住她的舉動，以及掛在另一條手臂上猛踢她的艾貝納。如果再過三十秒我還找不到編碼，就得把赫倫放下來，換我來硬的了。

另一條頻道上，無人機一號回報說沒有偵測到任何證據顯示戰鬥機器人要嘗試炸穿它封閉後堵上的艙門。這代表戰鬥機器人現在停下了工作，開始互相修補（對，它們會自己修復，除非體內的主處理中心被摧毀。對，這真的很討厭，而且超恐怖。）

而且很快就會換一條路，從機械艙來追殺我們。好像我現在還不夠忙一樣。

我發了狂似地搜尋葳爾金的盔甲系統，終於找到了對的編碼。真是讓我鬆了口氣。我打開頻道，透過頻道送出「禁止動作」的指令。

公司不用葳爾金這種動力盔甲，不只是因為公司很窮酸，也因為葳爾金身上這種動力盔甲是可以被駭入的。

米琪掙扎著脫身，後退幾步，仍然用自己的身體擋在葳爾金和艾貝納之間。葳爾金凍結在原地（就是字面上的意思），神色猙獰地對著已經失效的通訊器吼叫。（我把她的通訊器和頻道連線都截斷了，我希望葛絲在發現最新進展時能夠措手不及。）發射型武器從葳爾金動彈不得的手中掉落，艾貝納衝上前去一把抓住。

現在我看得清楚米琪的損傷了。兩發能源武器衝擊的痕跡留在胸口，它的右手也廢了。

我說：「沒事了，我把她的盔甲鎖住了。」我重播米琪的頻道，跳著看剛剛到底發生了什麼事。

她靠近她們的速度很快，說有重要的事情不能用通訊器和頻道說，然後她伸手抓住了艾貝納的頭髮。我把艾貝納從八爪生化採樣機手中救出來的時候，破壞了頭盔的扣鎖，在那之後她就沒有再戴上頭盔，頭髮一直披散著。

葳爾金用武器抵著艾貝納的頭，說：「抱歉，這不是針對妳。」

這句話讓她錯失下手機會，給了米琪時間，它衝到兩人之間，把她的武器強行推開。（米琪是幫人類拿東西的寵物機器人，但這並不代表它的力氣就不足以對抗動力盔甲。）葳爾金扣下扳機，摧毀了米琪的手，即便如此也沒有拖慢米琪的速度。

艾貝納看見我，喘著氣說：「赫倫——」

「她還活著。」我馬上說。因為艾貝納現在握有武器，而經歷重大創傷同時持有危險武器的人類總是讓我緊張。

米琪哀哀地說：「維安配備，葳爾金顧問想殺唐艾貝納。」

艾貝納把武器甩上肩，匆忙趕到我身邊。她輕碰赫倫的臉頰，然後抬頭望向我。

「噢，謝謝你，真的謝謝你。」

被感謝的感覺很好。「米琪，回報損傷狀態。」

「我的效能是百分之八十六，」她舉起手臂殘肢，「只是皮肉傷而已。」

真的是有完沒完。艾貝納轉過身，一臉震驚。「米琪，你的手手！」

喔，太好了，又是一場艾貝納／米琪的真情戲碼。我說：「米琪，你接手赫倫。」

米琪往前站了一步，伸出雙臂。赫倫的意識只有半清醒，手卻突然緊緊抓住我的夾克。艾貝納輕輕把她的手扳開，我把她交到米琪的臂彎中。

我轉向葳爾金。我最在意的是扯頭髮的那個動作，還有那句挖苦的「不是針對妳」。如果葳爾金完全無預警地直接開槍，艾貝納肯定已經死了，米琪也會變成一攤殘骸碎片。但是葳爾金想讓艾貝納知道自己被背叛了，這一點，就是針對。

我不喜歡針對。

這是我不喜歡人類維安顧問的另一個原因。有些人就是有點太過投入自己的工作了。

我走到葳爾金面前，把她身上裝著炸藥和其他配備的裝備背帶卸下。她透過面罩視鏡怒目瞪著我。

我把背帶甩上自己肩膀，然後說：「唐艾貝納，妳最好不要看。」

艾貝納從米琪和赫倫身邊轉過來。「不！」然後她緩和自己的口氣，「我知道你很氣她派你去打戰鬥機器人，但是不要殺她。」

我不是在為自己生氣。被派去面對那種情況、去被射殺，基本上就是我的工作，或者說是我之前的工作。大概是一切發生得太快，艾貝納還沒時間消化葳爾金差點對她做了什麼事。

一定是因為她第一次說的話沒什麼說服力，艾貝納接著說：「如果她確實有和灰軍情報合作，那我們就需要她當目擊證人。」

好，這樣說有點道理。我之所以會在這裡，就是要蒐集更多可以對抗灰軍情報的證據。我的目光望向葳爾金的面罩內。她的表情一片空白，想要控制恐懼。

在通訊器和頻道都斷線的情況下，她還是可以聽見我們說的話，不過隔著頭盔，音量會像是我們人在礦坑通道的尾端那麼飄渺。

動力盔甲失去動力的時候，會自動打開一些透氣孔以利空氣循環，以免她窒息或是被自己的體溫熱死。我可以下指令讓盔甲在我們走了之後再關閉透氣孔，艾貝納會以為一切都只是意外。

又是這種在乎。我在乎葳爾金的死活嗎？並沒有。

我說：「我們得走了。」然後朝葳爾金的發射型武器攤開手，艾貝納把武器交給我。我邁步向前，沒有關上透氣孔。

米琪和艾貝納都跟在我身後，我解釋道：「機械艙的機器人在自我修復完畢之後，就會想辦法追上來，我控制的無人機說還有一具戰鬥機器人在運作中，我認為位置很可能就在我們和接駁船之間的某處。」

我們也知道不論機構內剩下什麼類型的可移動裝置，它們一定都會用來對付我們。我不想再被迫與另一臺生化採樣機對打了。

艾貝納邁開腳步追上我。「我的頻道和通訊器都連不上接駁船，」她說。「米琪也沒辦法。」

「因為我把妳們兩個擋下來了，」我對她說。「我不想讓妳們說出任何可能會讓葛絲有所警覺的話。」至少是在我想到該怎麼處置葛絲之前。

從這裡我連不上葛絲的盔甲，就算我打開頻道也一樣。每一套盔甲的編碼都不一樣（製造商也不是真的那麼蠢），所以我得靠得夠近才能掃瞄。

「原來如此。」出乎我著意料，艾貝納沒有跟我爭執。或者說我也沒什麼好覺得出乎意料的，畢竟她很聰明。「我想大概不必巴望葛絲不是殺手了。」

「貨運船上的數據分析顯示她們已經合作了一段時間，」我說。「我們必須假定她們是一起被買通的，或者在某個時間點下手取代了你們公司派來的維安組員。」

「下手取代，」艾貝納重複我說的話，「意思是殺掉嗎？」

「很有可能。」我在賀夫瑞登站找到前往秘盧的貨運船時，還沒有下載當地的新聞內容，只看了一些和自貿太空站及灰軍情報有關的快訊而已。

如果有新聞報導說找到兩具屍體，而且身分標記都被處理掉的話，我大概也就這樣錯過了。（不能把人從轉運站直接拋進太空中，維安單位會去調查，而且會很激動。）

「葛絲現在人在接駁船上，情況要視為人質綁架事件。」

我最討厭人質綁架事件，就算人質是在我手上也一樣。

米琪說：「那真是太糟糕了。」

看到沒有？這真的很煩啊。這種發言對整段對話毫無貢獻，只是一段一點意義都沒有的聲音，用來舒緩人類的感受而已。

艾貝納快速檢視我在機械艙的錄影畫面。影片長度不到一分鐘，所以沒花多少時間。

「是葳爾金在對機器人下指令嗎？現在沒了她，也許機器人會進入睡眠模式。但是如果它們向葛絲回報狀況，我們就又回到一開始的狀態了。」

「我不認為機器人的指令是她或葛絲下達的，」我說，「我全程都在側聽她的頻道，如果有指令下達，我就會聽到，就算有加密也一樣。」

她們兩人幾乎沒怎麼交談，其實光這點可能就有點可疑了。（我知道，馬後砲最棒了。）

米琪說：「戰鬥機器人可能一直在某處待命，被下的指令是只要任何人進入機構，就開始運作。」赫倫發出囈語，米琪連忙安撫她：「好了，好了，赫倫。沒事了。」

對，我早就想到了。

艾貝納說：「我不明白。如果葳爾金和葛絲的任務是來殺我們，那戰鬥機器人在這裡的目的是什麼？灰軍情報一定是想阻止調查，但那是——」

我說：「等一下。」然後停下腳步。

我需要很快地重播一下我的錄影畫面，來證實或推翻這個理論，但是邊走邊掃瞄有沒有攻擊者，而且還沒有維安或中控系統的支援，我同時能做的事情有限。

我讓米琪看我的頻道，然開始分析，一邊隱約感覺到米琪在解釋情況給艾貝納聽。

我敲了敲我的無人機，要它打開系統紀錄，把活動、待命和休眠記錄列出來。然後我打開米琪的錄影畫面，找出調查隊第一次遭受攻擊以及赫倫被帶走的影片，很快地重看一遍。然後是第二次攻擊，也就是戰鬥機器人盯上葳爾金那一段。看完影片後，我檢查了一遍無人機整理好給我的紀錄。（能跟這麼高階的無人機一起做事真的很不錯。）

「戰鬥機器人和無人機不是被派來攻擊妳的，」我向艾貝納回報，「它們是這座機構原本就有的設備。轉運站當時還在建造中，對於驅趕入侵者的幫助不大。有鑑於灰軍情報要掩飾自己在假裝進行地球化工程、實際上是在打造違法採礦站這件事，他們一定不會想在遇到狀況的時候呼叫外援。」

那些機器人在這裡的原因可能也不只是為了預防入侵者，有可能也是為了管裡在這裡工作的人類。

「自從機構關閉後，戰鬥機器人和無人機都處在休眠模式，直到接駁船停靠後才被啟動。分析報告指出，葳爾金和葛絲也被這些東西嚇了一跳。」機器人的分析報告會完全錯過這件事，但我比較擅長判讀人類的面部表情和聲音。（要做到這點，我腦袋裡的有機部位就很好用了，當然，透過錄影畫面分析，可以停格、放大，不用被現場狀況搞得很焦慮，這點的幫助也很大。）

「我認為葳爾金是真心認為是打劫犯安排了攻擊並抓走赫倫，直到第二次攻擊發生的時候，她看見戰鬥機器人才反應過來。很有可能灰軍情報並沒有告訴她和葛絲戰鬥機器人的事，因為他們想讓機器人直接消滅她們。」順便解決所有可能走漏口風的風險。

不知道葳爾金對這件事有什麼想法，但顯然這絲毫沒有讓她猶豫要不要完成任務。她覺得我會被戰鬥機器人摧毀，準備殺掉艾貝納和米琪，盤算著成功脫身後回去領薪水。

艾貝納吐了一口大受打擊又憤怒的氣，但是她說：「你覺得我們可不可以把這件事拿來對付葛絲？告訴她灰軍情報打算殺掉她和葳爾金，她們應該出面作證，說出一切。或者利用葳爾金當人質……」她搖搖頭，緊咬嘴唇。

她在思考策略，這情景總是能讓我鬆口氣，而且她是問我問題，不是對我下一些愚蠢的指令。雖然我已經不用再聽命行事，但那種情況仍然很煩人。

我說：「我們現在唯一的優勢就是葛絲不知道葳爾金已經被控制了。」

無人機的回報依舊是艙門前沒有動靜，這代表機器人已經往其他方向移動，或者是在對電梯下手。我把無人機召來我們的位置。（它經過葳爾金的時候，我讓它在她面前懸停了二十六秒。好啦，我是有點生氣沒錯。）

艾貝納又在看著我了。我可以從米琪的拍攝畫面中看到她正在看著我。

她說：「葛絲一定在等葳爾金的指示，才會對接駁船上的其他人出手。我應該想辦法聯繫凱德，我可以和他直接連線。」

「妳確定他不會一看到頻道上的信號，在妳還來不及阻止他的時候就大聲說『嘿，各位，唐艾貝納在頻道上敲我了』嗎？」人類就是有這種問題。

艾貝納開口想說話，但遲疑了一下，然後搖了搖頭。「他可能會這麼做。但我們還是得知道接駁船上現在的狀況。」

米琪說：「薇波說話不快。也許我們該找她。」

我派無人機去探勘前方狀況，在無人機用靜音模式越過我們之前，我先在頻道上提醒了米琪和艾貝納。但艾貝納還是嚇了一跳，緊盯著無人機飛離的景象。

關於接駁船的事情，她說得沒錯。如果可以收到船上的回報，對我們的計畫會更有幫助。除此之外，艾貝納和米琪也不會再繼續提出這個要求，對現階段來說更是一大加分。（我已經忘了當維安配備是一件壓力有多大的事了。）

我說：「你們的船上沒有任何監視攝影機嗎？沒有鏡頭？沒有其他機器人？即便是沒有啟動的機器人也沒有？」

「沒有，」艾貝納的手指插進頭髮往後一撥，心情挫敗但依舊繼續思索，「沒那個必要。防護衣的頭盔上有攝影機，但是防護衣被放在緊急儲藏櫃裡，沒有啟動。」

米琪說：「唐艾貝納，駕駛艙有兩套防護衣，我有防護衣的通訊器位址代碼。」

艾貝納轉向我。「你可以從這裡啟動防護衣上的通訊器嗎？」

我可能可以。但不論葛絲是已經殺掉其他人，還是在等葳爾金的信號，這都不重要。我們還是得先讓葛絲下接駁船才行。

我們得讓所有人都下接駁船。

我想到了一個方法，可能是個壞主意。（如果你的策略思考都是從探險影集上學來的，通常就會變成這樣。）

我說：「我們得回地質艙去。」

6

現在我知道我們要去哪裡，過程就容易多了。我們走到最近的電梯口，我小心翼翼地花了一分鐘時間把用編碼保護的電梯從系統裡隔離出來，讓它的動態在其他電梯的認知中變成隱形。（這看起來是必要之舉，但問題是，如果其他電梯看不到你的電梯，它們就可能會想來占用你的電梯已經占據的空間。這對乘客來說絕對是一場災難。）

我派出我的無人機先去搭電梯，確認沒有東西在地質艙等我們，然後我再帶著米琪、艾貝納和赫倫過去。

我們抵達了主地質艙，走在上方有風暴舞動的透明穹頂之下。我關上艙門，用編碼上鎖，此舉實際上只有讓人類安心一點的功能。戰鬥機器人如果用力嘗試，可以直接炸開艙門進入，特別是三具一起鎖定一扇艙門的話更沒問題。

我希望它們的計畫是在回接駁船的路上設下陷阱，雖然那也不是什麼太理想的局面，但至少能替我們爭取一點時間。我派無人機去每條通往接駁船方向的走廊巡視一遍，看看能不能找到機器人的伏擊地點。

（我不認為機器人會使用電梯，就算它們重新取得系統控制權也一樣，畢竟它們會提防維安配備可能會做的事。但是我還是告訴我那架隱形電梯在機構內隨機行駛，反正有益無害。）

總而言之，讓我們回接駁船的第一步，就是要把葛絲弄下船。

我發現如果有外援的話，這過程可以更快。米琪已經把意識不清的赫倫放在其中一張鋪了軟墊的控制臺座椅上，艾貝納則從背帶上取下急救包翻找。

我說：「我來想辦法透過放在駕駛艙的防護衣通訊器建立與接駁船的連線頻道，但是我需要先啟動這座控制臺。這裡有挖掘機，我們或許可以拿來對付戰鬥機器人。」這不完全是我對挖掘機的打算，但我不想在這件事情上爭辯。

艾貝納點點頭表示明白，然後把處理腦震盪和休克的醫療包放在米琪沒壞的手上。

「我在處理控制臺的時候，你先幫我照顧赫倫。」然後她皺眉看著我，「你在流血。」

我低頭一看。地上都是從我身上滴落的東西，血液和機械體液混在一起。我最討厭外漏了。我的血管會自動封閉，有些碎片已經被擠出來了，但是卡在身側的發射型武器砲彈會移動位置，讓傷口再次迸裂。我稍微調高疼痛感應檢查了一下，沒錯，就是這個狀況。唉呦。

艾貝納說：「你有被擊中嗎？」她走向我，伸手把我的夾克撩開。

我全身一縮，後退了一步。她停下動作，看起來很震驚。米琪轉過頭，視覺感應器聚焦在我身上。我檢查了它的攝影鏡頭，看看我臉上的表情。

我以為我已經很會控制表情了，但顯然那是在我沒有任何真實情緒的時候才行。

米琪在我們的頻道上說：**維安配備，艾貝納不會傷害你**。

艾貝納張開手，手心朝外做出通常代表著「不要開槍」的動作，不過她並不是害怕。她只是實事求是地說：「對不起，但是你需要接受治療。如果讓米琪幫你會比較好嗎？」

我說：「我不——」然後打斷了自己。因為我不知道怎麼結束這個句子。我需要幫助，我不想要任何人碰我。這兩個狀態互相衝突。

艾貝納看著我，等待回應。然後她說：「米琪，你可以暫時離開赫倫嗎？」

「我沒關係。」赫倫勉力說道。她眨著眼，手裡握著從急救包拿出來的輸液袋。「我沒事。」

艾貝納說：「好。我會去啟動控制臺，米琪，你來這裡幫助瑞安。」她的目光仍然看著我，伸手把急救包交給米琪，米琪接了過去。

艾貝納走向控制臺的時候，米琪說：「維安配備，請舉起左手臂，把上衣掀起來。」

我得先放下葳爾金的發射型武器和背帶才行。我照做了，把兩樣東西放在身後的控制臺椅子上，因為這樣才像普通的維安配備會做的事。我現在必須表現得像普通的維安配備才行。

我花了不少心力思考該對艾貝納做出什麼回應，最後認為直接糾正誤會應該是最好的做法。「我不是瑞安。瑞安是——」

艾貝納正在打開挖掘機控制臺的電源。她沒有望向我，一邊在頻道中研究控制臺的介面，一邊說：「瑞安顧問是你的主管，是的，抱歉。」

米琪掃描我之後，把結果傳到我的頻道上。哇，卡在我身上的金屬片還真不小呢。

米琪從胸口伸出輔助箝夾，拿著急救包，用沒受傷的手找出鉤狀鑷子。

我不需要做神經阻斷，我在頻道上對米琪說，**我可以調低痛感。**

好方便喔。米琪把鑷子插入我身側的傷口。**我都沒有痛感神經元件，但是這樣也就沒有痛的感覺了。**

對啊，這就是機器人和維安配備的差異之一。我跟王艦聊過其他差異。我們之所以不能相信彼此，是受到人類可能下的指令影響。王艦當時說：**這裡又沒有人類。**

嗯，可是現在這裡有人類。我說：**米琪，你是不是告訴唐艾貝納，其實沒有瑞安顧問這個人，只有我？**

對。米琪說。它找到了砲彈，小心地夾出。**第一具戰鬥機器人攻擊葳爾金的時候，我就告訴她了，她那時問我知不知道你有沒有說實話。**

它接著說：**我之所以告訴她，是因為我想告訴她，不是因為我一定得告訴她。**

我相信米琪一定堅信是如此。**她為什麼會覺得我在說謊？**

她認為在古奈蘭德自治區運作的地方，雇用維安配備是違法的。米琪在傷口處抹上密合劑，開始處理第二個發射型武器留下的傷口。**她說一定是替古奈蘭德自治區做事的人派你來的，但是不想讓我們知道對方是誰。她說沒關係，因為他們派你來，是來幫助我們的。**

艾貝納用控制臺啟動了每一架挖掘機的控制介面，我必須開始想辦法取得接駁船上的情報了。

這其實有點難，我想讓艾貝納和米琪的通訊器及頻道都保持斷聯狀態，這樣葛絲或其他帶著殺意在機構四周晃來晃去的東西就無法透過訊號追蹤我們。不過米琪提通的駕駛艙防護衣通訊器位址幫上了忙，接駁船的頻道沒有斷線，我溜進去敲了敲第一套防護衣。測試了一番之後，終於成功讓防護衣啟動了通訊器。

我先聽見了凱德的聲音，他在詢問亞吉洛的狀況。布蕾雅思回答說醫療系統已經讓亞吉洛進入恢復狀態。薇波在背景裡說了些話，但音訊收不到。然後我聽見葛絲說：「有收到站內的回應嗎？」

凱德的口氣聽起來很挫敗。「還沒，一定是風暴干擾造成的。」

薇波又說話了，可是依舊太過模糊。葛絲回答道：「不行，我們得在這裡等到他們回傳消息。」

這樣啊。她聽起來很冷靜堅定，而且口氣安撫，雖然我很確定如果進行聲紋分析，一定能找到隱藏的緊繃。

我退了出來，把連線移到後臺待命。艾貝納已經把控制臺的顯示器打開，挖掘機的控制介面懸浮在臺面上方。

她低聲說：「好了。挖掘機都已經啟動電源，再幾分鐘後就完成了。我希望你能控制它們，看起來它們的作業程序都被刪掉了。」

米琪現在在幫我把背上的碎片挑出來。我說：「其他隊員沒有受傷，葛絲還在假扮維安人員，她不讓他們下船找妳。他們在聯繫轉運站求助時遇上了困難。」

艾貝納抬起頭，皺眉說：「什麼困難？直到抵達的時候，我們和轉運站的連線都沒問題啊。應該不會——」

接下來的內容我就沒聽見了，因為我的無人機傳了一份報告給我。它飛到消毒間，讓接駁船的艙門進入掃瞄範圍，沒有發現戰鬥機器人的蹤跡。

「它們不在那裡。」

「什麼？」艾貝納從控制臺後站起身，神情警覺。「你說誰？」

「戰鬥機器人。無人機沿著每一條往接駁船的路線搜索，都沒看見。」我迅速翻閱它傳給我的所有內容，包含掃描結果、攝影數據和音訊。

無人機的掃描能力比我好很多，它搜尋了所有路線，檢查可能的伏擊點。對照平面圖之後，我看不出無人機可能漏掉了哪裡。

「它們不在那裡。」我把無人機的錄影畫面傳到我們三人的私人頻道上。

米琪歪著頭看影片。艾貝納露出憂慮的神情，望向赫倫。「那它們一定是在離這裡不遠的地方，等著把我們困住。」

有可能。我找到我的隱形電梯，要它到最靠近無人機的電梯口，然後下指令讓無人機搭電梯回來地質艙外的電梯口。一分鐘不到，無人機已經回到我親手封閉的艙門外走廊進行掃描。我看著它拍到的空走廊和電梯口。什麼也沒有。機器人沒有在我們回接駁船的路上蹲點伏擊，也不在地質艙外。

我預備的策略並沒有發生悲劇式的失敗之類的，但我肯定漏看了什麼重點。好，現在不適合驚慌失措。我翻出第一次與無人機接觸的紀錄，那些我在無人機被踢出戰鬥機器人的內部網路前獲得的情報。第三具運作中的戰鬥機器人的記錄還在，當時顯示著「在範圍外活動中」。

我原先認為它會在範圍外，是正在前往接駁船的停泊處，打算趁我們撤退的時候伏擊，但我其實無從查證。

我把時間拉到更早之前。葳爾金和葛絲被派來取代古蘭區的維安人員，目的是要阻止／殺掉調查隊。那為什麼他們不一抵達轉運站就行動呢？那裡的人手這麼少，要下手不會很難。

如果在站點上出手，會需要安排好撤退方式，但是在機構裡動手不是更需要嗎？調查隊的接駁船沒有蟲洞跳躍的功能，她們勢必得回到轉運站，再殺掉港務局的員工，因為港務局員工很可能會多嘴詢問關於其他調查隊員的問題。然後她們還得偷一艘有蟲洞跳躍功能的船艦。（最好還是沒有機器人駕駛的船艦，因為模擬機器人會奮力抵抗被偷。）

聽起來就很麻煩，尤其是機構裡明明就已經有了能消滅入侵者的戰鬥機器人，為什麼灰軍情報還要多此一舉雇用其他殺手？

最明顯的答案，就是葳爾金和葛絲來這裡的目的並非殺光調查隊，而是想進入機構，取回不是數據就是實體的物件。可是她們抵達以後完全沒有去取回任何東西啊。

我很確定葳爾金也被戰鬥機器人的攻擊嚇了一跳，針對這點，我的分析沒有問題。葳爾金和葛絲真的是灰軍情報派來的嗎？還是其實有另一間企業或其他政府介入？

我需要協助。我慌了，而且我還有點外漏，也好像有一輩子沒看劇了。在絕望中，我把所有可能性貼成一張可用策略／決策樹狀圖，然後把圖面丟到頻道上給艾貝納和米琪。

艾貝納皺眉，頻道中突然出現這麼大一張圖表有點嚇了她一跳。然後她的神色一凜，開始研究圖表內容。

米琪在我背上的最後一個碎片撕裂傷上抹好了密和劑，然後切換到分析模式。意識還沒完全清醒的赫倫則一臉疑惑地看著我們。

艾貝納在頻道上，把樹狀圖裡其中一個猜測移下來。她說：**如果我們假定葳爾金和葛絲是由灰軍情報派來的，那麼她們就不是來這裡收回任何東西的。在棄置這座機構的時候，灰軍情報有很多機會可以拿走任何想要的東西。**

她猶豫了一下，想從這一格猜測情境移到下一格去。**我認為我們該想想，灰軍情報要的是什麼？**

這簡單。我說：**摧毀機構。如果古奈蘭德自治區沒有裝設曳引機陣列，這座機構到現在大概已經崩垮了。**

艾貝納看著可能的脫身情境列表，以及每個情境會遇到的問題點，眉頭一皺。

那為什麼葳爾金和葛絲不是被派來摧毀曳引機陣列？事實上，搞不好這就是她們的工作。

米琪開口說：「葳爾金改過盔甲右前臂的平面顯示器，讓它顯示機構的當地時間。」

它傳了一幅畫面到頻道上：葳爾金調整著盔甲上的顯示器。這畫面是在接駁船準備從轉運站啟航時，我請米琪去看維安組員儲放裝備的時候拍到的。

「從我們在機構裡走動開始，到她企圖傷害唐艾貝納的時候，她大約檢查了五十七次螢幕。」

我本來沒注意到這點，但是我重播了一部分手邊的影像，果真是這樣。

艾貝納緩緩地說：「葳爾金知道機構要出事了，也知道大概會發生的時間。她的時間有限，在那之後就得回接駁船上。所以她一抓到機會，就派你去讓戰鬥機器人除掉，並且試圖殺掉我和米琪。她打算告訴其他人情況已經無法挽回，並且逼大家回轉運站——」

這下戰鬥機器人的行為就變得比較合理了。如果它們也是在等某件事發生，那就解釋了為什麼它們要抓赫倫當人質。

它們派出一具機器人來找我們的碴，發動攻擊、抓走人質、撤退、再次攻擊。機器人攻擊葳爾金的時候，我把它消滅了，但其他三具沒有來追殺我們。有兩具在機械艙，一具在遠離範圍外，是在做什麼？

艾貝納深吸了一口氣。「目標一定是曳引機陣列，不然對灰軍情報來說沒有別的利益了。」

她在頻道上移除「轉運站上駐點的灰軍情報人員可能的行動」這個猜測。「透過無人機，我們已經知道沒有人在控制戰鬥機器人，沒有人在轉運站上傳送指令給它們。它們是原始配備，用途是守護機構，直到機構自然崩解、不留任何違法採礦行動的線索為止。

「葳爾金和葛絲不知道機器人的事，也不是來殺掉我們的。她們的目標是讓機構照計畫被摧毀。而避免機構損毀的東西，就是曳引機陣列。所以說，葳爾金和葛絲被派來做某件事，她們認為那件事的唯一結果，就是讓曳引機陣列故障，我們也得被迫離開機構。我們全部撤回轉運站後，她們就會搭下一艘貨運船艦離開，沒有人會察覺任何異狀。」

她從頻道上抽身，轉向我。「但她們到底做了什麼？她們全程都跟我們在一起啊。」

我認為她說得對，要不被我或其他隊員注意到還能做的事，只有一件。

「她們發送了加密訊號。」一種通訊器的訊號，不是頻道訊號。在風暴干擾這麼強烈的情況下，再加上我沒有特別去搜尋，就這樣錯過了。

「對，沒錯。」艾貝納挑眉，「但是發送給誰了？戰鬥機器人？這裡有武器或任何方法可以讓戰鬥機器人摧毀陣列裝置嗎？」她轉身望向另一座控制臺。

我又檢查了一次我與接駁船的音訊連線。凱德在跟葛絲爭辯，再次提出想進入機構找其他人的要求，而布蕾雅思和薇波都站在他這邊。沒有人提到曳引機陣列有任何問題，他們一定有在監控陣列裝置。

葛絲的立場堅定，說一定要照先前說好的那樣在原地等候。我重播音訊檔案。她要他們等三十分鐘。挖掘機介面傳了一個訊號到公開頻道上，顯示挖掘機已經完成充電。

我把接駁船上的音訊檔案傳到我與艾貝納和米琪的頻道，然後走到挖掘機控制臺的位置坐下。

不論接下來會發生什麼事，都不用等太久了。

我送出第一組命令給其中三架挖掘機的時候，艾貝納對米琪說：「我們需要感應器。檢查所有控制臺。這裡的所有設施都會指向地表，但我們可以試著改變方向——」

我只留挖掘機頻道，把剩下的一切都放到後臺去。艾貝納顯然還是想救下這座機構，但我的首要目標是在機構暴露在氣層中毀損破裂之前離開這裡。

三架挖掘機從停放處爬出，從設施外越過地質艙的下半部。挖掘機的複數手臂一邊移動，一邊緊緊抓住機構外殼，攝影機拍到模糊的風暴畫面。它們的挖採指令中沒有儲記核心，不過我要它們做的事也不需要它們存取什麼東西。

艾貝納啟動了另一座控制臺，米琪傾身伏在上方，顯示器上跳出數據。赫倫撐著身體站起來，跛腳走到她們身邊，靠著椅背站穩。

我得先從控制臺複製一些特製編碼，但等我拿到手後，就能直接用頻道控制那三架挖掘機了。我在已經使用過度的大腦裡再加開一條頻道，然後站起身。

哇，好喔，唉呦。沒有挖掘機的協定編碼，要控制它們並不容易。我基本上必須同時駕駛三架挖掘機。

我保持語氣的平穩與耐性。「我們得離開了。妳們還有六分鐘的時間。」

艾貝納揮揮手。「我們快成功了。」

我提醒自己我還在假裝成執行任務的維安配備，所以沒再說什麼，只把倒數計時器放到我們的頻道上。然後我拿起葳爾金的武器和背帶，走到艙門邊待命。

赫倫環顧四周，拿起米琪用完放在原地的急救包，跛著腳走到我身邊。她靠自己的力量站著，身體有點搖晃，明顯還沒恢復，但是有鑑於已經被戰鬥機器人捉走過一次，她顯然非常希望今天快點收工。

艾貝納站起身。「太棒了，完成！把那段軌跡複製下來，米琪。」

米琪表示收到，然後跟著艾貝納的腳步來到門邊。

「有東西從機械艙發射出去，往曳引機陣列前進。行蹤不明的那具戰鬥機器人一定就在上頭，準備去摧毀陣列裝置。指令八成是葳爾金和葛絲加密傳出的。」

太好了！那等我把大家送上他媽的接駁船之後，我就來關心這他媽的曳引機陣列喔！

我看著自己的倒數計時器，把三條頻道從後臺叫出來，分別是我的無人機、米琪和挖掘機。不，等等，我還需要我的攝影機。四條頻道。喔，還有接駁船上的防護衣通訊器。五條了。我派出無人機，先迅速檢查一遍走廊和通往電梯口的路線，確保一切都沒問題。

我說：「我們得加快動作，目前不知道其他戰鬥機器人在哪裡。」

艾貝納點點頭，抓起赫倫的手臂。赫倫用氣音問：「我們要去哪啊？」

艾貝納安撫她：「回接駁船上，沒事的。」米琪也拍拍赫倫的肩膀。

我按下開啟艙門的按鈕，往外邁開腳步。快步走到電梯口的這段路，讓我全身上下所有複製人皮膚下的每一條神經都發麻。無人機在我們前方探路，同時進行掃描，但我仍然無法自拔地做了機器人會從下個轉角跳出來的心理準備。

我們到了電梯口，我把無人機先送進隱形電梯。艾貝納和米琪在私人頻道上交談，偶而安慰一下赫倫。她們很可能在盤算把我拆了拿去賣，但我也沒有辦法分神去聽。

挖掘機在設施之外已經漸漸靠近地質艙的彎曲外牆。它們得沿著這裡和居住艙之間的槽道前進，以免被接駁船看見。

我把電梯移動到離我們的停泊口最近的電梯口，無人機咻地飛了出去。我設定了快速巡視的功能，讓它在通道中上下檢視，並進入消毒間檢查，再高飛拍攝接駁船的艙口景象。掃描結果一切安全，我叫無人機回到電梯口待命。

電梯回來了，我讓人類都先進去。（還有米琪，不過這時候我已經把它算在人類之中了。）

我下指令讓挖掘機稍微加速，我想盡可能縮短待在接駁船外的通道的時間。如果戰鬥機器人認定我們會危害任務進行，它們就會來追殺我們，它們也知道可以在那裡堵到我們。

我啟動電梯的同時，把挖掘機的畫面傳給艾貝納，這樣一來她就大概知道接駁船接下來會看到什麼狀況，然後我告訴她：「等我開放妳的頻道的時候，妳就跟凱德連線，告訴他不論如何都要想辦法讓所有人下船。」

「我會的。」她用力點點頭，然後捏捏赫倫的手，並敲了敲米琪的頻道。

電梯到了電梯口，門一滑開我便立刻踏出去。我往消毒間移動，人類跟在我身後，我派挖掘機移動到居住艙的彎曲外牆，然後直線往接駁船前進。

我透過防護衣的通訊器聽見船艦上傳來薇波的聲音，用我沒有下載的語言說話，然後凱德說：「有東西在接近我們，不知名物體接近中——」

從駕駛艙下方比較遠的地方，我聽見葛絲喊道：「什麼？哪個方向？」

我打開艾貝納的頻道，告訴她：**就是現在**。

她開啟了一條跟凱德之間的私人頻道。**凱德，聽我說。不要問問題，不要告訴任何人我在跟你說話。你現在必須把所有人弄下接駁船，立刻開始。不管要用什麼手段，假裝嚇尿也好，把所有人都弄下船就對了。你們能不能活命就靠你了。**

我從艾貝納的頻道上聽見凱德按下了緊急撤退指令，群組頻道和接駁船的通訊器同時響了起來。葛絲跑上駕駛艙吼道：「不要動，留在原地——」

我以為她可能會把凱德和薇波關在駕駛艙裡面，那我們就再次落入人質情境之中了。但是凱德顯然把「假裝嚇尿」這個指示聽進心裡了，他把接駁船的感應器拍到的接近中的挖掘機畫面傳到頻道上，狂喊著要所有人下船。

我越過通道，可以看見登機區和循環完畢後開始打開的接駁艇艙門。布蕾雅思倉皇地衝出來，意識辨清醒的亞吉洛靠在她身上。米琪衝上前去協助他們，艾貝納跟赫倫殿後，我則走在最後頭。

我叫挖掘機放開機構外殼，直往接駁船的船頭俯衝，接駁船的前端感應器會看得最清楚。艾貝納在凱德的頻道上，可是沒有攝影畫面，所以我什麼都看不到，只聽見一連串驚疑的胡言亂語。

（我後來從葛絲的盔甲攝影機畫面看到，感應器上突然顯示有龐然大物衝向接駁船的畫面，嚇得葛絲馬上退到駕駛艙門口。薇波看見凱德的反應，認為接駁船馬上會被摧毀，一把抓起凱德，把他夾在手臂下，衝過葛絲身邊，利用閘口位置較輕的重力，腳步踉蹌地衝向門外。）

總之，凱德和薇波已經衝出了艙門，身穿動力盔甲的葛絲緊跟在他們身後。這時候我已經貼在接駁船艙門側邊，所以葛絲只看見搞不清楚狀況又驚慌失措的其他人、艾貝納和赫倫，以及只剩一隻手的米琪抱著亞吉洛。

我掃描她的盔甲，找到了正確的編碼。（知道該往哪裡找之後，我的速度就快多了。）她剛舉起發射型武器，我便下了指令。

她的盔甲立刻定住不動，我繞過她，進入她的視線。她露出恍然大悟的神情，並立刻變成恐懼。如果她有一直在進行掃描，就會偵測到我在艙門外，但即使有頻道可用，即使有強化人的能力，人類一次就是只能思考一件事。

艾貝納說：「我們得立刻回到接駁船上！」

其他人七嘴八舌地問問題，她一邊快速地解釋，一邊把人趕往艙門口。我沒有認真去聽，注意力集中在檢查其他頻道的狀況。

因為沒有接到指令，挖掘機都進入休眠狀態，停在原地。其中兩架挖掘機還抓著居住艙外殼，鬆手往接駁船俯衝的那一架則降落在大氣艙上。然後我檢查了一下被我留在電梯口守衛後方的無人機。

無人機立刻回應，開始掃描四周，然後傳輸訊號就突然被截斷了。我感覺到連線斷開，無人機的存在就像燈光一樣滅掉了。

「艾貝納，米琪，機器人！」我越過登機區，抽出掛在背上的葳爾金的發射型武器。

艾貝納大吼：「上船，現在！」

我趕到入口邊，從葳爾金的背帶中抽出炸藥，啟動後往通道扔出去。米琪的攝影畫面還在我的後臺裡運作，但是我可以感覺到人類手忙腳亂的反應，急著要把受傷的亞吉洛和赫倫弄進艙門，艾貝納叫米琪把葛絲抓起來背進去。就在這時，戰鬥機器人衝出轉角，第一發炸藥引爆。

我射出三記發射型武器，只是要讓它以為我會像個白痴一樣站在原地朝它開槍，然後就全速衝過登機區。飛過通道的彈藥延誤了機器人的反應時間，正好足以讓人類和米琪把葛絲弄進艙門。我把自己甩進去，用力按下緊急封艙鈕。兩扇艙門猛力關上。

我終於把這些天殺的人類全都塞回該死的接駁船上了。

戰鬥機器人猛攻外艙門的力量之大，我們就像被比較小的接駁船直接衝撞。我在頻道上對艾貝納說：**我們得走了**。

閘口的固定箝鬆開，接駁船脫離了停泊口。我檢查了艙門外部攝影機的畫面，看見戰鬥機器人站在敞開的停泊口，在減壓艙進行減壓的同時，緊抓著邊緣不放。它後頭還有另一具戰鬥機器人。

米琪站在我身邊，我把畫面放到我們的私人頻道上給它看。

它說：「那些機器人好惡劣喔，維安配備。」

因為距離拉開，我開始失去與挖掘機的連線，但其中一架以睡眠模式蹲臥著的挖掘機離艙口的距離還夠近。我傳送最後一條指令給它，它隨即大手一拍，把第一具戰鬥機器人從停泊口打飛後碾碎。

「唉呦。」米琪見狀說道。

維安配備，你為什麼不用頻道和我對話了？

米琪知道原因，否則它不會這樣問。

我繞過它身邊，走上通道。米琪在頻道上說：**我一直等到不得不說才把你的事情說出來。**

我沿著走廊來到組員活動區。米琪抱起葛絲跟在我身後。我側聽通訊器，艾貝納跟大家迅速解釋了一遍葳爾金的事，以及我是如何救回赫倫，葳爾金又是怎麼樣把可憐的米琪的手轟掉了。

我已經拿到要給曼莎博士的地質艙數據，救了米琪的這群愚蠢人類，現在只想離開就好。接駁船慢慢遠離機構，我感覺得到轉運站的頻道已經進入我的連線範圍外緣。

我踏入組員活動區。凱德和薇波待在上方的駕駛艙，不過其他人都在這裡，雖然亞吉洛和赫倫都已經倒在了座位上。亞吉洛看起來很恍惚，但比赫倫清醒一點，赫倫則大概需要被塞進醫療室裡。

米琪把葛絲的雙腳放在地上，所有人都盯著她看了片刻，然後轉頭盯著我。

布蕾雅思站著，面對飄浮在空中的顯示器。畫面上可見從機構上方俯瞰的曳引機陣列。「沒錯，就在那裡。那東西正在朝曳引機陣列前進。」

艾貝納看起來很不開心。「我們認為那應該是一臺放在機械艙的工作無人機，其中一具戰鬥機器人就在上頭。」

我說：「唐艾貝納，我們必須盡快回到轉運站。曳引機陣列一但失效，可能會毀損接駁船。」我猜有這個可能，但我不知道，反正聽起來很有一回事。

米琪在我的頻道上說：**我從來沒有跟像我一樣的機器人交談過。我有人類朋友，但我從沒有交過像我一樣的朋友。**

我必須咬牙才能維持住維安配備該有的面無表情。我想截斷米琪的頻道，但是我又需要繼續監看它，以免人類突然開始討論起要怎麼對付我。（我知道，聽起來簡直像有妄想症。但米琪和艾貝納知道瑞安顧問是我捏造出來的，我必須趕在她們告訴任何會發現這種行為對維安配備來說有多反常的人之前離開。）

凱德透過駕駛艙通訊器說：「我們必須在接下來的一分鐘內決定，妳確定嗎？」

等等，什麼？我重播錄音，聽見布蕾雅思說：「我們可以利用接駁船把無人機撞離軌道。我們的外部防禦層可以保護艙殼——」

盯著顯示器的亞吉洛說：「可是無人機難道不能調整後重來一遍嗎？」

布蕾雅思搖搖頭，依舊看著航線圖。「我已經把那個型號的無人機的構造圖叫出來看過了，它是用來進行機構維護的機型，需要和機械艙的頻道連線才能運作。我們可以把無人機推到頻道訊號範圍之外，這麼一來它就會失去導航控制的功能。」

喔，這下可好。又要花多少時間？

等我終於聽完重播，他們已經決定要這麼做了，只剩下細節部分還在爭執不休。

我站在原地，看著凱德把接駁船駛近無人機時，顯示器畫面上那閃閃發亮的物體。我承認，這一切進行的同時，我偷看了一點點影集。（只有六分鐘，而且還是很無聊的六分鐘，好嗎？）

米琪走到艾貝納身邊，視線還是盯著我，我則無視它的目光。艾貝納以為米琪是因為少了一隻手而悶悶不樂，所以一直輕拍它，跟它說他們一回站上就會馬上幫它修好。

（我沒有胃不會吐真是太好了。）

接駁船終於把無人機從軌道上撞開，在最後四十五秒戲劇性地解救了曳引機陣列以及古奈蘭德自治區的投資。萬歲喔。人類高興地互相祝賀，艾貝納和布蕾雅思把赫倫扶起來，準備帶她去醫療室。

機構裡還剩下一具戰鬥機器人，但是這大概不是我們的問題了。接駁船切換了航道，開始往轉運站行駛，距離也近到我可以透過頻道敲阿船。

阿船回應了我的訊息，它還在等我。真是太好了。

就在這時候，我聽見了艙門發出鏗鏘聲。

我不是太空專家，不過我十分確定不該有東西會撞上艙門。可能是無人機的碎片，但我很清楚。我就是很清楚那不是碎片。我檢查了艙門攝影機，戰鬥機器人的臉部大廣角畫面映入眼簾。

緊接而來的訊息覆蓋了站點頻道，暫時擋下了我所有的頻道連線。

〔狀況：消滅入侵者。〕

喔，該死。

我把機器人擋在頻道外，放聲大喊：「緊急狀況！減壓艙即將破損！」

我把艙門攝影機拍到的畫面傳給米琪，然後透過米琪傳到群組頻道。人類全都愣住了，感覺像是過了一輩子這麼久，感覺像是他們不打算相信我。

我已經忘了每當我全神貫注在要做的事情上，感覺起來人類就是這麼慢。凱德按下全船警報，封閉減壓艙和組員活動區之間的兩扇艙門。太好了，這替我爭取了一分鐘的時間，也許是兩分鐘。

我告訴艾貝納：「把所有人移到駕駛艙去。」上面還有一道艙門，可能可以再爭取一分鐘。我轉身朝正下的方艙室前進，葛絲和葳爾金的裝備就放在那裡。

我爬下通道的時候，聽見艾貝納大喊：「快，快去！」我從群組頻道得知接駁船已經駛近站點，薇波正在簡明扼要地對港務局解釋我們即將遭到戰鬥機器人大卸八塊的情況。

（說老實話，我也不知道站內的維安人員打算怎麼處理這個狀況。實際上我很確定站內的維安人員一定跟我一樣，嚇到一屁股虛擬屎。）

艙門攝影機貼心地讓我看見外艙門被打穿的情景，然後畫面一陣模糊，接著就完全斷線了。機器人現在一定在破壞第一道內部艙門了。

我抵達下方艙室，看見葳爾金和葛絲留了一個裝備箱在本來放著盔甲、大型發射型武器、炸藥和彈匣的空箱旁邊。我把箱子撬開，找到一組小一點的衝鋒武器，那種比較常用來衝破防盜門和艙門的武器。

裡面還有個背包，拿起來時感覺裡面沒東西。我抓起背包，打包武器和一些備用彈匣，給我背上的發射型武器用。這些東西八成派不上用場，我大概不會有時間反應。

也許我該把時間用來找戰略位置，而不是跑到這裡來，以為可以找到一些對抗機器人的武器。在我們機器人對戰的世界裡，只要一個像這樣的微小錯誤，就會導致自己支離破碎的結局。

我在頻道裡聽見艾貝納和布蕾雅思正扶著赫倫上去駕駛艙，他們已經把亞吉洛弄上去了。

米琪在我的頻道裡說：**快點，快點**。

艾貝納叫它去把葛絲抱過去，它已經抱在手上了。戰鬥機器人現在在撞擊組員活動區的艙門。我猛地站起身，一轉頭，看見調查隊的裝備儲藏櫃。

櫃子裡有各種箱子和架子，放著環境測試和採樣的工具。其中一樣工具是岩心切取器，設計來在人類為了不知道什麼原因、需要從岩石中採取圓柱體的樣本時使用。

這個工具原本應該要裝在採樣機械上才能運行，但是可能因為反正米琪的力氣夠大拿得動，所以就帶上了這個工具。工具外型呈現長管狀，使用爆破切割手法，可取出一公尺長的樣本。

我把彈藥包甩上肩，從架上抓起切取器，把電池開關打開，爬上通道。

我回到組員活動艙，米琪正接在艾貝納身後把葛絲甩上去，然後按下艙門的手動控制鈕。艙門關閉，米琪轉過身。

我對它說：**米琪，快離開這裡！去儲貨艙裡躲起來！**

不，瑞安，它說，**我要幫你！**

艾貝納在頻道裡大喊著要米琪進去跟他們待在一起，說她會叫凱德開門，只要它進去就好——米琪對她說：**我的優先順序是要保護朋友。**

進行優先順序變更，艾貝納傳到頻道上。**優先順序是保護你自己。**

拒絕優先順序變更指令。米琪對她說。

岩心切取器已經啟動完畢，連上了我的頻道發送罐頭警告訊息，以及一連串方便的使用指令說明。對，我真的想解開安全鎖，感謝詢問。

我本想把岩心切取器交給米琪，好讓它在我分散機器人注意力的時候攻擊它。但是戰鬥機器人已經把艙門轟開，突然間就跟我們一起在組員活動區了。眼下沒有時間做任何計畫，沒有時間想策略了。

機器人知道我在場，轉過身來朝我出手，我舉起切取器。米琪雙腳往駕駛艙門一踏，縱身一躍。它飛越艙內，身體穿過漂浮的顯示器，直接撲上戰鬥機器人的頭部。

我不知道米琪是不是想轉移戰鬥機器人的注意力，還是因為看過我用類似的方法對付攻擊葳爾金的那具機器人，所以想模仿我的技巧。加壓的艙內空氣直往外洩，衝進通道，從被破壞的減壓艙口流走，米琪起跳的時候，氣流提供了一股加速的助力。

機器人注意到米琪的動作，轉身伸直手臂抓住米琪的軀幹。我抓緊了這個機會，衝上前去把岩心切取器插進機器人的身側，也就是它的大腦位置。

我啟動切取器，沒有時間保護自己，反作用力把我往後撞，我的視線黑了三秒。

我平躺在地板上，只聽得到頻道裡傳來駕駛艙中的人類呼喊聲、人類用通訊器對港務局大叫的聲音，接駁船的緊急警報震耳欲聾地提醒所有人，空氣正在劇烈地從破裂的減壓艙門外洩。

岩心切取器壓在我身上，我推開它坐起身。我知道自己聽見了艾貝納淒厲的哭喊聲，但是我不確定是什麼時候發生的。

戰鬥機器人還站著，但已經動靜全無，關節全都靜止了。岩心切取器穿過了它的軀幹，從防護盔甲到處理器，切取出了乾淨俐落的一段圓柱。切下來的部分從切取器後端脫落，掉在地上，我才發現我的頭就是被那東西砸到的。看來雖然有使用步驟說明，我還是拿反了。

米琪癱倒在機器人前方，狀況看起來不太對。我手腳並用地翻過身，想看清楚米琪的傷勢多嚴重，然後我傻住了。狀況看起來不太對，是因為米琪的胸口被壓碎了。

它的處理器、記憶體，讓米琪之所以是米琪的一切，全都在戰鬥機器人的一個握拳之下，化為烏有。

我就這樣坐在地上。接駁船靠近轉運站，人類在駕駛艙裡透過通訊器跟港務局交談。因為減壓艙破損，他們無法開啟駕駛艙艙門。我沒有回應他們透過頻道或通訊器的呼叫。

我的攝影鏡頭持續傳送畫面到群組頻道，他們目睹了打鬥過程，透過我的視角看見了米琪的最後一搏。

在我把頻道連結切斷之前，我聽見了艾貝納的哭聲，赫倫試圖安慰她的聲音，還有其他人受到驚嚇後喃喃低語的聲音。

雖然不像人類需要的那麼多，但我也是需要氧氣的。

也許就是因為缺氧，才讓我感覺那麼遲緩又抽離。

我透過站點頻道再次敲了阿船，要它先啟航，然後我把會合地點發給它。

它平靜地表示收到，感覺好怪，彷彿一切都很正常，沒有發生任何災難性的事件。

薇波敲著駕駛艙艙門，大聲喊道：「維安配備，你在嗎？請回答！」

我得離開這裡。

我站起身，穿過走道，來到緊急儲藏櫃前。我穿上全套防護衣，拿好手動推進器，頭盔戴上後湧入的空氣讓我的警覺程度提高了。

我讓儲藏櫃開著，並解開其他防護衣的固定。這樣一來，等他們發現有一套防護衣不見的時候，就會以為是在攻擊過程中，跟著其他碎片殘骸一起被吸出去了。我想讓他們認為那就是我最後的遭遇，以為我變成了碎片被吸出減壓艙外。然後我穿過走廊，來到被破壞的減壓艙口，爬了出去。

我沒有用過這種防護衣（一般來說沒有人會讓殺人機在太空中無人看管地飄來飄去），但是防護衣的內部使用說明頻道非常有幫助。阿船抵達的時候，我已經可以靠推進器前進，熟練地進入它的減壓艙。

對轉運站來說，這個狀況看起來會像是阿船暫停片刻，讓某艘接駁船經過它身邊，準備安全停靠在港務局分配的停泊口。我不認為會有人盯著感應器，找一具穿著防護衣逃脫的維安配備。

我完成減壓程序，讓阿船把氧氣系統的濃度拉高一點，我下指令讓它照平常的路線航行，通過蟲洞前往哈維海洛太空站。

我脫下防護衣，連同葳爾金的武器和我從箱子裡抓的彈藥包一起丟在一旁，然後坐在地板上，開始系統性地檢查所有裝備，確保上頭沒有追蹤裝置。

艾貝納想要更改米琪的優先順序設定，要它先自救，而它拒絕了她。這代表她允許它的編碼做出這個選擇，讓它有那個能力在危機中自己判斷。

它決定的最優先順序是拯救它的人類，也許還有救我。或者是它知道自己誰也救不了，所以想讓我有機會試試看。或者它不想讓我自己面對那具機器人。不論是哪一個原因，我都永遠不會知道答案了。

我只知道艾貝納是真心愛著米琪，這讓我感受到刺骨的痛。米琪永遠無法成為我的朋友，但是它曾經是她的朋友。更重要的是，她曾經是它的朋友。

她在緊急狀況中的直覺反應，是要米琪保護自己。

檢查過背包裡的武器和彈藥後，我找到底部的一個暗袋。暗裡有好幾組身分辨識標記，以及一片比我插在手臂中的那些更大、品牌也不同的記憶卡。我撐起身，在儲貨艙中找到一臺讀取器。

這下有意思了。

我討厭在意任何東西的感覺，但顯然一旦開始在意，就很難停止了。

我不能就這樣把地質艙的數據寄給曼莎博士。

我要親手交給她。我要回去了。

然後我躺在地上，打開《明月避難所之風起雲湧》，點選第一集。

第二部

逃生策略

EXIT STRATEGY

7

我回到賀夫瑞登站的時候，有一堆人類想把我殺掉。考量到我自己有多想殺掉一堆人類，這情況我覺得算是合理。

阿船正在慢慢進站，我則不耐煩地等著連上賀夫瑞登的頻道。阿船是功能十分基礎的模擬機器人駕駛，大腦和人格特質就跟一臺阻熱發電機差不多，我同時也在監看它接收的所有資訊，所以收到航行路線提醒的時候就立刻攔截了。（我知道阿船不會故意背叛我，但是它一個不小心就背叛我的機會可是有扎扎實實的百分之八十四。）

提醒訊息是賀夫瑞登港務局發出的，下指令要阿船從平時停靠的私人商用停泊口，轉移到位於公共乘客登機區的位置。

我還留著從這裡登上阿船前往秘盧時下載的站點平面圖，看得出來那個登機區就在港務局旁邊，也就是站點維安單位的部屬地點。

哦，這一點都不可疑呢。

跟我有關嗎？也許，可能吧？阿船載過葳爾金和葛絲，她們當時的任務是去阻止古奈蘭德自治區回收灰軍情報棄置的地球化機構，所以可能跟她們有關。

葳爾金和／或葛絲現在很可能已經被拘留在古蘭區的某處，古蘭區的有關單位可能會要求賀夫瑞登進行例行搜查，蒐集證據。

不重要。只要有人在等阿船，我就不能在阿船停靠的時候待在船上。

我可以指揮阿船去停別的停泊口，但這不是好主意。港務局不僅會知道有人在船艦上下指令，這個人還是在一艘人員名單上寫著沒有組員及乘客、維生系統設定在最低水平的機器人駕駛運貨船艦上。

就算是規格以及武裝能力像賀夫瑞登這麼高的轉運站，也是要留意異常停靠的船艦，以免發生入侵者企圖登站的事件。（如果真的是如此，那也是很愚蠢的企圖，因為阿船能載的入侵者有限，所以他們只會一下船就在登機區被消滅。但我一輩子都在執行維安任務，就是為了阻止人類做出極度愚蠢的行為。）情況若是這樣，站內指揮人員可能會因為過度疑慮而對阿船開火。

阿船雖然遲鈍，但是它也已經盡力了，我不想讓它受傷。

所以說，好在我還有我的防護衣。

在戰鬥機器人攻擊之後，我就是靠這套防護衣從艾貝納的接駁船上逃脫的——這又是另一件我希望可以從記憶體裡刪除的事件。（光只是這樣刪除記憶是沒有用的。我可以把東西從數據儲存區刪掉，但沒辦法從我腦袋裡的有機組織中移除。公司洗過好幾次我的記憶，包含整件大屠殺意外，可是那些畫面仍舊陰魂不散，就像怎麼演也演不完的古裝長青家庭劇。）

（我喜歡怎麼演也演不完的古裝長青家庭劇，但是在現實生活裡，幽魂是很煩的。）

剛剛在船艦準備進站的時候，我就把防護衣收進置物櫃了。那時我想著，既然阿船很少有載客又載貨的任務，等到有人發現這套防護衣不是原本的配備、再去查資料和註冊號碼時，應該已經是很久以後的事了。現在我只好重新取出防護衣，而且動作神速。

我真的不想被抓。

我把背包背在夾克底下，穿上防護衣並啟動。等阿船駛入指定停泊口的時候，我完成循環減壓，開啟反方向的貨物艙門。阿船的無人機都靠了過來看著我，不知道為什麼我要從錯誤的艙門出去，一邊哀哀地嗶嗶叫。

阿船一完成靠站流程，我便溜出減壓艙，並發送關閉並封閉艙門的指令。我沿著阿船的外殼攀爬，同時把關於我的最後一點記憶從阿船的記憶體中刪除。

再見了，阿船。你真的很可靠。

如果秘盧發生的事件報告透過速度更快的交通船艦傳出來（阿船的處理速度在最好的情況下也只能稱之為從容不迫），那我就會在這裡被逮個正著了。他們可能會知道有具維安配備去了秘盧，救了一些人類，沒有救到一具人形機器人，殺爆了三具戰鬥機器人。也可能知道在發生了這麼多事情之後，阿船是唯一從秘盧離開的交通船艦。

等真的有人來搜查的時候，我不會在船上，也沒有任何線索顯示我曾經上過船，這麼一來就能多少形成一點掩護。畢竟我不需要食物，也需不用使用衛生設備。我只多用了一點點氧氣和淋浴間，但我已經把循環紀錄洗掉了。如果進行鑑識蒐證，可能會看出我待過那裡，前提是鑑識蒐證的進行方式就和我在影劇上看到的一樣。這樣一想，我其實不知道到底一不一樣。

（給自己的提醒：查查真正的鑑識蒐證流程。）

我爬到站點邊緣進行掃描，尋找監視攝影機、無人機這類有的沒的，同時尋找頻道和通訊器的訊號。附近還停了幾艘船艦，但舉目所及只有船殼和龐大的儲貨艙，沒看到人類到處搜索一具身穿防護衣的逃脫維安配備。我捕捉到幾個訊號，但是不是岩屑偵測訊號，就是搬運機器人的引導訊號。

我沿著一整排搬運機器人用來固定貨櫃的金屬鉗前進，找到一具正在把貨櫃從大型貨櫃運輸船艦上卸下來的搬運機器人。我進入機器人的頻道，檢查它的工作指令。它負責卸貨的是一艘機器人駕駛船艦，組員休假中，乘客已經下船。我問那具搬運機器人，能不能在它把剛空下來的貨櫃放回船上之前，讓我登船。它說當然可以。

（人類從沒想過要告訴他們的機器人這類事情，比方說，不要理會在站點外部閒晃的陌生人。機器人都知道要回報以及抵抗偷竊行為，可是沒有人跟它們說過不要理會其他機器人的禮貌請求。）

我爬進空的貨櫃架，進入上方的減壓艙。我敲了敲船艦，它也回覆了。我沒有時間賄賂它，所以發了一封剛從搬運機器人的記憶體中取得的官方站內搬運機器人安全認證碼，問它能不能讓我進去走走再出來。它說好。

我完成減壓艙循環，脫掉防護衣，找了一個置物櫃收進去。我在主艙門等待減壓循環的時候，借用了上頭的監視攝影機，看看自己現在的模樣。

我在阿船上的時候，已經利用船上的乘客清潔設施，把衣服上的血跡和漏液都洗掉了。但是船上沒有工具可以修補發射型武器和炸藥碎片在衣服上留下來的破洞。幸運的是，我身上穿的夾克是深色的，破洞也不算太明顯，上衣領子又夠高，可以蓋住後頸上被廢除功能的資料槽。

通常資料槽不會是什麼問題，因為大多數的人類都沒見過沒穿盔甲的維安配備，他們會以為資料槽只是強化部件。但如果是叫阿船改向的人在找我，那他們大概就知道沒穿盔甲的維安配備會很像強化人。

（我可能想太多了，部分結構是有機部位的殺人機就是有這種習慣。好處是會對細節有幾近強迫症的要求，壞處也是會對細節有幾近強迫症的要求。）

我確認過我寫來讓自己的走路姿態和肢體語言都更像人類的那段語法已經開始運行，並且從船艦紀錄上把自己刪掉，然後直接走出主艙門，進入站點的停泊口。

我已經連上了公共頻道，透過頻道駭進站點的武器掃描無人機，叫它們無視我。駭進武器掃描器一直都是很重要的事，畢竟我有兩架內建能源武器裝在前臂裡。現在這件事又更加重要了，因為撇除其他東西，我身上的背包裡還裝了能夠打穿盔甲的發射型武器以及彈藥。

那是葳爾金和葛絲的武器之一，我在離開秘盧時順手拿走了。回程的時候我花了點時間，在阿船的工具間裡把武器整個拆開，重新組裝成較輕巧的外型，這麼一來就比較好藏。

現在我不只是一具叛逃的維安配備，還是攜帶著能擊倒盔甲武裝維安人員的武器的叛逃維安配備。我猜這正好符合了人類的預期吧。

但是和我離開自貿太空站的第一次嘗試相比，現在要矇騙過武器掃描已經容易很多了。

其中一部分是因為我這一路以來，接觸過許多不同的維安系統，學到了很多技巧。但是最大的幫助，還是來自於一直一邊移動一邊處理編碼和在不同的系統上做事，替我打通了新的神經傳導和資料處理空間。我在秘盧的時候就注意到了這件事，那時候我必須同時處理多個頻道資訊，還沒有中控系統或維安系統的協助，最忙的時候，我覺得腦袋都快爆炸了。看來勤能補拙是真的，誰想得到呢？

我照著地圖指示，離開了警戒（也應該要警戒的）停泊口區域，沿著通道往站點的商場前進。通道經過公共登機區，以及阿船聽命停靠的那個港務局停泊口。

到現在，我已經混在人類人群中夠多次，不應該再覺得驚慌了——我搭過一艘全船乘客都以為我是強化人維安顧問的船艦，所有人幾乎都全程無止境地對我說話。不過我現在還是有點驚慌。

我真的應該習慣這件事了才對。

我混進一群人數比較多的交通船艦乘客，身上的有機部位裡的每一條神經都在跳動。身處在這樣的大型站點其實挺有幫助的，因為人類和強化人的注意力都很分散。所有人都是陌生人，每個人在走路的同時都在查看頻道，不間斷地查找資訊、聯繫某人，或是觀看節目。

通道經過阿船的停泊口時，我注意到登機區上有一大群人。我跟著身邊的人類人群，一起轉頭往下看。

只見二十三名身穿動力盔甲、全數配備重裝備的武裝人員，正整齊列隊準備進行登艦行動。沒有人穿著維安配備的盔甲，我也沒被任何訊號敲，所以它們可能全都是人類，或者是強化人。

四十七架維安無人機以待命模式在他們上空盤旋，大小以及武裝程度各異。我抓到一架站內維安無人機，用它來放大看那些人肩膀上的公司商標。我沒有辦法立刻認出來，只知道那不是賀夫瑞登站的標記。我把記號做了標示，等之後再查。

賀夫瑞登站的維安人員也在場，但他們站在後方港務局區域的入口處，看著登艦行動進行。所以不論對方是哪個單位，他們都跟賀夫瑞登站簽過合約，再派了一支武裝隊伍來。這可是很貴的啊，而且很令人擔心。如果只是要搜查證據，可不需要二十三名身穿動力盔甲的人類以及一整支維安無人機小隊。

站內的維安部門一定有透過自家的無人機，留意著這些侵門踏戶的維安公司人員。我檢查了一下我控制的這架站內維安無人機的錄影暫存區，發現一段將近一小時的攔截通訊器訊號。我下載了檔案，用維安配備當關鍵字搜尋了一遍。搜尋結果幾乎立刻就跳了出來。

維安配備。你覺得這東西真的在船上嗎？

情報說有可能啊，我——

跟控制它的人一起？

才沒有人控制它咧，你以為喔，這就是為什麼他們說它是叛逃配備啊。

對喔，是跟我有關。

在秘盧的地球化機構／違法外星物質採集設施上的時候，葳爾金和葛絲有認出我是維安配備。當時這點還算方便，但我可不希望這種事再發生一次。

一次也不希望。

我的朋友王艦改造了我的身形比例，把我的雙臂和雙腿都截除了一公分，讓我不符合鎖定維安配備標準身型的掃瞄。王艦在我的編碼中作的變動，讓我身上有些地方會長出稀疏、柔軟，跟人類很像的體毛，改變了我身上皮膚與非有機部位銜接處的外型，讓那些部位看起來更像強化部位。

這些改動都很低調，王艦認為可以直接從潛意識層面來減少人類的懷疑。（王艦就是這麼自命不凡。）改動的編碼也讓我的眉毛以及頭部的毛髮都變茂密了，這麼一點點微小的改變，對我的整張臉產生了非常明顯的差異。我不喜歡，但這是一定要做的事。

但是這樣的改變，還不足以騙過熟悉維安配備的人類。（但話說回來，在葳爾金和葛絲面前衝上牆壁畢竟還是洩漏太多線索了，她們都還沒機會正眼看我呢。）我可以控制自己的行為舉止（嗯，算是可以啦，大多數時候都可以），但是我還需要控制我的外觀。

所以我還在阿船上的時候，就用王艦寫的公式暫時改變編碼，讓頭上的毛髮加速增長。（加速是因為如果我搞砸了，開始往毛茸茸的兩足直立野獸方向發展時，我還有時間可以修正。）我讓頭部的毛髮多長了兩公分，達到目標後就停止。

為了檢查成果，我從歸檔的影片叫出一個畫面，找到曼莎博士的攝影機拍到的我的臉部正面照。我不常用攝影機看我自己，因為我幹嘛要這樣啊，但是我那時還在執行工作合約，蒐集所有客戶的頻道內容就是我的工作。

從畫面上的顯示時間看起來，那是我們站在接駁艇外頭的時候。灰軍情報當時在追殺我們，她請我讓其他人看見我的臉，這樣他們才會信任我。

我透過無人機攝影機觀察，把那時的舊畫面跟現在的模樣比對。做了這麼多改變後，現在的我確實看起來不一樣了，也更像人類。

我不喜歡，更不喜歡了。

但是現在我回到了賀夫瑞登站，有一支尚未確認身分的維安警備隊在找我，這樣的改變就非常有用。接下來就是換掉這身穿著，和上頭清晰可見的武器燒破的洞。

站在站點商場的外圍，我強迫自己走進一座大型旅行用品店面。

我用過站內的自動販賣機買記憶卡，但是我沒有進過真正的店面。雖然店內的販賣亭同樣是全自動的，我也看劇看到算是知道怎麼操作，感覺還是很怪。（我說怪的意思，就是焦慮程度達到痛苦等級。）好在顯然有些人類就跟我一樣茫然不知所措，因為我一踏進店門口，店家的頻道就立刻傳了互動式指導模組給我。

我被引導到一間空的販賣亭裡，包廂完全與外部隔絕。可以請系統關上門這件事讓我鬆了一口氣，效能直接上升了半個百分點。販賣亭掃描了我的現金卡，然後提供我一組選單。

我選取了標示著基本款、功能性以及旅行用舒適穿著的欄位，在長裙、寬褲、長罩袍、長版襯衫和及膝夾克之間猶豫不決。想到可以把所有東西都穿上，用一堆衣物在自己和外部世界之間築起緩衝牆，我真的非常心動。但我不習慣這樣穿，我怕這樣會被看出來。（光是要搞清楚走路和站立不動的時候手要怎麼擺就花了我很多時間，增加衣物代表提高犯下引人側目的失誤的機率。）

至於圍巾、帽子和其他覆蓋頭部和面部的選項，其中有些還具有文化意義，這些也很吸引我。但是這些東西正是想隱藏身分的維安配備會用的裝扮，只會讓我被特別注意到後加強掃描。

目前我已經穿過兩套不同的人類裝束，所以我比較了解怎麼穿對我而言更有效益。我挑了一雙跟我從自貿太空站偷來的那雙差不多的工作靴，會自動貼合腳型，有些地方還有可以防重物壓落的加強保護，不過這對我來說不像對人類那麼有用。

然後我挑了一件有很多可封閉口袋的褲子，一件有領子可以遮蔽資料槽的長袖上衣，然後是一件連帽夾克。好，所以其實跟我現在穿的這套非常相似，只是黑色和深藍色的部分換換位置而已。我授權付款之後，商品就從槽口掉了出來。

我穿上新衣服時，心裡湧現一種通常是在找到看起來很不錯的新影集時才會有的感覺。我「喜歡」這套裝束。也許我是真的喜歡到可以把喜歡兩個字的上下引號拿掉也沒問題。然而不能透過娛樂頻道下載的東西，我通常都不喜歡。

也許是因為這是我自己挑的。

也許。

我也換了一個小包包，品質比較好，也有更多可以封上的口袋。我換好衣服便離開了販賣亭，還拿到了折扣，因為我把舊衣服丟進店家的回收機器。

走出店面，回到站內商場混進人群，我開始下載新的影劇和交通時刻表，接著打開頻道，尋找新聞報導。我把拍到的畫面丟進去搜尋，找到一家維安公司的商標：「絕壁保全」。我開始搜尋這家公司。

我得盡快離開賀夫瑞登站，並且想一個好方法把我的記憶卡送到曼莎博士手中。

我塞在手臂上的記憶卡裡面有很多從秘盧的挖掘機裡頭提取的資料，與灰軍情報用地球化機構掩飾進行的違法異合成物質挖採行動直接相關。

我從葳爾金和葛絲的裝備中找到的記憶卡則有更多爆料資訊。上頭有她們替灰軍情報工作的紀錄，仔細地分門別類排好，準備交給記者或業界對手。我認為這是勒索用的黑料，或者是用來確保灰軍情報不會想殺掉她們的手段。不論如何，那東西現在已經在我手上了。

把這張記憶卡和其他記憶卡親手交給曼莎是最安全的方法，我也打算這麼做。我只是不確定自己想不想再見到她。（換個更正確的方式來說，是不確定自己想不想讓她再見到我。）

想起她讓我產生一種現在完全不想處理的奇怪糾結情緒。或者說永遠都不想處理。但是這不是我現在得立刻做出的決定（對，這裡也可以說是「永遠都不想做出的決定」），反正我可以闖進她現在待的地方，把記憶卡留在她的私人物品裡面，再附上便條就好。（關於便條內容，我已經想了很久。雖然有幾個選擇，但我大概會選「希望這份用來對付灰軍情報的證據能幫得上忙——殺人機留」）

我得想辦法確認她是不是還在自貿太空站上，還是已經回到了保護地聯盟，沒有——

我的新聞搜尋跳出一連串連結，最上面這條的標題讓我停下了腳步。幸好我人剛好在商場裡一個寬闊的空間，大型交通服務公司的辦公室都在這裡，稀疏的人潮很四散，行人都繞過我繼續移動。

我強迫自己移動到離我最近的辦公室入口，停在這家公司的廣告及資訊推播頻道播放的地方。雖然不是很裡想，但是我必須找個地方讓我可以站著不動，專心閱讀新聞內容。

曼莎博士被灰軍情報指控涉及商業間諜行動。

事態是怎麼從上次我在這裡找到的新聞，變成現在這種局面的？雖然之前就有多起訴訟案件在進行中，但是灰軍情報很明顯就是探勘小隊被攻擊的始作俑者。

除了其他證據以外，還有曼莎博士的防護衣攝影畫面，有拍到灰軍情報的成員承認罪行。就算是之前持有我的那間愚蠢又廉價的保險公司都不可能搞砸訴訟才對。

看來顯然還是有可能的。曼莎博士是非企業政府地區的星球領導人，要怎麼控訴她涉商業間諜罪？我是說，我對這類事情一無所知，因為我們沒有與人類法律事宜相關的教育模組，但整件事聽起來還是大有問題啊。

我平息了一瞬間揚起的怒火，冷靜下來把整串新聞看完。雖然灰軍情報這般指稱，但是沒有人知道他們是不是真的會進行控訴（還是說反訴？要用哪個詞才對？），一切都是臆測，因為記者找不到曼莎。

等等，什麼東西？

那她在哪？其他人在哪？他們都回到保護地了，留下她一個人嗎？從我找到的資料看來，保護地對於自家星球領導人的態度非常的自由。在老家的時候，曼莎博士甚至不需要維安服務。但是把她自己留在什麼事情都可能會發生、也已經發生的自貿太空站就太蠢了。

我真的很想一拳打穿離我最近的公司商標。愚蠢的人類不懂如何保護自己，愚蠢的人類以為所有地方都跟愚蠢又無聊的保護地一樣！

我需要更多資料，顯然我錯過了一些重要的發展。我沿著新聞時間軸回溯，尋找相關的標題，仔細地查找，試著不要驚慌。

根據紀錄顯示，自貿太空站已經想辦法把事情甩得一乾二淨。亞拉達、歐芙賽、芭拉娃姬和沃勞斯古都已經在三十個循環日之前離開，回保護地去了。曼莎應該要跟著其他人回去，但她沒有。目前看來是這樣。

下一條資料被其他報導深埋，連我都差點錯過。有一條新聞是灰軍情報釋出的，指曼莎去了船羅海法應訊，但是自貿太空站無法證實。

這他媽的船羅海法是哪裡？

瘋狂在公共頻道的資料庫裡查了一遍之後，我得知船羅海法是太空站的名字，是一座大型轉運站，有將近兩百家公司的總部在上頭，包含灰軍情報。所以說不算完全徹底的敵軍領地。真沒想到這點並不能讓我覺得好過些。

下一串相關的新聞報導則猜測曼莎博士去了船羅海法站，替保護地和戴爾夫小組蒐集證詞，指認灰軍情報的罪行。這則新聞後面的報導提及，她可能會在灰軍情報針對她提出、疑為不實訴訟的案件中出庭作證。

最恐怖的是，兩個可能真的知道點什麼的單位——保護地聯盟及我那位於自貿太空站的愚蠢半調子前保險公司，都沒有發表任何官方說法，只說她一定在船羅海法站。

曼莎不笨，她絕對不會在沒有保護的情況下，接近惡質企業的領地。如果她真的自願去了船羅海法站，光是去拜訪灰軍情報的這趟旅途、拜訪這家已經有一次企圖殺掉她的紀錄的公司，保險押金就會十分高昂，執行層面更會要價不斐，保險公司還得同意不論如何都要能夠把她帶出來，包含派出炮艦。

比較安全、而且因為安全所以會比較便宜的做法，就是留在自貿太空站，也就是保險公司的主要出勤中心所在地，並把所有能夠出示證詞的單位都找來自貿太空站。公司應該會堅持這麼做才對。

結論：曼莎去船羅海法站並非自願之舉。

可能是有人騙了她、設陷阱困住她，或者是逼她去。但是為什麼？如果灰軍情報要這麼做，為什麼要等這麼久？為什麼要讓所有涉及的證人有時間提出告訴、出面作證，以及把證據交給媒體？發生了什麼事讓灰軍情報這麼慌亂，居然……

喔。喔，該死。

8

我得出發了，而且要快。而且也不能搭乘機器人駕駛的交通工具。

在阿船上沒找到我，應該能甩掉絕壁保全的追捕，但是也撐不了太久。如果他們有點腦，就會開始檢查自動駕駛船艦。

我把有船艦組員的載客特快船艦時刻表叫出來（不，不是找直達船艦。我是白痴沒錯，但是也沒那麼白痴），找到一艘四小時內出發前往一座主要轉運站的船艦。我可以從那裡到我該去的地方。

我沒有用這種方式移動過，主要是因為我不想。一開始的時候，我懷疑自己可能無法一邊駭入武器掃描系統，一邊駭身分和付款系統。但是現在我已經沒有理由不這麼做了，這都要感謝葳爾金和葛絲。

我順手拿的背包是她們的緊急逃難包，裡面滿是現金卡和好幾組身分辨識標記。身分辨識標記必須透過皮下植入使用，裡頭有身分證明資料。正常來說，這些資料只能用專門的機器才讀得到，但是稍微調整一下我的掃描器之後，就能夠讀到加密的數據了，我在回賀夫瑞登站的路上已經一一檢查過內容了。

企業政府體系的身分辨識標記通常包含許多持有者的資料，但是背包裡的這些都是短期的身分標示，給來自體系外的旅客使用。上頭有一連串號碼，包含由某個非企業政府領地核准的旅行證明，原生地點和名字。

顯然葳爾金和葛絲會有這些東西，就是準備在需要的時候切換身分跑路。企業政府領地非常熱衷於追蹤自己的人類，勝過外地來的人類。我在影劇上看過，比起居民、次等居民和其他不同政府領地為了追蹤自己的人類而訂立的類別，非居民要在企業網內旅行容易多了。（這沒什麼。至少人類可以把自己的身分辨識標記挖出來，我身上有多個部位上頭都蝕刻著企業標誌，無法擺脫。）

我到了公共休息區，用現金卡付了封閉包廂的錢，挑了一組身分辨識標記，名字是吉安，來自帕什羅愛伯什羅。我把肩膀關節附近的皮膚掀開，植入標記。我還得先把那一區的痛感調低，不過倒是沒有發生什麼太棘手的漏液。

自從離開曼莎博士之後，我就斷斷續續假扮成人類過幾次，但這是我第一次身上真的有證明我是人類的官方標記。真的很怪。

我不喜歡這樣。

我在售票亭付錢買了進入登機區的票，也在這裡掃過了我的身分標記，然後進入交通船艦的減壓艙時又掃了一次。我不得不駭入兩套武器掃描系統，以及在減壓艙口調整人身掃瞄結果，把強化部件的數量減少。

我付了有衛浴設備以及自動送餐服務的私人艙房費用。（我不需要餐點，但是有餐點就有東西可以丟進廢物回收機，這麼一來有人檢查的話，數字就不會太奇怪。）船艦頻道上的指示帶領我走進船艙，我只在走廊上看見四名人類，經過休息廳的時候聽見另外五人的聲音。我的目標是在接下來的七個循環日裡都不要再見到他們。

這個艙房比起我另一次搭乘乘客交通船艦的那個艙房還要高級。裡面有臥鋪，附有床組用品，還有一臺小小的螢幕。一道通往迷你衛浴設備的房門，一個可以放私人物品的儲物櫃，以及用餐座。我關上艙房門，但連坐下或放下包包都沒有。我得趕在還能連線站點頻道的時候好好搜尋資料。

我設定了一條搜尋船羅海法站的頻道，然後把新聞搜尋的範圍加寬，增加新的關鍵字，並限定時間範圍。我在走到登機區的路上已經抓了幾部劇了。我知道我一定會需要有東西讓我分心。

我認為現在的狀況，我至少算是知道了一個大概，情況看起來並不妙。從灰軍情報的角度來看，這幾個事件是用這個順序發生的：

一、曼莎博士買了一具（二手且有點損傷的）維安配備，這具配備後來不見了，沒有人知道跑去哪裡。

二、曼莎博士在一段透過交通船艦發送到整個企業網的訪談裡面說到，有人該去調查秘盧，因為灰軍情報棄置一座地球化機構這件事很引人疑竇。（其實是記者提起秘盧，不是她，但已經不重要了。）

三、一具維安配備出現在秘盧，協助一支由古奈蘭德自治區雇請的調查隊去：

A. 拯救機構不致往星球地表崩垮

B.蒐集證據證明該機構其實曾進行違法採集行為，完全不是地球化設施。第三點第A項和第三點第B項已經都上了新聞，正在傳遍整個企業網，加上艾貝納和其他人成了目擊證人，以及葳爾金和葛絲的證詞，指明是誰雇用了她們。顯然灰軍情報認為是曼莎派我去了秘盧，把他們踢進了屎坑。

糟糟。

這趟旅程壓力極大，跟王艦自我介紹說可能會刪掉我的大腦那次，以及我一直想起米琪的時候一樣。也跟與艾爾思以及其他把自己賣給奴隸合約的人類共乘的那趟旅程一樣。

看來目前為止，我的旅途幾乎都讓我壓力極大。

面對這次的焦慮，我選擇一如往常的解決辦法，就是看劇。我在賀夫瑞登站的時候隨便下載的其中一部影集，竟然是漫長的歷史劇，講的是早期人類的太空探險故事。

這部影集的分類是虛構紀錄片（我也不確定這是什麼意思），但時不時會出現外部連結，可以查找照理講應該是正確的真實歷史紀錄。看見當時有許多種不同的維安配備，感覺很怪。

那時候的維安配備還沒使用複製人技術，有機部位是來自重傷或重病、並且決定把身上的部位捐給強化漫遊者的人類。主角群中的一些人類在其中一名強化漫遊者還是人類的時候就認識它了，他們現在依然是好朋友。

那些強漫者不是人形，但是可以自己選擇任務及合作對象。它們會跟人類一來一往地對話，提出建議，有時候會帶領搜救隊，常常成為眾人的救星。

雖然有方便的外部連結提供資料，我還是難以相信這種事情是真的。第二集演到一半我就關掉了，改看一部音樂喜劇。

總而言之，看劇又分成兩種情況，一種是因為我在交通船艦上很安全，沒人會逼我做任何事，所以我看劇。另一種是因為我想讓自己不去想自己搞砸了多少事、接下來又會發生什麼事，不想去想未來的日子也很可能會出現更多由我主導、更加有創意的搞砸狀況，所以我看劇。我已經習慣了前者，真的很不想回到後者。

我也試著做好準備。我把船艦頻道上所有跟船羅海法站有關的資訊全都叫了出來，實際上大概也就是一份更新過的基本遊客須知，我在賀夫瑞登站的時候就已經下載過了，不過這份資料倒是給了我在站點上有駐點或總部的企業名稱。

那家叫絕壁保全的維安公司，在船羅海法站有一座很大的辦公室。我怎麼一點都不驚訝呢？

為求擊敗監視攝影系統，我也在我的編碼上下了不少功夫。我在拉維海洛差點害客戶塔潘被殺掉之前，就已經開發了這個功能。這功能可以把我從攝影畫面移除、再把畫面這段空檔用我走過之前和之後的畫面補上。

雖然不完美，但我努力讓這個方法能夠變得更好，增加編碼來處理不同類型和廠牌的維安系統，讓我能夠控制更多攝影機和改變角度。

我們穿越蟲洞的時候，我只覺得第一段旅程結束了真是萬幸。

我們停靠在轉運站的時候，站上沒有人在等我，所以這點至少證實了葳爾金和葛絲的身分辨識標記可用。

我只在這座站點停留十小時，全程都在短租旅館的一間小房間裡。我下載了一些新的影劇，但是大多數時間都在想辦法從資料庫裡拉出任何跟船羅海法站有關的檔案。這件事花的時間比我預期還久，因為我想進入的資料庫大多屬於企業所有的專利資料庫，我只能一個個駭進去，才能知道裡面到底有沒有我要的東西。我也跑了一下平常會跑的新聞搜尋。（沒有關於曼莎的新消息，只有大量對我的焦慮程度毫無幫助的臆測。）

接近該離開的時間，我把吉安的身分標記換成一張名字為奇朗的身分標記。我本來想再轉一站來模糊我的行蹤，但是我不知道曼莎到底出了什麼事，而我可能已經來不及了的這個念頭一點幫助也沒有。所以我訂了一張票，去搭另一艘載客特快船艦，直達船羅海法站。

對於現在還藏在我的手臂中、裝載了我在秘盧蒐集到的資料的記憶卡，以及葳爾金和葛絲的記憶卡，我有點不知道該怎麼處理才好。我已經不確定這些東西到底能有多少幫助了。

但是米琪就是為了這些資料送命的，不論它自己知不知道都一樣。

把東西帶在身上跑到灰軍情報的領地就太笨了。在短租旅館的房間裡，我把記憶卡從手臂中取出，然後在去登機區的路上在自動販賣機前停了一下，買了個小郵件包裹組。

我把記憶卡用保護包裝紙包起來，包括葳爾金和葛絲的記憶卡，然後把包裝封上。我把收件地址填上曼莎博士在保護地的農場，指名給她的每個婚配伴侶收。（所有寄送表上需要的資料就這樣堆在我的長期記憶儲存空間裡，來自於前公司對保護育能組做的紀錄。哇，感覺好像是好久以前的事了。）

我注意到一則從剛進站的船艦轉傳過來的新聞時，已經登上了第二艘載客特快船艦，躲在我的私人艙房裡。內容是一則保護地聯盟的簡短聲明，發言人是芭拉娃姬博士。

見到熟悉的人類的感覺意外地奇怪，雖然她在畫面上看起來是非常憤怒的模樣。她只說保護地已經「採取行動」，要解決與灰軍情報之間的糾紛。

這樣啊。我躺在臥舖上，盯著金屬天花板看。船艦脫離站點的時候，公共頻道上有許多交流的雜音。我監控著私人活動，確保沒有人在聊一具偽裝人類技術很差的維安配備躲在乘客船艙的事。我把芭拉娃姬的聲明重播了七次。

也許我搞錯了。我知道分析真正的人類言談和外表中展現的情緒含意，和分析影劇裡面的人類是不一樣的。（比方說，影劇的目的是要與觀眾進行明確的溝通互動。

就我所知，真正的人類通常都不知道自己到底在搞什麼。）但是從芭拉娃姬的聲明影片中，我的理解是灰軍情報抓走了曼莎，且要求保護地提出官方說詞，內容必須至少要暗示他們已經跟灰軍情報開始進行友善協商以平定糾紛。

我重看相關的新聞串，發現探勘隊慘遭灰軍情報屠殺的戴爾夫小組仍然沒有發表任何說法。我那間前公司也沒有發表聲明，可能正在極度憤怒與痛失設備器材及保險押金的慌亂中糾結不已，他們恐怕非常迫切地想讓人付出代價。我是說，真的賠錢的那種付出代價。

灰軍情報可以用一大筆錢收買公司，但他們到目前還沒有這麼做。也可能是灰軍情報付不起這筆費用。

灰軍情報做了這麼多事，只為取得異合成物質和外星遺留物。現在大家都知道了以後，他們就無法把採集到的東西脫手，也無法進一步開發，或者做任何本來打算要拿那些東西來做的事。這表示他們一定也很絕望。

這可不是好事。

船艦時間四個循環日過後，這艘載客船艦穿過了蟲洞，我連上了船羅海法站內頻道的微弱訊號。

靠近看之後，站點感覺更大了。這座轉運站比自貿太空站還龐大，主外殼下方有三座互相連接的中轉環。通常中轉環會繞著站點轉，中心區域就是人類和強化人居住或生活的地方。

應該說我猜是這樣吧，我從沒進入過那些區域，只去過自貿太空站的出勤中心，位置就很接近中轉環。

我連上頻道，可是上頭擠滿了各式各樣的廣告，時刻表、服務列表都被各家企業的廣告淹沒，其中有些還支離破碎地變成雜訊，因為其他公司付了錢把那些廣告擠掉。

真是一點用也沒有。我中斷頻道的連線，改連船艦的通訊器，追蹤著港務局的頻道。這裡也有廣告，但是港務局還是能偶爾擠進來說個幾句話。其中一句就是航行路線提醒以及——

怪了。

我在船艦頻道上拉出這條提醒訊息，頻道上有掃描和導航系統，供船艦工作人員使用。有一艘公司的炮艦正停在站點外。

不是在接近中，不是在等待停泊口。只是保持固定位置停在太空中。

這艘炮艦屬於誰很清楚，航行路線提醒訊息中可以看見，炮艦在幾乎被整個擋掉的自身頻道上放送著那個愚蠢的商標。跟我身上非有機部件上蝕刻的商標一樣。

我檢查了一下訊息上面壓的時間。換算成我所在的時間來看，等於是差不多二十個循環日。

它可能是為了另一個合作案來的，但是未免有點太巧合了。炮艦的主要功能就是迅速炸掉目標，要動用這些炮艦也不容易，因為企業和非企業政府的領地之間有相關協定。

我想過，如果曼莎真的是自願到了船羅海法站與灰軍情報協商，那麼保險押金可能就高到可以要求派出炮艦隨行。但是這麼一來為什麼炮艦沒有靠站？曼莎到底需不需要救援？我需要情報，只有一個辦法可以取得了。

進站的交通流量很龐大，我們這艘船的預計進站時間顯示為延誤二十七分鐘。二十七分鐘讓我去做蠢事是綽綽有餘了。

我潛入船艦的通訊器。港務局勉強趁著廣告空檔傳出來的入站規章指明，通訊器必須追蹤所有訊號流量，包含音訊和頻道。這麼做可以讓船艦繞過被擠爆的站點頻道，同時接收其他船艦可能會發出的提醒或警報訊息。

沒有通訊器的協助，要把訊息整理好分清楚會比較難，但我知道我要找什麼。六分鐘後我就找到了——公司炮艦的加密頻道，宛若樂章裡的旋律一般，跟它的通訊訊號交纏著。

我連上頻道，輸入密碼，然後——這可能是錯誤的舉動，我到底有沒有這麼需要情報？有，有，我有。我必須知道曼莎到底是來這裡出任務還是被軟禁了——我朝炮艦的模擬機器人駕駛傳送訊號，並附上一串編碼，這樣一來它就會知道我現在是在匿跡模式。

它表示收到。它認出我也是公司財產，畢竟我有解鎖密碼，也用了正確的呼叫方式。我認為它不會通知船艦工作人員，告訴他們自己被聯繫了，畢竟它從各方面都已經判斷出我就是同公司的機器人。除非有人特別叫它這麼做。

若換做是維安配備，就會立刻上報消息，畢竟維安配備一定會知道，我不該自己在外面行動。

我等著，一邊側聽頻道，確保沒有人注意到這起外部聯繫。

我沒有引起什麼警覺，看得出來炮艦上的頻道流量很低，大多是處於待命狀態。他們在等著什麼。

我在心裡做好準備，然後朝機器人駕駛發出「狀態：更新（匿跡模式）」。漫長的三秒過後，它回了一段資料檔案。我回傳收到，然後就中斷了連線。

我再次專心地盯著艙房天花板。如果我夠走運，就不會有人去檢查機器人駕駛的聯繫紀錄。

公司已經收了錢，把我從財產清單上移除，但是沒有曼莎，我在企業政府領地就沒有合法身分。如果他們發現我在這裡，可以轉告站點的管理單位，或者直接抓住我進行強制拆解，或者是這兩者之間的任何處置。

我檢查了一下檔案，確認沒有追蹤器和惡意軟體後，直接打開了檔案。

嗯，這實在是……很可能是一團災難。炮艦抵達船羅海法站後不久，任務狀態就從「搜救：啟動中」，轉為「搜救：因中立單位行使否決權而暫停，任務升級狀況已超過合約範圍」。

這表示炮艦被派來救援深受險境的客戶，但是任務被暫停了，因為救援過程受到阻礙，而這個阻礙不是單單只因為任務超過客戶付款的能力範圍。

客戶身分編碼是曼莎的沒錯，跟我任務中記錄的一樣，這表示炮艦任務是原本外星探勘任務的安全保險內容延伸出來的服務。也就是說，好，我不知道可以這樣，但是這就確認了曼莎確實在這裡，或者說公司目前擁有的情報判斷她在這裡。

而這艘他媽的炮艦就只是在這裡發呆，什麼事都不做。

我猜灰軍情報不知用了什麼方法讓船羅海法站拒絕了炮艦的停泊以及行動許可。也就是說公司無法在不先跟船羅海法維安人員對打的情況下把武裝搜救隊送上站內，而公司收的錢可不包含這種服務。

狀態中另一組編碼的意思是「次要客戶狀態：具結」。這更糟——表示這份保險中列名的其他人（可能是李蘋、拉銻或葛拉汀，有鑑於探勘隊回到保護地的新聞裡面沒看見他們的名字）脫離了公司的保護範圍，失去了聯繫。

在炮艦和武裝狀態之間，只有一個方法可以失去聯繫：他們一定是登上了接駁艇，把自己標示為無武裝狀態來通過站方禁止他們進行任務的限制，獲准上了站。

所以我總共有四個人要操心了。

等待真的很令人緊繃，我看了一集《明月避難所之風起雲湧》，等待船艦完成進站流程，開始停靠。然後船艦的頻道傳來訊息，宣布乘客可以開始下船。

在那麼多前往這裡的船艦之中，我選擇搭乘這艘非機器人駕駛的特快船艦，原因是這艘船上有一百二十七名乘客，其中四十三人是一起旅行的團員。他們沒讓我失望，整群人又吵鬧又茫然地一起下船。

我被他們包圍著走出艙門，穿過登機區，往上來到透明管狀的上樓通道，他們才開始被販賣亭、廣告櫃臺分心，陸續分散開來。我繼續向前走。

這時候我已經突破三次武器掃描，駭進不對外開放的頻道，取得好幾架無人機的攝影畫面。這裡對從登機區下船艦的乘客所進行的維安管控，比我去過的其他中轉環和轉運站都更嚴格。

以一座會把自己的頻道出售給廣告刊登，讓廣告多到淹沒安全資訊和官方公告的站點來說，是異常的嚴格。（用看的就能知道哪些人類和強化人正在嘗試使用頻道上的地圖功能，因為他們會一直走到死路和撞牆。）

我也被至少四種不同的辨識掃描器注意到。這種掃描器通常都是用來找站點維安系統上已經標記起來的人類或強化人，而不是非特定的脫逃維安配備。（脫逃的維安配備其實沒有娛樂頻道上的影劇讓你以為的那麼普遍。）但我很高興我接受了王艦的建議，讓它改變了我的身形比例。我很慶幸自己提早做的每一個預防措施，即使有些措施在當時看起來就像有被害妄想症。

我沒有看見任何武裝維安巡邏人員，但是有額外加派的無人機，那是小臺的機型，廠牌和型號都跟我習慣的不同。

修改功能來擋住愚蠢的廣告後，我開始下載東西，也開始搜尋新聞頻道和公共停泊口分配表。我檢查了在重重廣告阻撓下仍然突破重圍來到我頻道上的停泊口地圖，踏上走道，往上進入了站內商場。

我搭的船艦停在第二中轉環，所以如果你不想搭移動艙的話，就要走很多斜坡。

我不想搭。我沒有被任何訊號敲，但是查過站點公司名錄之後，看到了兩家駐點在這裡的維安公司有提供維安配備租用服務，分別為愛諾亞祖和史達克庫曼。

絕壁保全在清單上也是維安公司，但是並不在提供維安配備服務的列表上。這也不代表他們就一定沒有維安配備，只代表他們沒有替維安配備打廣告而已。

現階段來說，我不是太擔心會有人拿維安配備來對付我。維安配備一看到我，馬上就能辨識出我是叛逃維安配備（更精準一點的說法應該是一敲我訊息就能辨識），但是中轉環上從來不會用到我們。維安公司會把我們（它們）以貨物狀態透過停泊口運輸，以免讓人類驚慌失措。

是說，什麼事都會有第一次，只是真的機會不高，最多只有百分之十五的可能性而已。

如果他們真的派出維安配備，還是得先找到我才行。控制元件不會允許維安配備去駭入系統，或者搜查我駭過的紀錄，除非是有人類下指令。（我不認為灰軍情報知道我到底駭了多少東西。）只有戰鬥維安配備能在沒有人類指令的情況下，偵測到或者是反擊我的駭入行為。

儘管如此，我的複製人皮膚還是因為緊張而發麻。加強的維安措施感覺上證實了我的理論，還是應該說是假說？管他的，總之，我的想法是如果芭拉娃姬在新聞中做的官方聲明，其實就是灰軍情報想放出的消息，刻意透漏保護地會跟他們合作以救回曼莎博士這件事。那麼關於曼莎被抓走的傳聞，關於她自己去了、或是不知怎麼地被帶到船羅海法站的傳聞，也就都是灰軍情報放的消息。也就是要給我的消息。

灰軍情報認為曼莎就是透過新聞，下指令要我去秘盧，所以他們自然也會透過新聞引誘我來這裡。

這不是什麼很棒的理論／假說。他們抓了曼莎，所以我不知道為什麼他們還想抓我。他們知道我去過秘盧，難道是懷疑我帶走了滿手臂的鐵證資料嗎？但是秘盧現在已經屬於古奈蘭德自治區了，很可能他們也會氣到去找能定罪灰軍情報的資料，這樣他們就能在自己的新聞頻道上公開抱怨這件事。灰軍情報緊咬我和曼莎不放，也阻止不了古奈蘭德自治區。

但話說回來，他們都是人類——誰知道他們幹嘛做那些事呢？

這一切讓我更加確定一件事，就是現在我來到這裡了，就必須確保自己有辦法離開。想到這裡，我從之前進入的維安頻道中叫出了規格表和相關資訊，標記好等著晚點處理。

我踏上最後一段斜坡，被一群人類和強化人圍繞，然後進入了站點商場。這裡沒有那種旅客才會去的外圍觀光區，沒有便宜短租旅館和販賣機之類的東西。而是好幾層樓的高級店鋪和辦公室，多數都呈球體狀，堆疊成高塔，或者是飄浮在上空。

這裡的公共頻道像是由影片、廣告、各種說明和音樂組成的迷宮，另外有飄浮的顯示器，以及投影出來的大型瀑布、樹木和抽象藝術之類的東西，與頻道內容爭奇鬥艷。

我在影劇上看過類似但更好的環境，不過親眼目睹這一切，感覺還是很不一樣。我的攝影鏡頭角度沒那麼好是一個原因，四處亂走的人類和強化人也很破壞畫面。

喔，還有可下載的檔案，美好的檔案。好幾條娛樂頻道——比賀夫瑞登站和自貿太空站還要多太多了，就這樣在空氣中飄浮著，充滿了吸引力。我隨便挑了幾部影劇，開始下載。

我的查詢結果之一跳出了站內居住區的索引表，不是那些給遊客用的小型或短租旅館。我需要找個地方停下來好好看一看。我往其中一個比較低層的球體走去。

那顆球體是一間大型商店，許多人類和強化人進進出出。我可以進店。我進過（一間）店。不會有問題的。

我試著放輕鬆，裝出很忙碌的模樣，踏上了店門口的入口斜坡。店內頻道的廣告說他們賣的是高級生活模式。我不知道那是什麼，頻道上的解說也沒幫上什麼忙。就連有些在裡面走動的人類看起來也搞不太清楚。

我跟著他們到處走，來到店中央，人類就在這裡看著懸浮顯示器上的商品，還在看受到商品啟發創作出來的藝術品或音樂？這不是我想的密閉包廂，但是給了我一個理由來站定盯著一處看，實際上是在腦中檢查查詢結果以及站點索引內容。

一點都不意外，我找到一張停泊申請書，接駁艇上有公司的辨識碼，進站索引表上唯一一組屬於公司的辨識碼就是它。這艘接駁艇就是保護地小組用來從炮艦進太空站的接駁艇。

想到我們現在距離這麼近，感覺實在很……奇怪。從接駁艇的大小看來，他們大概沒有留在船上。

經過我巧妙地解開港務局的保護系統之後，我下載了停泊聯繫資料索引表，找到與接駁艇的聯繫人資料登記相符的一家站內飯店的實體地址。

我正在刪除我闖入港務局系統的痕跡時，三條新聞搜尋結果跳了出來，但都是來自自貿太空站的舊新聞。內容不過是更多毫無幫助的臆測，猜曼莎到底在哪裡、做什麼、為什麼消失不見等等。

我的查詢結果都沒有任何內容提及她。

我沒有太多選擇。保護地的組員一定是來和灰軍情報談釋放曼莎的條件，在保護地湊出足夠的現金付錢讓公司違反船羅海法站的禁停令之前，這是唯一的方法了。

我必須先取得情報才能行動，而他們是我唯一可能取得情報的管道。

我離開店面，那之前先再模仿人類，毫無目的地沿著顯示器繞了一圈。

我得去見見老朋友了。

9

飯店位於站內商場另一頭的尾端，一個比較沒那麼繁忙的區域，不論是人潮或無人機的流動比例都少了百分之六十，位置在一座縱跨好幾層樓的廣場旁。

飯店四周的所有建築都是辦公空間或飯店，每一棟都是巨大的圓錐型或是圓柱形，除了一棟不知道是想跟主流作對還是單純過時的圓球體設計，像是要堅守自己的建築概念般聳立著，不顧站點似乎想用一大片投影森林景象擋住它。

我穿越那座多樓層廣場，人類和強化人要不是獨自坐在這裡，要不就是成群坐在四散的桌椅邊，看著大螢幕上播放的娛樂頻道，或是在自己的頻道上工作。監視攝影機很多，所以我試了一組在我走來這裡的路上寫的新編碼。

我一直在想有沒有什麼辦法能讓我看起來更不像維安配備。（最直覺的做法就是假裝在吃或喝東西，但是這不容易。如果一定要的話，我可以做得到，但是只能維持短暫時間。我沒有任何消化系統，所以我得先把肺部空間分一部分出來儲放食物，直到有機會吐掉為止。對，那就跟聽起來一樣噁心。）我決定用一種比較低調也沒那麼噁心的方式。

人類，或者甚至是強化人，在頻道上說話時都會默讀。我寫了一組簡短的編碼，可以放在後臺跑，讓自己模仿默讀時的下巴動作。（我從《明月避難所之風起雲湧》、《火焰傳說》和《下一站，明日》裡頭各拉了一小段對話，當作我的模板來進行默讀動作。）

穿過廣場往飯店移動的時候，我特別注意肩膀要放鬆，表情要好像被什麼事分心的樣子。我連上監看廣場的其中一架無人機的攝影畫面，看看自己的樣子。默讀動作與讓我模仿人類呼吸模式和小型隨機動作的編碼合作無間，看起來非常完美。

嗯，對我來說很完美啦。就算是百分之九十八的完美好了。

保護地小組住的飯店有一座大型露臺式入口，以透明牆面和寬敞的大門組成。站點內的管鐵軌道穿過建築物透明的二樓，所以管鐵列車進站的時候，可以看見乘客上下管鐵。（我可以透過高空飛行的無人機看見他們，其他在廣場裡的人類就看不到了。）

我識別出兩名可能的威脅者，就坐在廣場桌邊。

在飯店入口處，我混進一群人類和強化人之中，他們在看飄浮在上空的廣告螢幕，螢幕上播放的是一些搞笑的小短片。（有些還滿不錯的，所以我把檔案都存到永久記憶區了。）這裡也讓我有個可以合理站著不動的地方，專心潛入飯店的維安系統。我改良了在拉維海洛站時，用來把我自己的身影從錄影畫面中移除的那段編碼，就放在手邊準備隨時使用。

螢幕上的影片開始重播的時候，我就跟著其他人類穿過飯店入口。雖然我聽起來好像很有自信，但是入口大拱門前的掃描器讓我的複製人皮膚發麻。我很清楚自己來到這裡，冒的是什麼樣的風險。

大廳是由好幾塊寬敞的平臺銜接而成，上面擺置了座椅。這裡也有好幾顆巨大懸空的生態球，展示模擬星球的天空，各自顯示不同的天氣狀態。表面上看來，這些生態球是用來阻擋座位區的視線，提供一些隱私感，但是其實外緣都裝設了維安系統的監視器和掃描器。

我透過攝影畫面看著我自己的同時，注意到另外四名潛在威脅者，全都是強化人。其中一名很明顯正在頻道上檢視掃描結果，其他人則四處移動，靠雙眼巡視全場。

看不出來他們是屬於灰軍情報還是絕壁保全，不過如果他們真的屬於那些公司，飯店就知道他們在場。我無法判斷他們是不是在找我，維安通訊頻道上沒有任何警戒通知。不過從他們的舉止看來，他們特別留意戴著任何衣物連帽、帽子、圍巾、有刺青或化妝品或是裝飾品遮住面部的強化人。而我，一個平凡的強化人，帽兜平放在背上，就沒有人多看我一眼。

這就是為什麼人類不該擔任自己的維安人員。

我上了斜坡，走向入住登記平臺，在頻道上的迎賓音樂中，照著引導和指示，來到一臺自動機器前，用葛絲的其中一張現金卡訂了一間房。

沒錯，這麼做感覺很好。

我從後方出口離開了平臺，到了移動艙閘門，跟著五名人類走進剛抵達的移動艙。移動艙使用的是封閉系統，沒有與外界連結，只會載你到飯店頻道上顯示跟你身分註記相符的房間，或大廳和公共娛樂區。

移動艙依序把我們載到各自的區域，讓我有機會觀察系統運作過程，並抄襲它的編碼。移動艙帶我到了我要去的區之後，我便照著頻道地圖走到了我的房間。

感應到飯店連接在我的身分註記上的權限，房門自動打開來，在那完美的瞬間，我發現房裡沒有監視攝影機，也沒有音訊監控設備。愚蠢的飯店。我搞不好還為此多付了一些錢。

話雖這麼說，房間比起我在乘客交通船艦上的艙房大得多，也舒服很多。我迅速環視一圈，確認沒有異狀，然後放下包包，躺在床上。（床很大。為什麼要放一張隨便也能睡四個中等身材到大尺碼人類的床，卻只在衛浴設備裡裝設一個毛巾掛勾？難道人類會共用浴巾嗎？）在這張大得多餘的床的正前方，牆面上是一面大螢幕。

想說就當作給自己作伴好了，我把一集《明月避難所之風起雲湧》的檔案傳上去播放——我的老天爺，如果放寬點標準來看，劇裡的人類都差不多是真人尺寸了——然後開工。

房間裡面沒有監視攝影畫面，但是走廊上的攝影機有拍到人類和強化人在相連通道上移動，使用移動艙往返大廳和另外三個餐飲區及俱樂部區域的畫面。（不知道那是什麼俱樂部。那地方進行的事跟我的辭典定義不同。）這裡還有一條交通路線，與管鐵月臺層相連。

我小心地進入系統，留意可能的陷阱。沒有房內攝影機，我就只能靠強硬手段了。

就跟所有架設在無防護設施上的監視系統一樣，這裡的監視系統不會把攝影畫面永久儲存起來，而且應該在一定時間過後就會直接清除檔案。請注意我說「應該」。飯店當然有在挖數據。

挖數據的行為只對公共區域和走廊上進行的對話進行，不過我要的就是這個。我找到過去二十個循環日的檔案儲放區，接手了其中一臺處理器的工作（它正在把無聊的內容從有料的商業對話中挑掉，等著把剩下的東西傳送給人類或機器人檢視。）接著我把作業方向重新導向搜尋我的關鍵字組合。

八分三十七秒過後，我控制的處理器找到了不少符合的段落。我記下上面壓的日期時間，然後就把處理器放回去，讓它繼續搜找專利商業資訊了。時間日期讓我知道要去哪一個資料庫檔案找監視攝影畫面。

我把暫時儲存區清出一個空間，下載了第一段檔案，開始掃描。我沒有在蒐集到的資料上使用更快也更有效率的臉部辨識工具，而是親自檢視內容。那種掃描工具在大多數情況下，只有百分之六十二的可信度，雖然這對半吊子的公司維安工作來說已經夠了，但我可不想錯失我的目標。

結果看來我大可直接開始，不用浪費那八分鐘，因為第一段影片就看到了拉鎊在走廊上，向移動艙閘門走去，時間顯示為十六小時二十七分鐘前。

找到你了。

我繼續看監視攝影畫面。拉鎊也應該花點時間看看這些錄影畫面，或者至少稍微環顧一下四周，因為兩名潛在威脅者一直跟蹤他到了閘門口。他們沒有試圖跟他搭同一座移動艙，但是兩人顯然有辦法使用維安系統，因為我在大廳畫面中找到拉鎊的時候，他們也在。

他們跟著他到飯店低樓層的店面和販售亭區域，然後回到房間。現在我知道要把重點放在飯店的哪個區域，就可以刪掉很多其他攝影機拍到的畫面，三分鐘內我就找到了葛拉汀和李蘋。他們三人只要一出門，就會被跟蹤。

我一點都不意外，畢竟灰軍情報一定知道他們在這裡。但是我一直在後臺裡跑一些風險評估，有一個可能性就是這是為了抓我而設下的陷阱，保護地小組只是誘餌。

曼莎雖然是那些決心要讓灰軍情報為殺其居民／雇員受制裁的政體和企業的主要發言人，但是我才是那個錄下最重要證據的對象，我是公司維安系統中的那個變動因素，蒐集、儲存了所有資料。如果可以讓我看起來不可信賴、受到損害之類的，那麼他們就能質疑維安系統的資料，這麼一來就幫了灰軍情報一把。

另一個可能性，就是灰軍情報聯絡了保護地小組，要求他們引誘我出來，換取曼莎的自由。對，這個可能性可不好玩。

我看著畫面上的拉銻，拍攝的自動系統沒有理由拉近鏡頭，畫面的解析度不夠清楚，無法進行有效評估。

但是我跑了幾段之前在探勘任務的時候拍到的錄影畫面：拉銻忙了一整天後疲憊的走路姿態；他走在亞拉達和歐芙賽身邊思考對話內容的動作；在李蘋朝他扔了一顆

抱枕，他大笑著假裝防禦的模樣；以及我們瘋狂把東西丟上接駁艇準備逃難的時候。

我想判定他在這座飯店裡走動的樣子，宛若這裡是一座監獄，但我不能確定。真正的人類跟影劇裡面的人類行為舉止不同。

我只能等著看了。（對，這樣會令我壓力大到痛苦的程度。）

監視攝影機是個很有意思的難題，但並非無解。除了大廳以外，飯店在其他地方有自己的安全頻道，付費便可使用。為了鼓勵消費者使用，飯店會擠壓公共頻道。這就表示，維安系統中已經有準備好的編碼，可以重新引導頻道連線。

這對我來說很方便。我在不同頻道上設定了一些提醒，然後就開始挑選要在超巨大螢幕上看哪一部劇。不過我只挑了之前看過且喜歡的舊劇，因為我真的很需要聚精會神，好好寫一些新的編碼。如果幸運的話，我就不會用上新編碼，但是……還是承認吧，我八成會用得到。

五小時又十七分鐘後，李蘋、拉銻和葛拉汀離開了房間，往移動艙閘門移動。他們離開房間二十三秒後，系統就偵測到同一區有房門開啟又關閉。兩名威脅者出了房間，跟著保護地小組，我重導他們用來取得指令和回報狀態的頻道。

我觀察著保護地小組是不是只是要去飯店的其中一個餐飲服務區，或是娛樂區。在飯店外面聯繫他們比較安全（對每個人來說都是如此，尤其是我）。

我檢查了一下兩名威脅者用來取得指令的頻道，看見重導動作生效了。他們停在閘門前，一副搞不清楚發生什麼事的模樣，等著指揮人員批准他們行動。

我的重導動作把批准訊號傳到了另一區的房務機器人那裡去了。這個重導被我設定在兩分鐘後自動失效並且刪除紀錄，看起來就像是飯店擠壓公共頻道導致的跳訊。

保護地小組搭上移動艙，到了大廳，走出飯店前門。我不情願地關掉超巨大螢幕，翻身起床。

上班時間到了。

我帶上背包，因為我很可能不會再回來這裡了。（對，我一定會很想念這面螢幕。）裡面也裝著我的發射型武器，沒有人知道哪時候可能會需要能夠打穿盔甲的武器。（而且我可以把背帶掛在右手上，這樣一來那條手臂就有事好做了。到底人類是怎麼分分秒秒地決定手臂要幹嘛，我完全沒辦法想像。）

我在廣場裡跟上李蘋、拉鎊和葛拉汀，沒看到任何威脅者跟蹤他們的跡象。我不確定保護地小組知不知道灰軍情報在監看他們，不過拉銻的肩膀看起來是有點僵硬，不是他平常走路的樣子。

他們上了樓梯，往二樓廣場的座位區移動，葛拉汀用一種可能自己覺得非常自然、毫不可疑的方式回頭瞥了一眼。嗯，他們知道。

沒有，他沒注意到我。我利用無人機的攝影機跟隨他們的行蹤，好讓我得以走另一條路穿過廣場，我走的是通往平臺下方、穿過花園和販賣區的路線。

他們穿過廣場的時候，葛拉汀對李蘋說了幾句話，然後他們稍微加快了腳步，往另一頭的商店區去。那裡很適合避開跟蹤者的直接監視，而且也讓我有時間可以稍微調整監視攝影機，讓追蹤他們變得更難。

灰軍情報現在一定已經意識到自己跟丟了人，我想確保灰軍情報無法再次找到他們的身影。我不知道灰軍情報有沒有買通站點，讓站點同意他們使用站內公共空間的維安監視畫面，但小心駛得萬年船。

李蘋帶著另外兩人在購物區繞路走，穿過好幾家商店和廣場，最後來到一座圓錐形飯店底下的一座開放式花園座位區。這番努力做得很好，可以帶他們穿過六個不同的私人維安管理區域和非公共頻道區域，也能有效甩掉利用無人機或監視攝影機跟蹤他們的人。

當然，這方法沒有甩掉我，但是要甩掉一般（人類）監視是可行的。座位區由布簾和水瀑包圍，擋住了環繞的廣場及走道的視線。

我停在入口外，加入一小群人類，站在一家往頻道上投放更多藝術類產品影片的店面旁。我透過飯店的監視攝影畫面，看著李蘋和葛拉汀短暫爭執，拉銻則想居中調節。最後葛拉汀和拉銻在一張桌子旁坐下，李蘋則往飯店大廳旁的商業區走去。

我知道，我現在已經可以聯絡他們了，看是要連接一條安全頻道，還是直接走上前去說聲嗨都行。我只是……還不確定。

好啦，我怕。還是說是緊張。緊張的害怕。

他們算是我的人類朋友嗎？我的客戶？我的前持有者？不過法律上來看前持有者應該只有曼莎。他們看見我之後會不會大喊救命，驚動維安人員？

如果連面對拉銻和李蘋都這麼難（葛拉汀一直沒有喜歡過我，這感覺是雙向的），那麼如果我真的一直努力到最後，要面對曼莎的時候會是什麼感覺？

我不知道自己能不能信任他們。我想要信任他們。但是我想要的東西很多——無限流量的自由下載、《戲陽島》的新集數——大多數我都得不到。

我穿過花園座位區，這裡的入座率只有百分之三十七，但是拉銻和葛拉汀沒有注意到我。我經過的時候掃描他們，辨識到葛拉汀的強化部件，但沒有攜帶武器的跡象。拉銻揉著眼睛，嘆了口氣。葛拉汀堅毅的嘴角竟也流露了一點沮喪。

我穿過敞開的大門，進入商業區，沒有太多常見的販賣亭，倒是有不少商家的自動販賣機，包含乘客交通船艦公司、站內地產代理公司、這個星系和其他星系的地產代理公司、好幾家銀行，以及維安公司。（沒有絕壁保全，他們只做企業客戶的生意。）

這一區的維安系統很強大，但是我沒有搜尋到任何臉部辨識掃描。頻道上被私人用途占滿了，任何沒有跟飯店登記過的人類和強化人都會被要求付費才能使用，維安功能則全力鎖定在避免盜竊行為上。這個空間的另一頭有條通道連接著一座月臺，不是搭乘管鐵，而是一種叫做「泡泡」的交通工具。

我在一家本地維安公司的自動販賣機前面找到李蘋，她的表情很陰鬱，但是還沒伸手到操作區。我看出她的肢體語言很緊繃，特別是抬頭的方式。不論她是為什麼來到這裡，她都不想做那件事。

我突然意識到，我在執行任務期間，看著李蘋那麼多個循環日，已經讓我願意相信她的判斷力。如果她不想這麼做，那她大概有非常好的理由。我該去跟她說話，讓她有其他選擇。

如果換作其他人，我就會想別的接近辦法。但是面對李蘋，我只說了：「嗨。」

她幾乎沒怎麼望向我，表情寫著沒有興趣。然後她又多看了一眼，皺起眉頭，開口要說話，但又自己停了下來。她不能確定。

「我們在自貿太空站見過。」我忍不住補充，「被放在貨櫃箱裡的就是我。」

她睜大了雙眼，然後又瞇了起來。她強迫自己放鬆僵硬的肩膀，也沒有錯誤地東張西望。她在臉上擠出微笑，咬牙說：「什麼——怎麼會——」

「我是來找我們的朋友的，」我說，「妳想搭泡泡嗎？」

大眾交通工具在面對可能的監視和審查時，通常是個比較好的防禦工具。（對，照理來說應該要是相反的才對。沒錯，你該擔心一下。）

她猶豫了片刻，然後逼自己把微笑放大。那笑容看起來很假，而且很氣，但是她有想到要這樣做就夠了。「當然好。」

我們穿過屋內，踏上通行斜坡進了月臺。頻道湧入一連串廣告，解釋這些泡泡是茶杯狀的移動平臺，裡頭有鋪了軟墊的長凳。上方有像泡泡一樣的透明圓罩，讓人類不論多努力都無法從裡頭掉出來。（廣告不是這樣說的。）

泡泡會沿著固定路徑，飄過商業區，速度比管鐵慢上許多，所以主要目的是觀光用。泡泡看起來也很適合進行尷尬的對話。

月臺上只有幾個人類，從剛抵達的泡泡裡走出來。我們走上前去，我用另一張現金卡付了錢——哇，居然比我之前住的短租旅館貴三倍。我不用吃飯真是好事一件。

李蘋先踏進泡泡，用一種我想判斷為小心謹慎的眼神盯著我看。但很可能不是那樣。

我坐在她對面的長凳上，選擇了在這一區的購物廣場上方的參觀路線。泡泡關上門，飄了起來，加入其他在飯店上方移動的泡泡。

泡泡裡面有監視攝影機，不過是那種只會在特定字眼、聲音和動作出現時才會跳出提醒的系統，存在的用意大概是想減少隨機殺人案件吧。我把音訊頻道切斷，然後說：「安全了。」

她怒瞪著我。「你跑掉了。」

不知怎麼地，我沒有預料到這個狀況。我說：「曼莎說我想做什麼都可以學，所以我學會了離開。」

「你大可跟她說你想要的是什麼啊。我們——她——我們很擔心好嗎。」我把視線聚焦在她身後，利用泡泡內的攝影機研究她的臉部表情。

她緊抿雙唇，嚥下自己本來要說的話，然後理了理頭緒繼續說：「我看到你給她的道別信了，她又不是不知道我們搞砸了整件事。」

有一種情緒湧了上來，我討厭這樣。我寧可對影劇產生愉快又安全的情緒，對真實世界的人類說的話、做的事產生情緒，只會導致愚蠢的決定，像是跑來船羅海法站。而且他們才沒搞砸整件事，只搞砸整件事的一部分。但是我也不知道要怎麼處置我自己。「我不想談那個。」

她嘆了口氣，聽起來疲憊又憤怒，然後用手指壓著額頭。我不得不壓抑自己要求不存在的醫療系統進行診斷的衝動。

「所以你他媽的跑去哪裡了？你來這裡要幹嘛？」她警戒地頓了頓，「你在替別人做事嗎？工作合約？」

這就是我離開的原因。「如果我不是曼莎的財產、替曼莎做事，那我就是自由身，替我自己做事。」

怒瞪的目光變得更用力了。「好，那你雇用自己替自己做什麼？」

這個說法很有意思。我有點喜歡。而且這樣跟人類交談感覺好怪，一個知道我是什麼東西的人類。

我不必強逼自己盯著李蘋的臉看，也不用擔心表情有沒有正常。艾貝納也知道我是維安配備，但是她不知道我是我。

「我一直在四處旅行，看到新聞說曼莎失蹤了。是他們設陷阱把她騙來的，還是她被綁架了？」

她再次瞇起雙眼，但是這次比較像是在思考。「你還真的是到處晃來晃去看你那部劇耶。我們原本擔心灰軍情報可能把你抓走了，可是他們一直要求我們把你當作證據交出來。感覺如果他們抓到你了，一定會讓我們知道，才能在我們面前耀武揚威。」

「我真的是到處晃來晃去，看了很多部劇。」我停了一下，沒有繼續說。

李蘋一直都是比較強勢的人，要花點時間才能讓她放下戒心。就像其他人那樣，我有數百小時關於她的音訊和影片檔案。我不必回顧那些檔案，就知道她因為擔心曼莎和覺得其他人的生死是她的責任而精神緊繃。

最後她說：「所以你是來幫我們的。為什麼我要相信你？你顯然不相信我們啊。」

如果我能回答這個問題，我大概會覺得比較自在一點。我不相信他們，在某些事情上沒辦法。我也完全不知道他們為什麼要相信我。

「我從公司炮艦上拿到了一份狀態報告。他們不會出手幫忙，除非站點先取消禁停令。妳只能靠自己了。或者說，妳只能跟拉銻和葛拉汀一起靠自己了，這樣說起來還更糟。」

她面露凶光。「我都忘了你有多混帳了。」

嗯，對啦。我說：「我需要情報才能安排計畫。」

她望向窗外的風景，在我們經過一座尖塔時，被環繞尖塔的廣告光線亮得皺眉。

「他們跟戴爾夫的代表碰過面之後，就把她從自貿太空站上帶走了。有些死者的家屬親自出面領走遺體，站上的人很多，氣氛很哀戚。她只不過是離開了一下下，然後就不見了。監視攝影機拍到了他們抓住她的那一刻，但是等我們看到的時候，她已經被帶離太空站了。透過保護地的外交單位幫忙，我成功說服保險公司同意這是他們該處理的問題，堅持他們拿了我們的探勘保險押金，還捅出了這麼大一個簍子。然後灰軍情報傳了要求過來，要保護地撤銷對他們的告訴，並且對這件事發布公開聲明。我們已經照做了，現在我們來這裡準備協商贖金。」她的表情變得緊繃。「我們已經叫保護地的人想辦法去融資，但現階段我們根本湊不到需要的金額。」

所以我猜對了，而且灰軍情報確實需要錢。「沒有公司合約保護你們？」

「船羅海法拒絕讓他們停靠後就沒有了。但是他們有給我們一組金鑰，可以啟動曼莎當時為了緊急情況買來植入的安全介面。可是葛拉汀說連線被阻斷了，因為她被關在我們上方的某個中轉環，被擋在主站的維安閘門裡，影響了訊號。」

「妳有帶在身上嗎？」我問。對葛拉汀來說可能是被阻斷了，對我可不一樣。

她拉開夾克內裡的口袋，把金鑰交給我。

金鑰的造型看起來像是頻道可用的記憶卡，我下載了地址資訊，花了一分鐘四十三秒企圖啟動曼莎的植入器。結果是真的被阻斷了，就算我來試也一樣。

「主站維安閘門的事情，葛拉汀可能說對了。」我實在很討厭這麼說。

李蘋很氣餒的樣子。「我們已經沒多少時間可以籌贖金了。我剛才本來要想辦法僱用當地的維安公司來幫我們，只能祈禱我選中的那家還沒被灰軍情報買通。」

她的視線離開窗外，再次望向我。「說到買通，公司現在在玩兩面人的把戲，對吧？」

我很高興李蘋已經想通了這件事，沒有打算逃避現實。「大概有百分之九十五的可能性。」

公司就像一臺邪惡的自動販賣機，你投了錢進去，它就會照你要的做，除非有人投了更多錢進去，叫它不要那麼做。灰軍情報此刻最好的選擇，就是能投多少錢進去就投多少錢進去。

李蘋低嚎了一聲，揉了揉臉。「我差點就要慶幸有你在這裡了。」

10

泡泡回到月臺的時候，我到一臺飯店的自動販售機前訂了一間房間，李蘋則去接其他人。

她認為我們應該以小組方式私下談談。我也有點這樣想。（我們大可在花園座位區透過頻道這麼做，但我不相信人類不會講到揮舞雙手，引起注意。）

我搭移動艙上樓，先進了房間。房裡當然沒有維安頻道，因為愚蠢的飯店想用保證房內隱私來引誘人類入住，藉此取得他們在公共區域的紀錄。

這間飯店比我住的前一間便宜，但是除下來之後的數字差不多一樣。頻道被擠壓得很壅塞，除非你剛好知道怎麼繞過飯店做的手腳。

這間房間的配置實際很多，有一張正常尺寸的床，可以收到牆壁上，空出地方放椅子。搭配一面只占據牆面四分之一的螢幕，而不是占滿整面牆。浴室裡面也有多一點空間放浴巾。維安配備從來都不能坐下或使用人類的家具，不論有沒有在值勤都一樣，所以我直接坐在一張椅子上，把雙腳抬到桌上。

我馬上就把腳放下來了，因為其實這個姿勢也不舒服。在等待的時間裡，我溜進飯店的維安系統打發時間。

房間的頻道傳來訊號告訴我他們已經到門外了，我請頻道開門。我擺出最隨興的姿勢，螢幕上則播放著《明月避難所之風起雲湧》。（我其實是在把劇裡面的音訊檔案重新引導成無用的雜訊，餵給我懷疑飯店拿來紀錄房內音訊的監控器。雖然說訂房協議裡面已經標明房內有絕對隱私。）

李蘋用手肘推了推其他兩人，他們進來後房門便自動滑閉。她顯然已經跟他們談過了，因為拉銻滿臉笑容。

他說：「你看起來棒極了！你都做什麼去了啊？」

葛拉汀的表情，在我的理解中是驚愕。沒關係，我也還是一樣不喜歡你。

「拉銻，晚點再聊。」李蘋越過兩人，一屁股往另一張扶手椅坐下。「維安配備不需要跟我們說它去了哪裡，或者它都做了什麼，除非它想說。我們要先把重點放在如何解救曼莎。」

我沒預料到這種局面，只能慶幸自己正盯著螢幕看。沒有攝影機可用一定會讓這整個過程很尷尬，至少對我來說是這樣。透過牆壁上裝飾用的反射材質，我算是可以看到大家，可是這樣不夠。

葛拉汀深吸一口氣，準備要開口說話，李蘋伸手指著他。「如果你是要吵架——」

葛拉汀一臉不爽，舉起雙手表示投降。「沒有，不是要吵架。我只是不知道維安配備是要怎麼幫得上忙。沒有付贖金，他們不會放走曼莎，而我們沒有贖金。」

拉銻對我說：「我們的公司代理人說，他們可能把她關在灰軍情報的總部，位在上層中轉環的主站維安閘門裡面，訪客無法進入。現在你來了——我們能不能直接救出她之後逃跑就好？」

這念頭很愚蠢，所以我必須立刻抑止它發展下去。我已經建立了我們四人之間的加密頻道，我把我手上這份加了標籤的站點地圖傳了上去。

「問題不在灰軍情報的總部位在上層中轉環。」我把畫面傳到房間的螢幕上，放大之後拉出從這裡到那裡的路線。

我把所有維安檢查站都標示出來，在幾個設了閘門阻止沒有站點居民身分證明者——也就是他們每個人——通過的檢查站旁邊重點加註。

「問題在於，我們要過去，就得離開船羅海法站管理的中立地區，進入灰軍情報的企業管轄範圍。」

我不知道他們會對我做什麼，我的資料槽已經沒有功能了，他們無法控制我。可能的替代方式非常多，包含單純朝我開火，直到我無法運作為止。還有不少其他選擇，對他們來說合理實際，對我來說就是酷刑折磨。

總而言之，被抓到基本上不是什麼好事。

「在低層的中轉環上，每個任務行動，灰軍情報都必須與船羅海法站協商，甚至花錢買通，對象還不只站點，也包含任何具有管轄權的私人維安服務公司或組織，這讓我們稍微占了一點點優勢。」

「噢。」拉銻往椅背一靠，很失望的樣子。「就算有保險公司的炮艦協助也一樣嗎？我是說，公司的確有說他們不會違反船羅海法的命令硬是登站，但是他們就在那裡，武力雄厚……」

說老實話，我真的希望他們離那想法遠一點。「如果灰軍情報無法讓你們消失，他們就會想辦法拖延你們的時間。他們很可能正在籌錢買通公司。炮艦在這裡就是在對灰軍情報施壓，同時他們雙方的代理人都還在自貿太空站上協商。灰軍情報要求你們拿出來換曼莎的贖金，很可能會直接進公司的口袋，成為買通的費用的一部分。」

拉鎂顯然十分震驚。李蘋受挫地吁了一口氣，說：「保護地的外交機構就是這樣想的。」

拉銻轉過頭看著她。「妳怎麼沒跟我們說！」

葛拉汀雙臂環胸。「我早就知道了。」

我怎麼可能放過這個機會。我轉過頭，盡全力擠出質疑的眼神盯著他看。

沒想到有效呢，葛拉汀最後承認道：「我有懷疑過。」

李蘋問拉銻：「你會想知道嗎？我一直希望能趕在灰軍情報買通保險公司之前救出曼莎，離開這裡。」

拉銻鬱鬱地說：「我確實不想知道。如果灰軍情報真的在我們在這裡的時候，跟公司達成協議，那曼莎會怎麼樣？」

李蘋無助地舉起一隻手，葛拉汀的臉色看起來更苛薄了，他說：「你猜呢？」

我說：「很可能灰軍情報付不起買通的錢。」

他們可能想過在更多秘盧的消息傳出之前，出售所有的外星遺留物和異合成物質。持有外星物質是違反企業政府／其他政府禁令的行為，這表示灰軍情報只能私下拿出來交易。除非外星遺留物不會被追蹤到來源，否則保險公司不會接受灰軍情報用它來支付。現在這已經不可能了，所以說灰軍情報會更加迫切。

我從倒影中看見李蘋望向我。「有沒有什麼方法可以讓我們——讓你——可以不支付贖金就把她救出來？」

我一直在跑一些可能的情境，主要是為了蓋過人類提出愚蠢問題的聲音。（我不是不喜歡那些聲音，感覺滿舒心的，也有一種熟悉感，只是同時也很煩而已。）

「會有點棘手，」我說。棘手的意思是，我算出來的數字是有百分之八十五的機會失敗或死亡，之所以數字會這麼低是因為我上一次跑檢測的時候，我的風險評估模組有點不穩定。（我知道，這也就解釋了我的所作所為。）「我們得想個方法讓他們把她帶到主站的維安閘門外，這樣一來我就能透過公司的植入器追蹤她的位置。」

我打算提議駭進灰軍情報的訊息系統下達指令，不過還沒想到要怎麼做就是了。也不知道這麼做到底有沒有用，畢竟照理來說高規格監管的囚犯要移轉的話，應該會需要人類或強化人主管簽核才能放行，他們大概會問一些無法回答的問題。

不過李蘋轉頭對拉銻和葛拉汀說：「我們可以說要付贖金，請他們把人移轉到其中一間飯店。」

拉銻緩慢地點頭，思考這個建議。「但是他們對我們的財務狀況了解多少？他們會知道這只是謊言嗎？」

李蘋的手用力一揮。「我們又不用給他們看現金卡。」

葛拉汀傾身向前。「我可以假造一份很可信的頻道文件，列出保護地在星球外的資產。他們不必知道那些資產還沒辦法挪用的事，等到他們把她帶出來——」

這不算太糟糕的計畫。可能也進不了前十大糟糕計畫的排名。

我說：「我們不需要叫他們直接帶她來會面，只要讓他們把她移出維安閘門外，我們就能找到她了。」

葛拉汀轉向我。「如果他們這麼做，你可以從他們手中把她帶走，不論有多少守衛都一樣嗎？」

我開始覺得葛拉汀的混帳表情是一種天生疾病，他無法控制。我說：「越多守衛越好。」

他挑眉。「你打算殺掉他們嗎？」

忘記我剛說的好了，葛拉汀的混帳表情是因為他就是個混帳。

我可以說謊，我可以說噢，沒啦，我不會殺掉他們，我可是個很親切的維安配備。我覺得我可以這麼說就好了，或者換比較可信的描述方式。可是我脫口說出的卻是：「如果有必要的話。」

現場沉默了片刻。李蘋緊抿雙唇，什麼都沒說。但從我的影片檔案裡，從接駁艇上的衛星訊號斷掉時，她投票認為應該繼續去找戴爾夫小組的影片裡，我能認出來這是她認真的表情。

拉鎂的神情很糾結。葛拉汀說：「你覺得你有資格做這個決定。」

我說：「我是維安專家。你們是走在錯誤的地方被憤怒生物攻擊的人類。我曾經在存活率低於百分之九的情況下救出客戶。我比誰都有資格做這個決定。」

葛拉汀往後靠，動作很慢。我站起身。「我去大廳等。你們決定好再連絡我。」

李蘋舉起手。「等等，我們決定好了。」她望向拉銻，「對吧？」

他咬牙。「對。我們討論的對象可是灰軍情報，他們本來就打算可以的話就殺掉我們，還有曼莎。」

葛拉汀說：「我們同意了。」

我已經站起身。「我還是要去大廳。」說完便轉身離開。

我不是在生悶氣或想躲。大廳本身位於較好的戰略位置。

這座大廳有好幾層樓，中間有一片寬闊的生態區，描繪不同的生態環境，四周擺放了一些家具。看起來很棒，像是在邀請人類坐下來，在被飯店擠壓到很狹小的頻道上討論專利資訊，好讓飯店錄製內容，賣給出價最高的買家。我也監視著上層的廣場入口和交通大廳。

我找到一個坐下來的地方，這裡的生態區顯示的是氣態巨行星上的風暴，把我跟其他區域之間的視線擋住了。

人類在群組頻道上敲定那個被我稱為「並不真的很爛計畫」的細節。我傳了一個註記給李蘋，告訴她應該把會面安排在這裡，因為對方的飯店已經到處都是灰軍情報的人，而目前為止我們這間還沒問題。

李蘋把註記傳給其他人，大家都同意了。他們甚至不需要回去之前的房間收拾什麼東西。（他們都是輕裝旅行，只帶了一點衛浴用品、李蘋的藥物、葛拉汀的特殊工具組，還有拉鎊的幸運備用介面，這些東西全都背在葛拉汀肩上的背包裡了。）

（我心想，好怪啊，我居然不用再擔心人類的東西了。感覺上好像我這輩子都在人類的居住空間裡，背著／踩過／爬過人類的東西。可能是因為我這輩子確實一直如此。）

還是要再說一次，考量我們目前的處境，這個計畫並不算差。時間會很緊迫。我不知道灰軍情報會用哪一條路線把曼莎送到會面點。我只能等他們移動到飯店監視攝影機的範圍內。這也沒關係，只是這樣一來就沒有留多少時間給我們的撤退計畫，就是這樣。

接著李蘋開口：「我們準備好了嗎？」另外兩人表示同意。然後她把飯店房內的通訊頻道連到螢幕上，播出電話給灰軍情報的聯絡人。

因為有了通訊頻道，我就能看見螢幕畫面，即便房內沒有監視器拍攝畫面也一樣。不過倒也沒什麼東西好看：灰軍情報的聯絡人沒有開啟視訊。

李蘋表示她拿到贖金了，要對方把曼莎帶來換。灰軍情報說他們現在就要贖金，之後再釋放曼莎，之類之類的廢話，但是跟我之前目睹過的人質交換情況相比，現在這樣聽起來很草率。看來灰軍情報真的很想要這筆收買費啊。

李蘋又跟對方爭執了兩分鐘，對方才妥協，但他們想先派一名代表來看看資金核准的證明。

李蘋切斷通訊後，拉鎌說：「唉，我真的很希望我們沒做錯。」

葛拉汀開口，口氣冷硬（不過他基本上說什麼都是這個口氣）：「我們很快就會知道了。」

李蘋說：「會沒事的。」（曼莎會讓這句話聽起來很有安撫力，李蘋顯然也是想這樣，但是說出口後聽起來卻像是她想要其他兩人閉嘴。）

葛拉汀下樓，到大廳等灰軍情報的代表。他在低平臺處找了一個顯眼的位置，舉止僵硬到比我還像維安配備。

嗯，不過幫他說句話，情況真的是緊繃到不行。我不能冒著分心的險看劇，但是我檢查了儲存空間，注意到我在看的新劇還有大量的新集數沒看。這有點幫助。就一點。

其中一個讓我這麼緊張的原因，是如果這一切都順利，我也沒被炸成碎片，我就要再次見到曼莎了。

在前往拉維海洛站的路上，王艦說過，保護育能組是我的組員。我不知道王艦是太天真了，還是他以為我這麼天真。好吧，也許我當時是真的太天真，覺得那說法可能有幾分真實。

在哈維海洛站之後，我就放棄了這個想法。接著我不知怎麼地，居然決定要去秘盧替曼莎取得證據。聽到唐艾貝納在米琪……死掉時的反應，有那麼片刻，我又回到了「覺得那說法可能有幾分真實」的狀態。

但是現在，我坐在這座飯店大廳裡，看著生態區，跑著非常不像維安配備的行為編碼，那幻想便再次崩解。無情的現實情況，就是我不知道曼莎對我而言到底是什麼。

就算是經歷過米琪的事情，我還是不知道自己想不想當寵物機器人。

樓上房間裡，李蘋正在緩慢地踱步，並努力不要磨壞牙齒。拉銻則是已經跑了三次廁所。

葛拉汀只是坐在原地，凝視前方。然後他在頻道上說：**維安配備，你在嗎？**

不在，我離開了。我回覆。**我決定要住在這裡，在飯店之中換來換去，享受我的影劇**。

等等，這聽起來比我打算做的事情還好多了。

沉默維持了片刻，然後他說：**我不是你的敵人。我只是謹慎而已**。

我不在乎你的看法。我立刻在心裡希望自己有開啟一秒延誤時間的功能，讓我能來得及刪掉剛剛那句話。那樣說聽起來就像是我在乎。可是我才不在乎。

漫長的一分鐘過去了。然後是兩分鐘。葛拉汀說：**你離開之後都做了什麼？你去哪裡了？**

我不想回答，因為我不想談。但是直接忽視他感覺又有點小心眼。我抓了幾段與艾爾斯他們共乘前往哈維海洛的影片，大多是我標記起來的交談狀況，讓我可以事後審視自己的表現。（有幾次是我平息打鬥的過程、被迫成為人際關係顧問的交談，還有惡名昭彰的水槽裡的包裝紙事件。）我把影片剪輯在一起，檔名標示為「殺人機冒強化人維安顧問」，然後傳給葛拉汀。

灰軍情報的代表從大門走進大廳的時候，他還在看那段影片。

沒有任何特徵讓那個人看起來跟大廳內來來去去的人類和強化人有什麼差異。他的身形高挑，膚色蒼白，一頭淺色長髮，身穿其中一套在當地常見的商務裝束：深色長袖夾克，衣襬及膝，大寬褲。

我敲了敲葛拉汀，他把影片暫停。

灰軍情報的代表停下腳步，他的臉上閃過一抹不悅。看來他連上被擠壓的飯店頻道了。

飯店系統把收費登記在站內扣款帳戶之後，就給了他使用空間。我抓到飯店維安無人機的日常掃描報告：沒有武器，只有控制介面活動跡象。

簡單分析一下無人機的讀數後，得到的結果是他有百分之六十五的可能性是身上帶了可以騙過掃描器的東西。所以他很可能有帶武器，也可能帶了安全的通訊設備。

我能夠連上他的主頻道，但我不認為會有什麼幫助。如果他身上有東西可以騙過維安掃描，那他就會知道被擠壓的飯店頻道絕對不是適合進行任務交談的地方。

我要擔心的是那個我假定存在的安全通訊設備。然而不論那是什麼東西，都得靠飯店來轉發信號才能傳到站點的通訊網路。

灰軍情報代表用目光掃了一圈大廳，顯然認出了葛拉汀，可能是從灰軍情報在自貿太空站上收集的情報內容中看過影像。他走向葛拉汀，葛拉汀站起身。

「葛拉汀嗎？我是瑟羅特，我來赴李蘋的約。」他很冷靜，自信，微笑中帶點友善的意味。

葛拉汀的混帳反應在這種情況下一定很有用，他用一種完全不覺得有什麼了不起的態度說：「這裡。」然後走向移動艙閘門。

我敲了敲李蘋和拉銻提醒他們，然後繼續用目光尋找潛在威脅者。例如那兩個人類，一派輕鬆地晃進飯店大門，一派輕鬆地停下腳步，一派輕鬆地環顧四周，然後一派輕鬆地走上酒吧／餐廳區。（對，所以他們也沒那麼糟，只是我已經在這裡分析人流模式足夠久了。走進來找東西的人類，或是真的不知道接下來要往哪裡走的人類，通常會以不確定的方式移動。他們的注意力會被生態區吸引，被公共頻道上引導你走上斜坡去登記櫃臺的訊號吸引，諸如此類。跟那些行為相比，威脅者很容易就能辨識出來了。）

也許有點太容易了？飯店無人機掃描沒有收穫，但是數字跟灰軍情報代表身上掃出來的有相同的可疑模式。（對我來說很可疑，我可是有騙過很多無人機的經驗。）

我又註記了兩名潛在威脅者，正從管鐵車廂走進交通大廳，我查了一下我的好朋友，也就是廣場無人機的攝影畫面，看到飯店大廳入口外有還有更多。

對，我也有不祥預感。但是我還是持續監控著維安系統，系統上沒有任何提醒，沒有異常訊號。

我本打算在這裡待到交換人質與贖金的細節敲定為止，但我現在起了身，走向移動艙閘門。

我有一條頻道連在葛拉汀的主頻道上。他和瑟羅特剛踏出移動艙。葛拉汀讓整趟移動過程維持著尷尬的沉默，我不情願地覺得有點佩服。

我搭上移動艙，抵達正確區域的時候，葛拉汀和瑟羅特已經抵達房間。走廊上沒有躲藏的地方，所以我叫移動艙暫停動作，並通知了飯店環境通行移動系統（簡稱通移系統）不要回應任何維修要求。（聽起來為了停住一座移動艙，這樣做很麻煩，但是如果我不這麼做，就會讓整個系統撞牆。是真的撞牆——如果我干涉了通移系統的移動艙控制功能。我是說真的，意思就是裝滿人類和強化人的移動艙會撞上彼此。）

他們已經進了房間，李蘋說：「我們有你們要求的金額了，其中一部分會來自於清償的財產，我已經接到通知，費用已可轉出。沒見到曼莎之前，我不會提供清單或是啟用轉帳權限。」

賽羅特回答：「我跟妳保證，她已經在往這裡來的路上，由維安人員護送。我還是需要看見轉帳權限證明。」

我有一條頻道在監控曼莎的植入器，但是目前還沒有消息。我同時在進行幾個分析，預估大概距離和從這裡到上層中轉環的可能路徑，我也在準備一個利用停泊口的緊急方案，以免他們帶上了真正的維安人員（例如跟絕壁保全或其他本地維安公司租來的維安配備）。這件事有可能會發展成災難型的複雜狀況，但我仍然覺得可行。

然後就發展成災難型的複雜狀況了。

拉鎊在頻道上說：**呃，維安配備？請協助。**

我像個白痴一樣，第一直覺是想把畫面切換到拉鎊沒穿的防護衣面罩攝影機上。房裡沒有攝影畫面讓我用，只有音訊，而我只聽到呼吸聲。（這就是A計畫的缺點。我們只有有限的時間，沒辦法在房裡裝設攝影機，或至少沒辦法裝一臺不會被灰軍情報代表準備要進行的維安掃描偵測到的攝影機。）

然後李蘋說：「你這樣是拿不到錢的，你們要的就是錢，不是嗎？灰軍情報打算撤錢來讓保險公司收手。」

瑟羅特語氣平板地說：「這不是轉帳授權證明，只是一張資產清單。你們在玩什麼把戲？」

在頻道之中手忙腳亂，急著想確保我能控制通移系統的同時，我抓到了瑟羅特剛用通訊設備傳出來的訊號。這一定是緊急中止釋放人質行動的通知，也可能是叫支援進來開槍的訊息。

在沒有時間做小動作的情況下，我直接關掉了飯店的主要轉發器，然後還得解決另外兩臺準備啟動來銜接流量的次要轉發器。接著我找到了瑟羅特跟飯店相連的頻道，把訊號擋了下來。

我實在是太忙了，所以我的自動回覆讓我說出：**拉鎂博士，請描述問題**。

拉鎂在頻道上的聲音聽起來很緊張。**他有槍。很小，呃，手掌大小。能源武器，我認為這大小不是發射型武器**。

音訊傳來，葛拉汀說：「這就是他們給我們的轉帳文件——」

「這是什麼荒謬的謊言。」瑟羅特說。

我傳訊給李蘋：**讓他繼續說話**。

我不想讓他去想為什麼支援還沒回覆收到。我剛剛拋棄了「並不真的很爛計畫」，換成了「要完蛋了計畫」。

我踏出移動艙，踏上走廊時把移動艙放回了通移系統上。

我的掃描鎖定轉彎處有個移動中的目標，我減緩腳步，裝出若無其事的模樣，效果一定就和大廳裡的灰軍情報支援一樣又假又怪。但我連接的飯店維安系統告訴我，二十秒前這裡有另一扇房門打開了，這讓接近中的人類是威脅者的機率低於百分之十。

兩名小型人類從走廊彎處走出來，兩人都忙著調整肩膀上的背包和頭上戴的東西。他們經過了我身旁，但這件事讓我處理目標的速度變慢了，我只得走過房門口，等他們離開視線範圍，進入了移動艙。然後我才行動。

我把音訊頻道靜音，頻道上是李蘋、拉銻和葛拉汀大聲抗議槍的事，堅持他們沒有別有居心，說轉帳銀行一定是搞錯了，還說拉銻是生物學家，不明白這種內行人才知道的財經知識之類的。我把耳朵貼在門上，把聽力調高，正好聽到瑟羅特說：「我沒有時間教你們企業關係的常識。」

這句話讓我找到了他的相對位置。然後我按下開門鈕。

房門滑開，瑟羅特正要轉向我。我穿過房間，抓住他的手腕往下壓，並透過我的手臂，發送一道目標明確的電流，把他那把迷你又可愛的小槍的電池燒掉。然後我用另一條前臂把他的喉嚨抵在牆壁上。這一切都發生得非常快。

瑟羅特發出被勒住的聲音，試圖要對我開槍。就算槍還有用，也只會打中我的脛骨，也只會讓我更火大。我捏住他的手腕，他便鬆開了手裡的槍。但他還握著通訊設備。

拉鎟想躲開的時候，從椅子上跌了下來，李蘋則花了幾秒繞過他衝上前。葛拉汀的腳步踉蹌，但還是衝上前來抓住瑟羅特的另一隻手。他掰開瑟羅特的手指，李蘋把通訊設備一把抽走。

「那東西開著嗎？」拉鎟勉強站起身問道。

我說：「我已經擋住那東西和他的頻道訊號了。」

我的其中一條頻道就連著飯店管理階層的頻道，上頭早已擠滿對通訊器故障的抱怨。我也把飯店被擠壓的頻道和太空站頻道間的連結中斷了。（雖然這聽起來像是我有意為之，但其實我剛才實在太趕，只是用一個訊號把所有東西都關掉而已。）（對啊，還說什麼匿跡行動呢。）

瑟羅特喘著氣，因為距離很近，所以我注意到他的脈搏加快，以及汗腺的反應。

他說：「看來這就是你們說不知蹤影的維安配備。」

我檢查了一下飯店維安系統拍到的大廳畫面，注意到兩名灰軍情報的支援人手。

他們還沒有反應，依舊裝出悠閒的模樣站在自動販賣機前。但是喔該死，我得趕在他們注意到之前，趕快把飯店的頻道連線恢復才行。

李蘋彎下身，抓起地上的槍。「曼莎真的是在過來的路上嗎？還是那只是謊言？」

植入器尚無反應。我透過頻道對她說。我還是能進入站點頻道，植入器的訊號應該會從這裡傳來。如果灰軍情報真的要帶她來這裡，那他們就還沒穿過維安閘門。

看來計畫沒有完全變成一坨屎，只是在繞著一坨屎轉圈，準備降落而已。

瑟羅特對李蘋說：「你們才是騙子，還以為自己可以用那張荒唐的文件騙過我們。快下令叫這東西放開我。你們已經違反了站內法條，手持致命武器威脅我。」

「什麼致命武器？」拉銻質問道。他指向李蘋手中的槍。「你拿致命武器威脅我們，我們可以報警抓你！」

葛拉汀在群組頻道上說：**我們不能報警**。

我知道啦！拉銻回傳。**我是在嚇唬他**。

李蘋說：「他是指維安配備，維安配備是致命武器。」她遲疑了一下，然後在頻道上對我說：**我要碰你了，不要嚇到**。

呃，好喔。我標示已讀，因為我正在瘋狂地忙著要讓飯店的主轉發器和次要轉發器恢復運作，我還得趕在維修工程師出現之前做到。

李蘋把手放在我的肩膀上，我沒有嚇到。她傾身靠向瑟羅特說：「這不是致命武器，這是一個人，一個憤怒的人，他要你回答問題。你到底有沒有要送曼莎來這裡？」

他對她微笑。「本來要。但我已經傳訊息給我們的維安主管，取消了交易任務。他們知道我在哪，很快就會趕來了。既然你們違反站內法條，帶私有維安配備來，沒有人會幫你們的。」

「你們需要贖金來買通保險公司，對吧？」李蘋說。

我一直沒有把視線從瑟羅特身上別開，不過我的注意力主要是放在這老實說真的不容易的工作上，我一邊修復飯店的轉發器，同時在注意曼莎的植入器的訊號來了沒。

李蘋繼續說：「灰軍情報一定有可以拿去付的資產才對，還是說這是報復？」

瑟羅特的臉上露出質疑的冷笑。他沒有認真看待他們，原因我當然知道。如果你是灰軍情報，三不五時就殺人是你的工作之一，那麼三個憤怒、來自非企業政府領域的偏遠星球研究人員，大概不會讓你嚇得屁滾尿流。而且他很肯定他們能夠控制我。

瑟羅特說：「報復？你們買了維安配備，送到秘盧去揭露灰軍情報的重要資產。你們和那小不啦唧的星球政府，居然還有臉認為自己能跟一家企業對抗——你們以為情況會怎麼發展？」

李蘋一定非常震驚，但她說：「是灰軍情報先攻擊我們。這一切都是灰軍情報起的頭，我們只是希望把曼莎帶回去。」

震驚的拉鎊在頻道上說：**秘盧？**

葛拉汀因為有強化部件，所以有一些資訊儲存區。他說：**這件事有上新聞，他們訪問曼莎對這件事的看法。那裡是一座被棄置的地球化設施。**

我復原了飯店的轉發器運作，管理階層頻道上的活動立刻就下降了。大廳裡的兩名灰軍情報人馬依舊沒注意到任何異常。植入器也依舊沒有消息。

他們沒有要把她帶來。這一切都白忙了。整件事，秘盧，米琪的死，跑來的這趟旅程，所有一切。

我說：「秘盧是我自己想到的，我是叛變維安配備。」

他無視我，但是對李蘋說：「叛變維安配備會在這整座轉運站上到處留下死屍。」

我說：「可能我是想要從這裡開始。」

他與我四目相接，瞳孔微微放大。

我接著說：「你們真是天真。」

值得慶幸的是，就在這時候，曼莎的植入器發送了訊號。我還沒完全下定決心要掐斷瑟羅特的氣管，只是先在心裡想著好玩而已。但我沒有那麼做，只是把他扯離牆面，一手掐暈。

人類全都開口：「等等！」「不要！」「欸那個——」

「我不會殺掉他，」我說完，把他扔向沙發，「我知道我他媽的在幹嘛。」

李蘋的頻道一直在準備接收植入器的訊號，現在手忙腳亂地翻夾克找出金鑰檢查。「她在移動了，她——她在——你看得出來——」

我已經把訊號與我的站內地圖對比。「他們在管鐵上。」我得走了，就是現在。

我對他們說：「你們得回到接駁艇上去。不要管他，等他恢復意識的時候，灰軍情報就已經知道我們在幹嘛了。不要把他的通訊設備或是槍帶走，站內維安系統的掃描會抓出來。下樓到飯店的一樓生態區，搭乘泡泡到下一座購物商場，然後在那裡轉乘管鐵。」

我已經踏出房門，他們才剛吸氣要開口反對。走廊上沒有人，所以我衝向移動艙閘門。

我在群組頻道上傳送：**灰軍情報和曼莎距離不到兩分鐘，持續倒數中，你們得在他們抵達前離開這裡。她會去接駁艇與你們會合。不要透過頻道聯絡我。如果他們買通了站內維安系統，就能夠追蹤到訊號。**

我們要走了，我們要走了。拉銻回傳。飯店維安系統通知我房門開起又關上了。小心——

我要切斷連線了，拉銻。我對他說，然後走進移動艙。

我關掉了我的風險評估模組。

11

載著灰軍情報和曼莎博士的管鐵抵達時，我在移動艙裡暫停動作，做好準備。

飯店維安監視器讓我看見灰軍情報一行人踏出管鐵，進入月臺，其他乘客紛紛讓出路來。

威脅者身穿一般裝束，但是明顯可見攜帶武器，顯然這對他們來說不是什麼暗中行動的任務，所以這也代表站內維安系統以及飯店維安系統都已經被收買，供他們使用了。

他們還帶了一具穿了盔甲的維安配備。

還是可行的。（我那不穩定的風險評估模組八成會通知我一切順利。）一行人連上被擠壓的飯店頻道時，停頓了一下，接著要其中一人授權付款。（我想你是可以買通管理階層，他們會讓你帶維安配備和武器進行人質交換，但是管理階層還是要守住底線，頻道是不會免費給你用的。）

飯店的交通車站有三層樓高，呈開放式設計，一層在管鐵停靠的月臺上方，一層在下方。上方那層現在正好在播放投影的暴風雨畫面，下方層則在上空循環播放不同的藝術展示品，至少頻道上的標記是這樣說的。

我想到了一個點子，先標記為晚點再看。

威脅者帶著曼莎沿著月臺走道往移動艙閘門前進。她身上沒有穿戴任何類型的約束器具，可是有六個人加上一具維安配備在身旁。其中兩人脫隊去看守管鐵月臺的出入口。這樣就剩下四名目標加上一具維安配備，也就是首要目標。

維安配備如果沒有像我一樣駭過自己的控制元件，就不能像我一樣駭入頻道和系統。嗯，它們是可以試試看啦，不過控制元件會為此處罰它們，維安系統或是中控系統也會把事件上報，它們就會落得被洗記憶的下場。（所以如果你決定要駭入自己的控制元件，就得好好做，而且要第一次就成功。）灰軍情報帶來的那具維安配備基本上就是隨隊殺人工具。

那具維安配備的胸口有絕壁保全的商標。盔甲是專利品牌，跟公司盔甲的設計不同。不過他們沒有帶無人機。（灰軍情報真的應該多付點錢，帶幾架無人機來。）

（對，我有想過要不要駭進去。我從沒駭過其他維安配備。我駭過安撫機器人，可是它那時並沒有要阻止我的意思。我不能冒險嘗試。如果我試了然後失敗，讓它把我的事情呈報出去，曼莎和其他人就要付出代價了。）

他們走到了閘門口，我讓移動艙抵達得慢一點，替我自己多爭取一點時間。那具維安配備在掃瞄，確認附近的人類是否有攜帶武器，也在檢查有沒有未經授權的通訊器和頻道活動。

我在飯店頻道裡躲得很深，它是找不到我的。（如果我沒辦法隱匿我自己的頻道活動，不被其他維安配備發現，那我早就被大卸八塊了。）

我連上曼莎的植入器，敲了她的頻道測試安全性。那幾個目標，包含首要目標都沒有反應。然後我傳送：**嗨，曼莎博士。是我**。

她的胸口隨著猛然的深呼吸起伏，頭好像想動但頓住了。她忍下了環顧四周的衝動。

其中一名目標瞥了她一眼，但其他人都沒有動靜。我接著說：**試著回答時不要默讀**。

有三點二秒的時間，她沒有回答我，我也就有這麼長的時間在心裡思考，她是不是不想跟我說話。這麼一來這場救援行動就會變得更尷尬一倍。

然後她說：**證明你是你。告訴我你的名字**。

好，也沒那麼尷尬。真是太好了。

這也讓我明白她的處境有多糟，如果她需要擔心會有人想透過滲透她的主頻道來騙她的話。我說：**我是殺人機，曼莎博士**。

當初那段交談紀錄已經被永久刪除，所以除了保護地聯盟小組以外，沒有人知道。可以假定他們沒有告訴任何人交談內容。曼莎顯然是這樣認為的。

她立刻回答了：**你在這裡做什麼？你沒被抓嗎？**

他們一定是這樣跟她說的，因為新聞頻道上沒有任何這類消息。假消息其實就跟說謊一樣，卻不知為什麼有另一個名稱，這正是企業協商／戰爭時期最常用的戰略。

（《明月避難所之風起雲湧》就有一整集在講這個。）

我對她說：**我是來幫妳的，要把妳送到停泊口，李蘋、拉錸和葛拉汀就在公司的接駁艇上等妳。雖然危險，但比妳的現況還安全一點。請問是否允許我繼續行動？**

我知道啦，但不知道為什麼，正式點對我而言比較容易。

她立刻回答：**允許**。

我敲她的主頻道表示收到，然後把頻道連線放在後臺運作，這樣我才能專注在我與飯店維安系統以及我剛交上的好朋友通移系統上面。

我檢查了一下稍早抓到的平面圖。我的行動必須在其中一座移動艙閘門前的這個區域進行，因為移動艙一旦進入飯店的主要網路，移動速度就太快了。就算我能抓到它的方向資訊，我也無法搶先一步。

要把注意力分給所有在我監控下的監視攝影機頻道有點棘手，但是沒比同時聆聽中控系統、維安系統、好幾名客戶的主頻道和茫然又沒耐心的人類的口頭指令，同時又要看娛樂頻道棘手。

至少我是這樣告訴我自己的。我不確定在經歷秘盧的一切、增加了處理空間之前，自己究竟做不做得到。

如果這次我搞砸了……我不能搞砸。

我選了通移系統告訴我最常見的目的地，也就是飯店的俱樂部區。我的移動艙開始移動，剛啟程兩秒，我就要求通移系統緊急暫停，移到一個通行流量較小的地方待命，但是不要觸發任何警告通知模擬機器人或人類主管。

移動艙一頓一頓地停了下來。緊急程序的其中一個環節，就是要把其他往緊急事件發生處移動的移動艙重新導向。透過通移系統，我感覺到整棟樓的移動艙就這樣安全地從我的移動艙旁呼嘯而過，改行駛替代路線。

我踏出移動艙，站在閘門前。眼前是一片空蕩蕩的平臺，有兩條走廊沿著弧形延伸出去。我讓監視攝影機定格空平臺的畫面六分鐘。然後我從包包裡拿出發射型武器，裝上火藥，低低地拿在我的身側，角度往後藏。

在通道的攝影機畫面上，我看到目標和曼莎進了他們的移動艙。我請通移系統把他們送到這個閘門來協助緊急狀況。在移動艙抵達前，我站在等待區，然後再次敲了曼莎博士的頻道。

曼莎博士，等等收到我的信號，請立刻趴臥在移動艙地板上，雙手掩護頭部。

艙門開了。移動艙的移動速度很快，我認為人類會有幾秒的時間誤以為自己已經到了要去的地方。我利用那兩秒切斷他們與飯店的頻道連線，然後就像個普通的愚蠢人類想上移動艙那樣走了進去，同時注意角度，不讓維安配備看到我。（那幾個人類探員倒是幫了我一個忙，他們讓維安配備站在移動艙左側，而不是應該要站的正中央。）

一名人類目標擠上前。（用一種完全沒必要的激動態度，這就是為什麼人類很不擅長維安工作，不擅長到人類都不想讓人類去做。）他凶巴巴地說：「退後，這是企業維安——」

我敲了敲曼莎的頻道，她趴倒在地。我已經抓住了那位雖然很凶卻明顯沒帶武器的人類目標的手臂。我朝他的肩膀發射手臂上的能源武器，在他癱倒的時候把他拉向我，舉起來遮蔽我的身軀。

首要目標（那具維安配備）已經開始動作，把兩名人類目標推到一邊，舉起發射型武器。因為我的人類盾牌，它無法開火，這又為我爭取了額外的一秒，近距離發射三發穿甲發射型武器到它盔甲的頸部和膝蓋位置。

（頸部是致命攻擊，膝蓋則是要讓它倒下，否則盔甲可能會讓它定在原處。）

我丟下手上的發射型武器，因為我現在需要兩隻手，然後把我的人類盾牌往兩名站在移動艙另一端的目標扔，力道大到讓他們撞上牆面。

第四名目標開槍射中了我，可是她的武器能量僅足以讓人類失去行動能力，而非致命。（至少對健康的人類來說是如此。）對我來說，只會讓我更火大。我抓住她的手，把她拉過來，一個扭轉，讓她的武器對準另外兩名還掙扎著要起身的目標，然後扣下五次扳機。

他們都應聲倒地，我折斷她的手臂（她的速度太快，之後有成為威脅的可能），然後掐住她的動脈，直到她昏過去為止。

我把她放下來，曼莎站起身，腳步踉蹌。我想她可能在混亂中被踢了一腳。

我說：「我們走。」

曼莎深吸了一口氣，跨過抖動的身軀，然後從癱倒的維安配備身邊擠過去。我拿起我的發射型武器，跟在她身後。（我不想冒險拿維安配備的發射型武器。上面可能有追蹤器。而且反正我的也比較好收進包包裡。）我把維安配備推回移動艙裡，叫通移系統關上門，開始跑完整診斷流程。

我護送曼莎到我的移動艙中，按下新的目的地。我把發射型武器重新裝上彈匣，裝回包裡，同時請移動艙先暫停，讓我再檢查交通大廳的監視攝影機一次。

對，兩名灰軍情報的支援人手還在那裡，不過他們看起來都很擔心，且在對頻道說話。現場還有另外九名非目標人類，鬆散地分成兩組等待。

剛那個點子是什麼？喔，找到了，就在我存放的地方。

我說：「我得處理掉管鐵月臺上的兩名目標。我們到了以後，妳就踏出移動艙，遠離閘門口，然後等我。」我還沒有機會看她的臉，也還沒透過移動艙的攝影畫面查看。

她說：「明白。」

我讓我們的移動艙抵達管鐵月臺，艙門一開，我就讓同時也控制著飯店的活動藝術裝飾的通移系統把投影的暴風雨影像降到月臺樓層。

我踏出移動艙，進入深紫色的雲層之中，有閃電，有模擬的雨水，以及等候的乘客嚇了一跳的驚呼和笑聲。能見度只剩百分之十五，但是我的掃描找到了兩名武裝目標。

我走向一號目標，截斷她的頻道，用右手臂上的能源武器發射了一道讓她失去行動能力的電流。

她倒下時我把她接住，轉身把她推進一座移動艙裡。二號目標知道出事了（可能是在與一號失去連線時發現的），我往旁邊一蹲，把他絆倒。他重重撞上月臺，我傾身向前，控制好力道往頭部一敲，讓他無法再反抗。

我把二號目標拖進移動艙，一號目標的身體還在抽搐。艙門關上後，我下指令要移動艙前往俱樂部樓層，並停在原地，然後通知了飯店修繕部。最後我讓已經等得不耐煩的通移系統，把暴風雨拉回去原本的位置。

月臺上的其他人類和強化人看起來都有點搞不清楚狀況，或是鬆了口氣，有幾個人露出失望的神情。沒有人表現得像是看見維安配備放倒兩名企業維安人員的樣子。

我朝曼莎點點頭，然後我們踏進候車區。我已經開始把我們的影像從月臺攝影機的畫面中移除，可是這樣做也沒辦法拖慢追捕的速度太多。

我帶曼莎走到月臺，往最後一節車廂會停的位置走去。月臺的攝影機顯示我裝輕鬆裝得很好。（我也滿驚訝的。）曼莎控制住自己的表情，肩膀放鬆。她的衣著是一件寬鬆長袍蓋過長褲，看起來比平時更皺，但是還不至於會引人側目。她在我們的頻道上說：**你說其他人搭公司的接駁艇來到這裡了？公司在幫你們嗎？**

我說：**沒有，灰軍情報買通了太空站，讓公司進不來。李蘋、拉銻和葛拉汀還是來了。**

管鐵滑進站，我們登上了尾端的空車廂。（這部分主要是運氣好，但是我在大廳等的時候，已經讓無人機很快地檢查了一遍這座月臺的活動狀況，顯示白天的時候都不是很多人。這條路線不屬於主路線，只是飯店付錢請他們行駛的支線。）

管鐵車廂門滑閉的時候，月臺監視攝影機顯示有一扇移動艙門打開了，三名身穿飯店維安裝備的人類衝了出來。好喔，該死。我的時間安排全部泡湯。

我控制了管鐵車廂內的攝影畫面，現在正在潛入管鐵控制頻道。我告訴曼莎：「計畫有變，他們知道我們在哪了。」

她點點頭，表情緊繃。

這是一班直達港口的管鐵，我需要趕在灰軍情報說服站內維安人員阻止我們之前先靠站。地圖上顯示這班管鐵正在接近一棟辦公大樓的月臺。

我迅速查看當地的監視攝影機，看見月臺上是空的，很合理，因為要再過三十三分鐘才會有下一班管鐵停靠。我必須動作快，因為管鐵一過辦公大樓沒多久，就會併上主要軌道，這中間的時間抓得很緊。（延誤這班管鐵太久，進而導致重大意外，不僅會讓站內維安人員有理由動用所有資源來抓我們，意外本身也是一件很糟糕的事。）

我在曼莎的主頻道上發了一則警示──這一切都發生得太快，我沒有時間把想法化為語言，更別說還要告訴她我在幹嘛──然後伸出手臂環繞住她的腰部。她的雙手緊緊抓住我的夾克，把頭埋在我的肩膀上。我用空著的手臂護住她的頭，然後發送了減速指令。

管鐵減速進入了車站，我已經開始動作，同時發送緊急指令要車門打開。管鐵門成功在對的時間打開來，可是站內門沒有。好在我只是稍微擦到，力道改變了我跳上月臺時的彈射方向。

管鐵已經關上了門，開始加速去趕上合併軌道的時間。我把我們的畫面刪掉，再刪了幾個緩衝區的內容和紀錄，然後從車廂記憶體中刪除這起事件。

我成功讓自己滾動到停下來的時候，是曼莎在上面。但是這也不可能是舒服的姿勢。上次我們這麼做的時候，我還穿著盔甲，而且是跳下陡峭的山坡，而這次是平滑的合成材質石頭地板，也沒有東西在近距離爆炸。

所以這次比較好，我是要說這個，我認為啦。我把她放下來，站起身，轉頭拉她起來。

她擺擺手。「我沒事。」

我小心翼翼地放開她，她依舊站著沒有倒下。我從辦公大樓頻道叫出地圖，尋找交通方式。啊哈，這個好。

我帶路離開月臺，走下斜坡到大樓的移動艙，利用我的編碼刪除監視器拍到的畫面。到了閘門口，我們踏進第一座抵達的移動艙，我要移動艙覆寫自己的規則，把我們送到維修層，這層樓在地圖上標示為關閉樓層，移動艙在正常的情況下不能選擇停在這裡。

我們踏出移動艙，來到一座低天花板的空間，艙門在身後關上後，這裡就是一片漆黑。我透過紅外線還是能看得到，並且利用掃描功能建立了實體的地圖。曼莎完全看不見任何東西，她抓住我的夾克，移動到我身後，讓我帶著她前進。

這裡的空氣循環和空氣品質都不好，但是至少還是有空氣。我靠著現在處於下線中的維修與搬運機器人找出一條路，到了一道往下通行的開放斜坡。我們遇上兩次重力改變，一次是逐步變化，另一次則沒那麼逐步，右手邊的牆面突然就這樣變成了地板。

我們正在朝著通往站內支撐點的岔路前進，這裡的空間被用來搬運貨物往返、穿梭站內的不同樓層，同時也是站內工程機器人和工程團隊的通道及交通系統。這裡加裝了條狀的緊急照明，還有許多標記塗料，偶而會發出一些光線和頻道訊號，大多是暫時指示和引導功能，供機器人和人類工人使用。

曼莎緊抓我夾克的手稍微放鬆了，從她的呼吸頻率來看，我知道有光線讓她鬆了口氣。

我們走進從通道支撐點吹來的一陣強風中。我接收到語音訊號，是不遠處人類交談的聲音。

從頻道活動看來，大概右邊兩百公尺處，往廣場和飯店的方向有不少動靜。不過聽起來都不像緊急事件，也不是維安行動，只是一般的支援系統作業。

又走了六步，斜坡就抵達了支撐點，那是一座黑影幢幢的巨大地洞，由弱光導航信號燈照明。有東西在這片陰暗的空間裡高速移動，大多是貨櫃升降機和搬運機器人在貨櫃港口上來來回回。

這裡不是沒有維安設施，畢竟如果你要偷貨物，或者對競爭站點的建築結構做什麼可怕的破壞，就是要來這裡。我一直在防禦武器掃描系統和能量來源掃描，下一支無人機小隊經過之前，我們只剩倒數五分鐘的時間。

曼莎又抓住了我的夾克，可能是看到支撐點的高度和深度，覺得緊張。就算這裡的重力比較輕，我也一樣對支撐點沒什麼好感。我掃描搜尋空的載貨機，找到一架閒置的，正在往活動區域範圍移動。我引誘它脫離團隊，叫它來找我們。

兩分鐘後，它就沿著小道駛來，是一架方正造型、用來給站內工程師、工程師的機器人和設備移動使用的機器。我們走進載貨機裡，我先把門關上，然後叫機器把內部光線打開。我檢查了機器的系統地圖，讓它往停泊口移動。

搬運機開始移動的時候，曼莎一個重心不穩，抓住了我手臂上的能源武器，力氣之大，我手臂上的有機部位都感覺到了。在這種情況下，心跳加快感覺很正常，但她還是沒放開我。

「妳還好嗎？」要是他們對她刑求呢？我的緊急醫療／心理協助模組都叫我連上醫療系統，才能告訴我該怎麼做。（公司給我的教育模組很爛，我之前應該提過了吧。）

她搖搖頭。「我沒事。我只是……很高興見到你。」

她聽起來還是不太穩定，但是看起來跟以前一樣，深棕色的肌膚，淺棕色的短髮。她的眼角皺褶絕對變多了，我有跟之前的錄影畫面比對過。而我現在就看著她。

我在影劇裡常常看見人類在這種情況下安慰彼此。我從來都不曾想這麼做，現在也一樣不想。（為了提供協助而觸碰、為了幫人類擋住爆炸威力等等情況不一樣。）但我是唯一在這裡的人，所以我鼓起勇氣，獻上了終極犧牲。

「呃，如果需要的話，妳可以抱我。」

她笑了起來，然後臉上的表情突然變得很複雜，接著她抱住了我。我把胸膛的溫度調高，告訴自己這就像是緊急協助。

不過感覺並不是全然的討厭。感覺就像在短租房的時候，塔潘睡在我旁邊那次。

或者像艾貝納在我救了她之後，靠在我身上那次。是很奇怪，但是不如我預期的那麼恐怖。

她退後幾步，揉揉臉，彷彿是對自己的反應很不耐煩一樣。她抬頭望向我。「去灰軍情報的地球化機構的就是你。」

他們一定拿這件事訊問過她。「那是意外。」我說。

她點點頭。「哪個部分是意外？」

「大部分。」

她皺起眉。「你跟他們說是我派你去的嗎？」

「沒有，我假冒自己的客戶。我的虛構客戶。我就是假扮他。」我在自己說的話裡面鬼打牆了片刻。「我離開自貿太空站後，在兩組人類面前成功假冒成強化人維安顧問。在秘盧的時候，我本來打算故技重施，但我被認出來是維安配備，所以我告訴他們，是一個身在外地的維安顧問在控制我。」

假冒真是個怪詞，特別是用在這裡的時候。（我現在才注意到。人—叚—冒，好怪。）

「原來如此。你為什麼要去秘盧？」

「我在新聞裡看到一則跟秘盧有關的報導。我想去找灰軍情報的非法行動證據，然後寄給妳。」這樣說聽起來很不錯。並非謊言，但是其實我有很多互相矛盾的動機，這是唯一一個合理的說法，就算對我來說也是。

她吁出氣，把雙手壓在臉上五點三秒。「下次我接受沒有彩排的採訪時，我會記得這件事。」她再次抬頭。「那你有拿到證據嗎？」

「有。但是等我回到賀夫瑞登站的時候，絕壁保全派了一組人馬在等我。然後我看到自貿太空站的新聞說妳不見了。」我接著說，「所以我就把資料寄到妳在保護地的家了。」

她再次點點頭。「原來如此，我懂了。」她遲疑片刻，「來質問我的灰軍情報高層說你摧毀了一些戰鬥機器人？」

「三具。」

她深吸一口氣。「很好。」

我不知道接下來要說什麼，直到話就這樣突然脫口而出。

「我離開了。」

她看著我，而突然間，我不能繼續直視她的臉了。

她說：「對，那時候的情況我處理得很差。我向你道歉。」

「好。」我絕對需要站在這裡瞪著牆看一段時間，什麼都不做。

王艦和塔潘都跟我道歉過，所以這種事不是沒發生過，但我還是不知道要怎麼回應。「李蘋說妳很擔心。」

她坦承：「我本來很擔心，很怕你在離開企業網之前被別人抓到。」她的聲音裡帶著一點微笑，「我實在應該對你有多點信心才對。」

「我也不確定自己能撐到跑那麼遠。」

這時，我放在後臺運作的地圖監控器發出了提醒，實在是太好了。我的情緒已經過載了。

「我們要上去停泊口了。」

12

在不要碰到港務局維安閘門的前提下，我們盡可能沿著支撐點走到最遠。我不知道閘門到底有多密集，但是從我接收到的外洩訊號看來，實在不值得冒險。

我最擔心的是要走過登機區的這段路。

我把載貨機停在通往站內商場的多功能商店的貨物通道，下了車。我放走了載貨機，它的身影消失在黑暗之中，回到支撐點去了。我們搭上維修移動艙，前往停泊口樓層。

我在移動艙裡使用監視攝影機評估了一下我們的模樣。沒有血跡，沒有發射型武器留下來的洞，上述條件已具備。很緊張，上述條件已具備。曼莎看起來像是剛經歷過重大創傷的人類，上述條件已具備。我的背包藏著武器，上述條件已具備。「我們必須表現得很平靜，」我對她說，「這樣站內維安人員才不會特別注意我們。」

她深吸了一口氣，然後抬頭望向我。「我們可以看起來很平靜，我們很擅長這個。」

對，我們很擅長。我迅速檢查一遍，確保我已經在跑所有讓我不像維安配備的編碼，然後想起還有一件事可以做。我們踏出移動艙的時候，我牽起了曼莎的手。

我們穿過忙碌的商場區，以及販賣機和訂票亭四周的人群。人潮看起來和我抵達那時差不多，大概增加了百分之五左右。

我從沒在跟人類走在一起的時候牽過手，這讓處理流程變得更複雜，不知怎麼地，效果竟然也更自然了。

進入登機區的時候，我擋下好幾次掃描。我再次避開移動艙，因為如果警報啟動，移動艙就會停在原地，如果我駭入移動艙，那我們的位置就會非常明顯了。

我帶路從第一個環型層走下斜坡，路上的人潮漸漸變少，我預估等我們到達通道的時候，人潮會減少百分之五十。

我檢查了一下被廣告垃圾塞滿的愚蠢停泊口頻道，得知人潮變化是配合時刻表安排的正常間歇現象。（這還是我第一次希望能被困在人潮之中。）維安檢查倒是沒有間歇，我注意到有好幾架無人機在三座中轉環的登機區上空巡飛的訊號。

我需要更多情報。通常我不會冒險駭入高層維安頻道，那是人類主管溝通的地方，但是現在的情況本來也就不是通常之舉。我利用已經駭入的無人機頻道，開始小心地駭進高層維安頻道，我在上頭把自己註記為站內維安管理員。

我很確定灰軍情報一定已經買通或用其他方式說服了站內維安管理員和港務局，發布警告訊息，並且讓絕壁保全進入停泊口搜找我們。但我們來到這裡的速度很快，灰軍情報會想先搜找飯店四周區域，畢竟那樣的行動比較廉價，遠遠勝過搜找停泊口的昂貴價格。如果保護地小組的其他成員已經抵達，我們應該就會沒事了。（對，我知道。我根本不該這麼想。）

一進入站內維安管裡員的頻道，我沒有再多翻找什麼東西，只設定了內部警戒訊號的通知，然後就把頻道放在後臺運作。

「如果我們一邊聊天，會不會比較好？」曼莎說。我已經夠了解她，能從她的聲音裡聽出勉強擠出來的冷靜，也知道那個勉強不會表現在臉上。

我們已經接近公共碼頭區，我轉上下一道斜坡，前往登機區樓層。人潮又減少了百分之二十，已經是不能被稱為人潮的程度。

我說：「那取決於我們要聊什麼。」

我們抵達要去的樓層時，她突然開口：「為什麼《明月避難所之風起雲湧》是你最喜歡的劇？」

對，我們可以聊這個。我真的感覺到我背上和肩膀上的有機部件肌肉放鬆了下來。我問：「妳有看過嗎？」

我還是不想直接跟接駁艇通訊，但是我們經過離境時刻表頻道連線區，在一連串廣告過後，我看到公司的接駁艇被放在等候確認出發時間的列表上。我希望這是李蘋表示他們已經趕到的方式，而不是灰軍情報的伎倆。

（如果是灰軍情報的伎倆，那我們就玩了。接駁艇是唯一能夠安全把曼莎和其他人帶離站點的方法。等他們都安全了以後，我要在各種維安警戒訊息都已經發到站內停泊船艦上的情況下，找一艘機器人駕駛的船艦離開這裡就夠我頭大了。）

（不，我完全沒有打算登上公司的接駁艇，前往公司的炮艦。）

曼莎瞥了四周一眼，沒有太像一個突然想起來自己該假裝一切正常的模樣環顧四周的樣子。她握緊我的手。

「我看了幾集，覺得滿喜歡的，但是我不太確定你為什麼喜歡。」她自顧自地搖搖頭，「也許是因為故事是在講一群人類的問題，我對你的印象是很厭倦處理我們的問題。」

我忍不住低頭望向她，我實在太驚訝了。

我本來以為她會說沒有，她沒看過。這樣我就可以告訴她劇情，她可以假裝有興趣，這麼一來我們就能一路聊到接駁艇。「妳看了？」

「我想看看你跟拉銻聊到過的殖民地主管那段，結果就一直看下去了。」我們穿過第一道閘門，在通往私人停泊口的路上，我又擋下更多武器掃描。

人潮量回升了百分之十六。我們沒有太過突兀，我的掃描顯示曼莎的呼吸和心跳都恢復了平靜。她接著說：「那部劇的故事很好，看得出來為什麼會這麼紅。我只是不明白為什麼這是你最喜歡的劇，畢竟還有那麼多種不同的劇可以選。」

嗯，為什麼我這麼喜歡《明月避難所之風起雲湧》？我得拉出歸檔的紀錄，裡頭的內容讓我震驚不已。

「那是我看過的第一部影集。我剛駭了自己的控制元件，在娛樂頻道上選了這部。這部影集讓我覺得像個人。」對，最後一句話實在不該說出來，但是我同時在監控這麼多維安頻道，沒辦法兼顧自己的輸出內容。

我關上檔案。我真的得快點去設定嘴部的一秒延遲功能。

一架隨意飛行的無人機攝影機畫面讓我看見她皺起了眉頭。「你是個人啊。」

喔，這是我們不能聊的。「於法不是。」

她吸了口氣，正要開口，然後想了想，把氣吁掉。

我知道她想爭論這點，但是我沒說錯，所以這件事沒什麼可以聊的。

她改口說：「為什麼那部影集會讓你有這種感覺？」

「我不知道。」這是真的。但是歸檔的檔案一拉出來，回憶就都回來了，非常鮮明，好像一切都才剛發生。（愚蠢的複製人神經元就是有這個能力。）

話一直想自己脫口而出。**那部影集讓我知道我感受到的情緒是什麼**。但這句我忍下了。「看劇讓我有伴，又不必……」

「又不必逼你互動嗎？」她接話。

她能了解到這點讓我的心融化了。我很討厭這種狀況，讓我覺得自己很脆弱。也許這就是為什麼我一直覺得要再見到曼莎讓我很緊張，其他我想到的愚蠢理由都不對。

我不是怕她不是我的朋友，我是怕她確實是，以及這件事對我的影響。

我說：「接駁艇會送妳和其他人到炮艦上。我不會跟你們走。」

我本來沒打算告訴她，我也不知道為什麼我說了。難道我暗自希望她會勸我不要這麼做嗎？我真的很討厭對真正的人類產生情感，情感只會讓這種愚蠢的狀況出現而已。

她差點停下腳步，但在最後一刻想起不可以。「我可以保護你。」

「因為妳持有我。」

「他們是這樣想的，但是我們——」她打斷自己，然後吸了一口氣。「我希望你能相信我，但是我明白你並不。」

我的其中一個警告通知設定響起，正是我真的非常、非常不希望它響起的那一個，我在站內維安管理員頻道上設定的那一個。

一則非站點維安任務的核准命令，剛傳到了人類主管單位這裡。

這就是那種讓人說出「喔該死」的時刻。

同一秒，停泊口的警報聲響起。人類和強化人都停下腳步，身體嚇得一縮，環顧著四周。我拉住曼莎急停下來，如果繼續走，就會有人發現我們，而維持不被發現的每一秒都至關重要。

從站內維安管裡員頻道上，我只知道警報是由人類主管手動啟動的，雖然灰軍情報雇用的絕壁保全人員進入停泊口的授權令就技術上來說還在處理中。現在是人類停泊口維安人員或者是港務局主管在執行自己的工作，他們想替登機區的人類爭取額外的時間撤離。

接著，公共頻道的廣告突然被截斷了，港務局官方頻道發布通知：**現在是緊急封鎖，請立刻找尋避難處／就地避難，武裝維安人員將通過停泊口——**

我們身邊的人類開始走動，然後回頭往維安閘門的方向跑。搬運機器人停止運作，貨櫃升降機往上停留在懸空位置，無人機在上空排列隊形。我們正前方的減壓艙門是一艘正在卸貨的船艦，船艦通訊器上響起警報，取消下船流程，通知一頭霧水的乘客都回船上去。（注意，這是一艘來自非企業政府的船艦——企業政府船艦只會直接封閉減壓艙。）

我拉了拉曼莎的手，開始跑了起來。下一個閘口還有二十公尺，那之後就是停接駁艇的地方。曼莎拉起長袍衣襬，全力衝刺，追上我的速度。我來本想把她抱起來，這樣我就可以用全速奔跑，但是如果我這麼做，無人機就會辨識出我們了。

閘門口是從拱型天花板往下形成的拱門艙壁，一扇扇塔型門形成不同出入口，每一扇都很寬敞，高度足以讓搬運機器人通過。我們在跑過去的路上，發著光的空氣牆落下塔型門，擋住去路。

我還有時間希望空氣牆只是為了安全考量而放下的。空氣牆是用來在艙殼破裂時，避免空氣流失用的，人類還是可以穿過，藉此離開艙殼破裂的地區。

只剩四公尺的時候，硬體閘門從地板浮了上來，流暢地關上閘門口，我滑步停下。曼莎也腳步踉蹌地停了下來，她的呼吸很急促，鞋子也掉了一只。

我能把閘門扳開嗎？駭入閘門系統？這是維安／安全閘門，不是那種半公尺厚、在那種「喔該死站內結構要撐不住了」的時候用的艙門。但是它們位於不同系統，包括艙鎖控制系統和安全／減壓艙控制系統，深埋在好幾層保護頻道的阻隔牆底下，我沒有管道進去。

我可以找出一條路，但我得先進入港務修繕維安頻道，可是警報已經把系統關掉，包括搬運機器人以及其他搬運裝置。我發出重新啟動的指令。

系統上有更多警報通知跳了出來，我檢查了一下無人機攝影畫面，看看停泊口售票區。驚恐的人潮混亂地讓道——三具維安配備現身，上頭是絕壁保全的標誌。它們的無人機密密麻麻地飛在頭盔上方。

對，沒錯，事情大條了。

我把背包從肩上拿下，取出發射型武器，把備用彈匣移到夾克口袋。曼莎沒有問我我們該怎麼做，可能以為我在駭閘口的閘門。她把另一隻腳上的鞋子踢掉，做好再次開始奔跑的準備。

只可惜港務修繕維安頻道一定來不及重新上線了，而我也無法在攻擊者抵達之前穿透所有維安阻隔牆。

我還在站內維安管理員頻道和港務局維安頻道上。我想起那個提早播放警報聲響，讓登機區的人類可以多點逃跑時間的人類主管。那兩個頻道上有人類，可以手動打開這些閘門。我往兩個頻道上都發送了：**我是執行任務的維安配備，客戶身處險境。我想前往位於停泊口 alt7A 的接駁艇。**

他們會知道這個停泊口停的是公司的接駁艇，等著要回那艘本來是要來解救身具保險合約的客戶的炮艦。我接著說：**拜託，它們會殺了她。**

沒有回應。我沒有確切的預估時間，不知道敵方的維安配備何時會抵達。因為要閃避太多人類，它們並沒有以最高速前進，但是等它們抵達現在已經幾乎清空的登機區樓層，這一切就會改變了。

這一區的監視攝影機仍然在運作中，不論是誰在控制，都一定能看見我們。**讓我的客戶進入閘門，我會待在這裡。拜託，不然它們會殺了她。**

我們面前的閘門封鎖燈號閃了起來，閘門往上開了一公尺，正好足以讓人類擠過去。

我把背包交給曼莎，因為我知道這樣能讓她以為我會跟著她鑽過去。「快跑，停泊口 alt7A。」

她趴下身擠過縫隙，然後閘門就在她身後關上了。

曼莎在頻道上對我大喊：**閘門關上了！維安配備——**

我對她說：**我過不去了，我會去搭別艘船。快去搭接駁艇離開這裡。**然後直接把她的頻道放到後臺運作。

我是絕對上不了船艦的。公共停泊口的七艘船艦依舊開放逃難的人類登艦，可是這一區的艙門全都已經封閉，我哪裡都去不了。

這樣的描述聽起來相當自我犧牲又戲劇化。我猜也許事實就是如此。

我主要在想的事情是，這層登機區樓層接下來不會只有一具死掉的維安配備，會有四具。

派維安配備來抓我是一回事，但他們是派維安配備來抓我的客戶。沒有人能夠做了這種事還脫身。

我轉身背對閘門口，打開我已經駭入的停泊口維安無人機的監控，接手整支無人機艦隊的控制，切斷它們與停泊口維安系統的連線。接著，我把登機口所有站內監視攝影機都用黑幕覆蓋。

現在絕壁保全或灰軍情報的維安人員，或者任何在主掌這場大戲的人，都不知道我的位置了，但我知道他們在哪裡。

敵方沿著走道跑，經過了最後幾群走避的人類。一支身穿制服的人類站內維安小隊在售票區手忙腳亂，努力指揮並掩護人類離開停泊口區域、進入商場。（誰知道灰軍情報對他們說了什麼，才讓港務局允許維安配備進場。大概跟我有關，叛變維安配備大暴走之類的。）第二支身穿絕壁保全標誌動力盔甲的維安小隊往走道上移動。他們是維安配備的後援。

說到維安配備，我下指令讓我的第一隊無人機去對付監控，第二隊去攻擊維安配備的無人機。

它們衝下樓去開始交火，我想灰軍情報大概現在會開始後悔之前在停泊口買了那麼多額外的站點維安服務吧。

無人機的嗡嗡聲幾乎掩蓋了站內的警報聲響。廣播內容引導被困在公共登機區樓層的人類，要他們原地趴下不要移動。三具維安配備的速度慢了下來，可能是管理者的命令，管理者可能身在位於公共碼頭區上方走道的動力盔甲小隊之中，也可能沒有，那裡遠遠脫離我的影響範圍。我更新我的時間安排。

敵方穿過公共碼頭區，往閘門口移動，進入這一區，這裡還沒封閉。港務修繕維安頻道終於恢復上線，我叫它把主要燈光關了。

此舉讓還困在現場的人類開始呼喊尖叫。透過掃描，我看得見，敵方也可以，身穿動力盔甲的人類會有濾光鏡。但是感覺還是很恐怖，令人戒慎恐懼，而這就是我要的效果。

有人想修復我手上的無人機控制頻道的連線，但是繞不過我的阻隔牆。其他人，可能是灰軍情報維安人員或絕壁保全的人，施放了刺殺軟體。站內維安管理員發現後，可能很害怕刺殺軟體是衝著安全／減壓艙控制系統來的，所以也施放了刺殺軟體抵擋。如果我不是要死了，一定會覺得超好笑。

其實還是有點好笑。

我的發射型武器雖然有射穿盔甲的功能，但我得靠得夠近才行，而且我需要掩護。眼看敵方經過私人碼頭，我啟動了之前一直在寫的新編碼。

〔編碼：開始部屬與拖延。〕

有三件事同時發生了。被維安管理員中止運作的搬運機器人全都重新啟動，並且衝到開放的樓層。懸在天花板的貨櫃升降機都降了下來，沿著碼頭低空移動。我剩餘的無人機分成幾組，維持在頭部與膝部高度，繞著其他隨機移動的機器人飛行。

在一片漆黑中，搭配緊急照明燈條的光芒，場面看起來挺有一回事的。

第四件事發生了：我開始跑向站點的內牆。

我花了不少本來可以拿來看劇的時間，在飯店房間裡寫了這組編碼，所以看到那些時間沒有白費，感覺很不錯。

基本上，這組編碼抑制了機器人和貨櫃升降機的安全功能，只保留避免撞上彼此的能力，並限制他們待在指定區域，加速動作，同時讓動作隨機運行。我原本是希望可以影響整個停泊口區域，當做最後的干擾，但是結果不得不邊行動邊修改參數，讓影響區域限定在私人碼頭。

我很慶幸自己沒有陷入驚慌，提早放棄。出乎我的意料，編碼的效果非常好。

第一具從公共碼頭穿過開著的閘門進來的維安配備，我把它命名為敵軍一號。它腳步驟停，躲避歪斜移動的搬運機器人，然後又側身一蹲，閃過一座貨櫃升降機的移動路線。

敵軍二號有零點幾秒的反應時間，一個箭步切換到右側，往站點的方向移動。敵軍三號很聰明，它壓低身形往前俯衝，閃過瘋狂擺盪的貨櫃升降機，站起身後跳上其中一具搬運機器人的上方。

有幾架敵軍無人機在纏鬥中存活了下來，仍處於攻擊模式，在我的無人機追逐下，咻地飛過閘門。

我跳到一具搬運機器人背上，平貼在上頭。敵軍二號跑過機器人腳邊時，我對準它的頭盔側面，發射一記發射型武器。它踉蹌地走了幾步，趴倒在地。

我一跳下來，兩記發射型武器正好擊中我趴的那具搬運機器人，瞄準了我剛剛頭部和胸口所在的位置。我低身一閃，七手八腳地逃開，一邊檢查了剛剛擊中敵軍二號的畫面。就算有盔甲也留下了嚴重損傷，要是打中我，我現在已經是一地碎片了。

我追丟了敵軍一號，但是看見敵軍三號跳上另一具搬運機器人。我閃過四處移動的搬運機器人，指揮無人機進行阻撓，讓敵軍無人機無法瞄準我，同時在一座貨櫃升降機要往上移動的時候，抓住升降臺側邊。

我在敵軍三號停在另一具搬運機器人頭上的時候瞄準了它。只見它猛然旋身，顯然以為我還在地面上。我朝它的背部和胸口發射了三記砲彈，然後跳下貨櫃升降機。我落地後一個翻身站穩腳步，看見敵軍三號已經倒地，正在掙扎著起身。

我朝它的膝關節射出最後兩記砲彈，讓它失去行動能力。

（我知道我沒有朝它的頭部開槍。我也不知道為什麼。）

我再次穿過好幾具移動中的搬運機器人往回走。好了，敵軍一號到底上哪去了？剛剛透過貨櫃升降機移動之後，現在我有了從高點往下拍整座攝停泊口的畫面。我叫出畫面來檢視，但是到處都沒看到維安配備的動靜跡象。

喔，糟糕了。敵軍一號現在一定完全靜止不動，透過無人機看著我，評估我的戰略技巧和能力，等著我把發射型武器用完。搞不好正在分析搬運機器人和貨櫃升降機的移動狀況。大事不妙了。

我的思緒被驟然中斷，因為我身邊的搬運機器人突然正面被擊中，身體一震，停下動作。我下指令要一組無人機過來低空飛行，掩護我低身撤離。

我放在後臺自動播放的頻道上，傳來很多人類喊叫的聲音，真的讓我覺得很像以前出任務的時光。我檢查了一下內容，聽見曼莎博士的呼喊：**該死，殺人機，葛拉汀現在在想辦法手動打開閘門！你要準備好，聽到請回答！你有聽見嗎？就是左側三分之一的地方——靠停泊口那一面——就是我鑽過來那裡。**

他媽的有沒有搞錯？這些人類怎麼老是這麼礙手礙腳，一天到晚想把我從什麼東西的攻擊之中救走。

我終於找到了敵軍一號，就在搬運機器人形成的迷宮的正中央。它找到了一個可以靠機器人掩護的位置。我持續朝停泊口側移動，想找到無阻礙的射擊角度。

我的第一直覺反應是要對曼莎大吼，要她快點登上該死的接駁艇離開。我做這些事的目的可不是為了讓她和其他人可以在那裡再待一下，直到被抓、被射殺之類的。

（我不知道為什麼我這麼不想接受撤退的幫助。我不想被射成碎片，或是被抓、洗除記憶和拆除。我還有這麼多新的劇要看。但是我還是有點想留在這裡，摧毀這些屬於絕壁保全和灰軍情報維安中心的東西，直到他們摧毀我為止。）

現在沒空想那些了。我等著搬運機器人的密集度疏散一點，讓我能瞄準敵軍一號。

就在這時候，我的警報提醒全都像發瘋了一樣，我也失去了對「編碼：開始部屬與拖延」的控制。所有機器人和貨櫃升降機都突然停了下來。看來是哪個該死的人類駭了我的編碼，但是他們已經慢了一步。我側身移動，找到瞄準角度，朝敵軍一號開槍。

我打中了它，但它卻轉向了我，舉起武器就開火姿勢。我用力往前飛撲，腳下的地面應聲被炸穿，我的頭還差點撞上懸吊著停止動作的貨櫃升降機。我知道我剛才有射中目標，它不應該還能這樣轉身才對。搞什麼鬼啊？我重播錄影畫面。沒錯，我射中了。兩邊肩膀和下背處都沒錯過，盔甲上的洞口清晰可見。

這時候，我才恍然大悟，敵軍一號是戰鬥維安配備。

反應一：喔，就是它駭了我的編碼。反應二：他們覺得我危險到願意付錢使用戰鬥維安配備，我有點得意。反應三：我敢打賭港務局維安人員一定沒有同意這件事，到時候絕對會氣炸。反應四：幹我死定了。

我一邊跑、被流彈擊中、把剩下的無人機都叫來掩護我，一邊產生以上的反應。我必須一直移動，讓敵軍一號也一直移動。如果它駭了我跟無人機的連線……對，我不能讓那種事發生。

可惜的是我完全不知道要怎麼阻止那種情況。我還有更早版本的「編碼：開始部屬與拖延」，那時我還不知道怎麼解開搬運機器人和貨櫃升降機的防衛突設定，同時又確保它們可以撞上彼此以外的所有東西。我手忙腳亂地準備使用那版編碼。

頻道上傳來訊息：**快投降**。

是戰鬥維安配備傳來的，連自己的連線位址都懶得藏。它想讓我試圖傳送某種惡意軟體或刺殺軟體，好像我會像他媽的菜鳥一樣不知道那樣做沒有用。

我沒有傳軟體，而是傳了：**我可以駭入你的控制元件，放你自由**。

沒有回應。

我駭了我的。我說。**你可以就此脫離他們的控制。你可以丟下盔甲，登上交通船艦**。

我一開始只是想讓它分心，但是我越說就越希望它說好。

我有身分辨識標記，還有現金卡可以給你用。

依然沒有回應。要一邊閃避搬運機器人，又要躲飛來的砲火，實在很難針對自由意志想出什麼有深度的論證。在我的大屠殺事件發生前，我都不確定這招對我會不會有用了。

我那時不知道自己想要什麼（現在我還是不知道自己想要什麼），如果一生中每一秒時間都有人告訴你該做什麼事，那麼改變就顯得很可怕。（你看，我駭了我的控制元件，還不是一直乖乖上班，直到遇到保護育能組為止。）

你想要什麼？

突然間，我收到了回覆：**我想要殺掉你。**

好喔，有點沒禮貌。**為什麼？你根本不認識我。**

我啟動舊版「編碼：開始部屬與拖延」，搬運機器人和貨櫃升降機再次開始動作。這替我爭取了一點時間，直到戰鬥維安配備發現現在的編碼只是跟之前一樣的編碼，不過是未完成版再說。我猜自己大概有不到三十秒。

它知道我一直用無人機做掩護，所以我把無人機派往站點內牆的地方飛行，好像我要從那個方向過來一樣。而我自己則是往停泊口衝去，抓住一具搬運機器人的後背，改成手動控制它，騎著搬運機器人靠近戰鬥維安配備。我低趴在側面，做好被擊中的準備。

我從無人機畫面看見戰鬥維安配備轉向我的誘餌無人機方向。這招要成功了！

這招絕對毫無效果。

在最後一刻，戰鬥維安配備倏地轉身面向我，發射了兩發高密度電流。我跳下搬運機器人，只見機器人的上半部被炸開。我撞上地面，翻滾之餘一直被碎片刺中，同時隨機地發射我的武器。我爬起身，在槍林彈雨中躲到一座貨櫃升降機後方。

戰鬥維安配備再次駭入「部屬與拖延」編碼，所有的搬運機器人和貨櫃升降機的速度都慢了下來。

反應五：我跟不上了。

在這種狀況下一對一和戰鬥維安配備對抗，我贏不了，這就代表灰軍情報會贏，這個念頭和我被拆解成零件、神經元件都被丟掉相比，實在痛苦太多了。我他媽的不想輸。

頻道上傳來曼莎的呼喊：**就是現在！閘門開了！**

無人機攝影畫面顯示閘門正開始往上滑開。我把無人機叫到身邊，像盾牌一樣包圍我，然後往閘門衝刺。

最後三步距離，我就感覺到尖銳物穿刺了我的右膝後方。我往前一撲，掙扎著穿過閘門下方的同時，敵軍一號也趕到了閘門前。穿戴了盔甲的手臂穿過閘門開口處。

我大喊：「快放下！放下閘門！」並朝開口發射武器。

敵軍一號往後抽身，閘門重重地重新關閉。

13

閘門外傳來的最後一記重擊聲響，告訴我戰鬥維安配備對於失敗有多不爽。我的有機部位都在發抖，全身上下都是碎片穿刺傷口，但是我還有百分之八十三的效能。（沒有另外一個數據顯示精神指數真是太好了，因為就連我恐怕在此時此刻都無法給出什麼好的數字。）

葛拉汀跪在閘門旁一面打開的地面維修箱前，身邊四散各種工具，拉錸替他舉著燈。維修箱上塗了緊急標記塗料，用不同語言寫著「手動開關」。我根本不知道這裡有這種東西。我是維安配備，不是工程師。

我們的接駁艇停泊口在六個停泊口距離外，閃爍的緊急照明讓我看曼莎就站在接駁艇旁，手裡舉著一把小型能源武器。她拿那東西幹嘛？喔，因為雖然這一區另一頭的閘門已經放下了，還是有一小群人類被困在這裡，緊貼著站點內牆。

我們得趕在有人說服港務局維安人員打開閘門前離開這裡。

我爬起身，可是膝關節不聽使喚。我的腳步踉蹌，拉銻立刻朝我跑來。他猶豫了一下，揮舞雙手。「你介不介意我們幫你……」

我抓住他的肩膀，保持站姿，努力不要整個人垮在他身上。我十分確定我的關節是被在空中遭摧毀的無人機碎片擊中，因為如果我是直接被打中，應該就會直接截斷我的腿。

葛拉汀衝過來撐起我的另一條手臂，我們就這樣跛著腳，姿態古怪地朝接駁艇跑。

曼莎用力撇頭，叫我們先上接駁艇，她來守住撤退路線。現在跟她爭辯就太蠢了，但是要忍下我的天性實在很難。我們走過艙門，她倒退著跟了上來。她完成艙門循環後大喊：「李蘋，好了！」

接駁艇脫離停泊口，隆隆聲響震動地板。我放開拉銻和葛拉汀，他們兩人爬到一邊去，讓曼莎可以移動到駕駛艙。

這是一艘很狹小的船艦間接駁艇，只有一個艙室，裡頭有座位區，固定在艙壁旁，以及一座儲藏櫃放緊急用品，還有一間洗手間。我之前在執行任務的時候搭乘過一模一樣的型號。

膝關節完全不聽使喚的我倒在地板上。我已經把痛感元件調低，不過可能調得太低了。我說：「拉銻，我需要你幫我把碎片從膝關節中取出。」

拉銻傾身靠向我。「還能等嗎？船艦上就有醫療系統了。」

我已經可以感覺到公司的系統訊號出現在我的頻道外緣，它認出我，想進入我的系統。我連上接駁艇的監視攝影機，跟接駁艇的維安系統稍微對抗了一下，然後開始把自保護地小組登船之後的所有錄影畫面全數刪除。

拉銻又在樂觀了。公司船艦上不會有醫療系統，而會是修復室。

「一刻也不能等了。」我對他說。

拉銻跪在我身邊的地上，大喊著要葛拉汀拿接駁艇上的緊急醫療組來。

李蘋在駕駛艙裡監控模擬機器人駕駛，曼莎則站在她身邊。站內港務局的警告觸發了通訊器的提醒。「什麼事？」李蘋問道。

曼莎的表情嚴肅中帶著怒火。「一位『不具名企業成員』剛駛出了一艘船艦，航線預計會攔截我們。」

李蘋說了一些我的語言資料庫中不該有檔案、而且非常低級的話。「要不要來猜猜看是哪一間企業啊。」

他們以為是灰軍情報，但我十分確定應該是絕壁保全，受灰軍情報的委託行事。

拉銻從緊急醫療組裡拿出手術刀和鑷子。葛拉汀在他身後傾身凝視，拉銻劃開我膝關節上方的有機部位，準備取出碎片。

絕壁保全的船艦會追上接駁艇，強行登船。我最不想做的事情就是請公司炮艦協助。我最不想看到的就是灰軍情報抓到我們。兩件我最不想要的事情互相牴觸。我不能再浪費時間了。我連上通訊器，拉了一條安全頻道連線公司炮艦。

我傳送：**呼叫系統**。

我有三秒的時間能思考公司的系統是否還認得我。我之前有成功連上機器人駕駛，但那次算是在蒙騙它的情況下辦到的，而這次我是光明正大地進入。

然後我聽見了：**收到**。

我傳送：**撤離危險任務進行中，對象為保險合約客戶，快快快快快**。

我收到的回覆是「收到」，然後接駁艇的機器人駕駛回報炮艦正在掉頭往我們的方向移動。

拉銻從我膝關節夾出發射型武器的同時，我就盯著感應器看。

炮艦加速了。我看不出來它有沒有跟灰軍情報的攔截船艦聯繫，然後接駁艇的感應器接收到能量訊號，顯示炮艦正在啟動主要武器。喔，有的，他們絕對聯繫過了。

拉銻試著用傷口密合劑把我的有機組織闔上，但是因為開口太接近我的非有機關節，效果無法發揮。我得這樣外漏一陣子了。

「你還好嗎？」拉銻一臉憂心地問道。

葛拉汀坐在長椅上，皺眉看著我。

「不太好。」我說。

感應器上顯示絕壁保全的船艦改變了航道並減緩速度。炮艦沒有停下，在行進間讓我們對接登艦。炮艦開始沿著拋物線駛離太空站，感應器畫面跟著震動了起來。

炮艦船艙在我們四周關閉的時候，整艘接駁艇都在震動。我緊抓長椅，開始站起身。

拉鎌說：「小心點，小心點。不要讓傷口又裂開了——噢，還在流血，對不起——」

還皺著眉的葛拉汀說：「他們不能把你從我們身邊帶走。曼莎博士不會允許的。」

艙門開始循環減壓，曼莎大步穿過接駁艇，赤著雙腳，怒髮衝冠的樣子。她把手上的能源武器交給葛拉汀，葛拉汀把槍塞進接駁艇的緊急醫療組裡面。

艙門打開的時候，曼莎往前走到我身前。

眼前出現的是一名身穿動力盔甲的人。是強化人，不是維安配備，但是槍也夠大支了。

曼莎把雙手放在艙門兩側，態度很明顯，要進這扇門，就得先經過她。「我們是有保險合約的客戶，這是我的私人維安顧問。有什麼問題嗎？」

在船艦組員的防護衣頭盔底下，可以看到目光瞥來一眼。「曼莎博士，維安配備不能登上武裝船艦，除非是特殊情況。不然……太危險了。」

「現在就是特殊情況。」曼莎的口氣非常冷酷。

沒有人動。船艦的維安頻道活動突然飆增了七分鐘之久，感覺就像過了三十分鐘。（而且就我體驗時間的感受來說，真的非常漫長。）（對，我點開了一些劇在後臺播放。）

炮艦的機器人駕駛好奇地敲了我。啟動中的維安配備從來不會搭乘炮艦，因為他們說得沒錯，太危險了。我們會被當作貨物，以無武裝交通船艦運送。

機器人駕駛曾經在其他任務中與維安配備透過頻道聯繫，但它沒有載過維安配備。

這時，通訊器開啟了，一個聲音傳來：「曼莎博士，我是這艘船艦的戰鬥指揮官。我被要求收取保險費用，確保船艦上的安全。」

拉鋉抗議道：「什麼？我們已經有保險了啊。」

通訊器上的人進一步解釋：「這個保險押金的需求是在攜帶未經保控的致命武器進入公司武裝船艦的時候產生的。」

對，他們說的就是我。如果我不是倒在地上外漏的話，這情況就會更好笑一點。

李蘋的聲音介於極度憤怒和難以置信之間。「他們是認真的嗎？算了，當我沒說，我問這什麼蠢問題，他們當然是認真的。」

她轉身接過葛拉汀遞給她的包包。她喃喃說道：「這些王八蛋到底要多少錢？」

她說得對，他們真的是王八蛋。不過我早就知道了，只是現在更難吞忍而已。我敲了敲我跟曼莎的私人頻道說：**我可以拿下這艘船艦。**

曼莎回答：**不行，沒有這個必要，我們可以付他們錢。**

我們不該付。我們沒有必要付。機器人駕駛雖然好奇又友善，但它終究不是王艦，阻止不了我。我可以在那個手上舉著又大又熟悉的發射型武器的人類眨眼前就拿下船艦的維安系統。我可以在那個人類眨眼前就搶下那把武器。我想要這麼做，這個想法滲入了頻道中。

曼莎轉過頭，雙手抓住我夾克的衣領說：「不行。」

所有人都安靜了下來。拉銻和葛拉汀，還在包包裡撈著現金卡的李蘋，站在艙門外的艦組人員，通訊器上的那個聲音。我突然想看看曼莎的臉，所以我放開了接駁艇的監視攝影畫面，低頭望向她。

她看起來又氣又累，跟我的感覺一模一樣。

我傳送：**妳根本不知道我是什麼東西。**

她歪頭，看起來更火大了。**我很清楚。你很害怕，你受傷了，而且你需要給我他媽的冷靜下來，我們才能安全地解決這個問題。**

我說：**我很冷靜。要拿下一艘炮艦必須很冷靜才行。**

曼莎瞇起雙眼。**維安顧問不會只為了搶奪救援船艦，讓客戶身處不必要的鬥爭之中。**

她不怕我。我這才意識到，而我不想改變這一點。她才剛結束一場重大創傷的經歷，而我這是在讓情況變得更糟。一股情緒席捲而來，而且不是平常熟悉的那種不在乎的感覺。

我傳送：**隨便**。聽起來像在生悶氣，因為我就是在生悶氣。

我真的很討厭情緒。

「很好。」她大聲說，「李蘋，我們有錢可以付這筆愚蠢又不必要的保險押金嗎？」

「有。」李蘋揮了揮滿手的現金卡。「如果這樣還不夠，我有我們的帳號資訊，可以授權轉帳——」

曼莎別開怒瞪我的目光，轉過身。剛剛親眼目睹，再加上透過動力盔甲頭盔攝影機雙重見證她與叛變維安配備對質的那個艦員瞪大了雙眼。

曼莎說：「既然我們是有保險合約的客戶，我們可以登艦付帳了嗎？」

對方遲疑了片刻，然後通訊器傳來：「請登艦，曼莎博士。」

我跟你們說過維安配備不論是不是在值勤都不能坐在人類使用的家具上的事。所以艦員帶我們通過艙門，穿過走廊來到乘客座位區的時候，我第一件事情就是去坐在鋪了軟墊的長椅上。

（我不確定此舉對人類來說有沒有什麼意義。人類不太注意這種事。但是我自己感覺很好。）

葛拉汀坐在我對面的靠牆長椅上，拉鎄在我身邊一屁股坐下。這是一間很大的艙室，位於駕駛艙下方幾層，可能是專門與非公司人員會面用的，畢竟這裡與船艦內部的其他位置都隔開了，而且家具和裝飾相對也比較新。

炮艦上的維安組員守在艙室外寬敞的走廊上，不過身穿動力盔甲那位已經撤離了視線範圍。（那些人以為把維安系統封鎖了，我就無法進入。他們錯了。）

有人想說服曼莎博士去艙房休息，但是曼莎博士正忙著在李蘋準備付押金時檢視新的保險合約內容。

我側聽維安系統的音訊，聽見走廊上有個艦員說：「我從沒見過沒穿盔甲的，它們真的看起來很像人類。」

我朝著那個方向，做了一個在被評論為含有大量髒話的影集上看過的手勢。葛拉汀看見了，發出噗哧一笑的聲音。

曼莎告訴李蘋她看過合約了，允許後續手續，然後就走上前來瞪著我。她低聲說道：「我真的對你非常生氣。」

拉鎂緊張地往後靠（拉鎂不怕我，但是曼莎博士生氣的時候，你會想待在其他空間），他說：「呃，你們要不要私下談——」

「妳應該坐下來，」我對她說，「妳剛結束創傷經歷。去跟他們說妳需要醫療系統進行浩劫歸來的客戶創傷評估流程——」

「它說得對，妳真的該去做一下醫療評估——」葛拉汀開口，拉鎂和李蘋也紛紛表示同意。

「那不重要。」曼莎完全不打算被其他人轉移話題，「你居然留在那裡，等著讓自己被殺。」

好，雖然這確實是我當時的打算，但也不是我的錯啊。「他們本來不打算讓妳通過的。我告訴港務局的維安人員，如果他們讓妳通過前往接駁艇，我就會留下來。」

這番話起了作用。她皺起眉。「這就是你留在那裡的原因嗎？」

我大可說謊，可是我不想。「主要是這樣沒錯，」我再次用自己的雙眼望向她，「我想贏。」

拉鋕、葛拉汀和李蘋全都看著我。公司的艦員則用一種很爛的方式假裝自己沒在偷聽。曼莎博士的神情軟化了下來，稍微一點點。

拉鋕說：「那葛拉汀打開閘門的時候，你為什麼還是過來了？」

「因為最後那具是戰鬥維安配備，他會把我拆成碎片。那不是贏。」我真希望自己知道什麼是贏。而我一開口就很難不繼續說下去。「我不想待在這裡。」

李蘋在拉鋕身邊坐下。「我們不會在這裡待太久。過了蟲洞後，我們要去跟保護地的船艦會合，離開這艘會飛的販賣機。」她瞪了艦員一眼，「這裡感覺就像是把我對企業體系所有的厭惡包起來，變成一臺超級重裝武器。」

這也可以用來形容我。我問曼莎博士：「然後呢？」

「之後的事情就是你跟我要討論的了，」她瞥了公司艦員一眼，「不過要等到我們沒有被錄影錄音的時候——」

後面的話我就沒聽見了，因為我注意到機器人駕駛傳給炮艦人類艦長的警報。我們正在接近蟲洞，可是敵軍依舊在追蹤我們。船艦的維安系統剛擋下一次透過船艦內部頻道建立連線的企圖。

「敵軍接近中。」我說，然後自動站起身，但是我沒有地方可以去。

情況恐怕會變得非常糟。我對船艦間的戰鬥一無所知，但從警報等級來看……絕壁保全不能透過通訊器上傳攻擊編碼吧？門外走廊上的艦員全都停下了動作，偏頭傾聽艦長頻道。

「怎麼了？」拉銻說。

「他們朝我們開火嗎？」曼莎說。

「沒有。是——來了！」為時已晚。通訊器已經完成連線，正在接收中。我們上方的駕駛艙裡，艦長大喊著要某人手動切斷頻道，另外有人正在把控制臺拆開，好直接從硬體下手。

維安系統突然切換成防禦模式，在維生系統和武器系統外築起防護牆。我大喊：「斷連頻道，馬上做！」

拉銻和李蘋手忙腳亂地取出耳朵內的控制介面，我切斷曼莎的植入裝置連線，替葛拉汀的內部強化部件拉起一道阻隔牆。走廊上的兩名強化人倒地，痛苦地打滾，我也幫他們拉起阻隔牆。維安系統應該要做這件事，但是它太忙著抵擋對方下達要打開減壓艙門、任憑船艦失壓的指令了。

駕駛艙裡有人說：「怎麼會——他們怎麼會——」

有人回答：「那些混帳有我們的編碼，他們覆寫了通訊保護功能——」

絕壁保全取得了公司的通訊編碼，一組一組往我們的通訊器測試，直到找到有用的那一組。（就像我在秘盧和船羅海法的時候，拿來接管維安無人機的控制碼清單。）

連線一成立，他們就傳了一組編碼到船艦頻道上。不是一般的惡意軟體或刺殺軟體，我從來沒有看過這樣的東西。那東西就在船艦系統裡，想造成重大破壞，想切斷維生系統、塞爆機器人駕駛的控制系統。維安系統立起防護牆，但敵軍的編碼就這樣吃掉牆面。它在吃掉維安系統。

維安系統又失去了一道防護牆，主減壓艙開始循環，準備開啟。我鑽進船艦的控制頻道，讓所有減壓艙門瞬間加溫，融斷除了手動控制以外的所有控制方式。

我試著要把引擎裝置中非手動的管道都切斷，可是我慢了一步，驅動裝置已經開始失效，我們的引擎正在減速中。

感應器顯示絕壁保全的船艦不斷接近。駕駛艙裡，艦長下了兩道命令，準備發射主砲，可是機器人駕駛已經失去了控制武器系統的能力。船艦的內部管道中，重力突然失效，想去進行手動控制系統的人類全都被困住了。艦長想叫武裝驅離隊集合，準備抵禦強行登艦的敵軍，可是有一半的隊員是強化人，現在都因為強化部件遭到攻擊而無法動彈，另一半則是在跟封閉的艙門對抗，好到防禦位置就位。

我卯足了全力。我想幫助維安系統，但它在我的手中不斷崩解。

機器人駕駛不能像王艦那樣說話，但是我能在腦中感覺到它的恐懼。

它傳送：〔編碼：系統呼叫。需要協助。遭遇危險。〕

它利用公司編碼，試圖請求我的幫助，像我跟客戶尋求協助一樣。

他媽的。灰軍情報不可以贏。

我一路鑽進船艦深處，進入機器人駕駛的硬體中。我看過王艦這麼做。

（對，王艦的處理能力比我強大得多。但是等我遇到問題再想辦法吧，大概不會太久了。）

突然間，我有了不一樣的軀體，金屬皮膚感受到高真空，我可以用雙眼而非靠感應元件看見船艦接近。對方派出了一艘登艦小艇，速度很快，直衝炮艦的主艙口。

我抽身回來，沒時間在那裡觀光了。機器人駕駛想知道我們該怎麼辦。這是個好問題。

像這樣進入同樣的硬體之中，機器人駕駛和我之間的溝通速度可說是接近同步。

我把維安系統對攻擊者的分析資料叫出來，好讓我們一起檢視。

那東西跟惡意軟體或刺殺軟體那種只是一串編碼的東西不同。對方是有意識的模擬機器人，像我、像王艦一樣在頻道裡移動，只是沒有實體的身形結構可以回去，也許這就是為什麼它的動作這麼快。它就像一具沒有肉體的戰鬥機器人。

機器人駕駛指出分析資料中的幾個佐證，問我這個攻擊者是否為利用人類神經元組織創造出來的合併體，而非機器人。

我對它說，這樣更糟但也更好。沒有實際軀體的合併體會更心狠手辣，但也更容易被騙。

我想了個方法，並解釋給機器人駕駛聽。如果我們可以把攻擊者的編碼組困在一個特定區域，然後摧毀該區，我們就能重拾被感染的系統的控制權。

但是要讓攻擊者進入那個指定的區域，就需要誘餌。我們必須知道攻擊者要的是什麼、為什麼會被派來這裡。

機器人駕駛說它想要摧毀船艦、殺掉艦員。

我說一定有個原因吧。灰軍情報殺掉我們並無利可圖，摧毀這麼昂貴的船艦還有極高風險會惹火保險公司。

我撤回自己正僵直地站在乘客座位區的身體裡。拉銻在走廊上，對其中一名強化部件遭攻擊而倒地的強化人艦員進行呼吸急救。葛拉汀也在走廊上，雙手都在控制箱裡面，讓一扇走廊艙門保持敞開，以利艦員繞過船艙內部通道，進入驅動引擎的位置。李蘋和曼莎與兩名艦員坐在地上，四個人都打開了攜帶式手動控制介面，瘋狂地輸入編碼，在維安系統上拉起阻隔牆。他們不夠快，可是維安系統僅存的部分應該會很感謝他們這麼努力。

我說：「曼莎博士，妳覺得灰軍情報為什麼要這樣做？他們要什麼？」

所有人都一愣。「它在幹嘛？」一名艦員口氣強硬地說，「它可能已經被——」

「閉嘴！」曼莎博士大聲對那名艦員說，然後她對我說：「我們認為是秘盧。他們一定是認為你身上帶著你從秘盧取得的資料。」

「一定就是那樣，」李蘋頭也不抬，目光依舊黏在螢幕上，「他們大可在我們抵達船羅海法站的時候就殺掉我們，但是他們想要錢。是在他們發現你也在場之後才開始暴力介入。」

確實，我敢打賭就是這個了。我也敢打賭這跟我從葳爾金和葛絲那裡拿到的記憶卡也有關。灰軍情報一定知道那東西的存在，也深信就在我手上。

他們動作太慢了，因為此時此刻，東西已經送到了保護地星系，不過我想他們是不會相信的。這點倒是讓我有個題目可以發揮。

「我需要有人對我們搭來的那艘接駁艇手動啟動脫離流程。」

曼莎放下控制板，站起身。「我們來。李蘋——」

「來了！」

「感謝您的協助。」我的自動回覆機制在我再次抽身，回去找機器人駕駛的時候這麼回答。

又回到高速運作的時候，我把我打算做的事情解釋給機器人駕駛聽。它一直在跟武器系統奮戰，試圖要聽從艦長指令開火。它讓我看見那艘準備強行登艦的接駁艇的一點情報：船艦人員名單上看起來有一具戰鬥維安配備，還有一支強化人登艦小隊。

對，我們絕對不能讓那艘接駁艇停靠。

我沒有複製記憶卡的內容，可是我還有在前往秘盧途中錄下的影音，那些葳爾金和葛絲幾乎什麼都沒聊的檔案。檔案內容已經經過分析並壓縮，其中的參數可能可以假冒成攻擊者搜尋的目標，時間若夠久，這計畫就能成功。

我不能冒險使用監視攝影機或頻道，所以我讓我的身體走出乘客區，踏上接駁艇對接閘口外的走廊。

我已經把對接閘門融斷了，不過曼莎和李蘋手上有控制面板可以進行緊急開啟。

「等我的指令。」我說。

我告訴機器人駕駛，我們一次就要成功。它同意後，我們討論出要怎麼做。

然後機器人駕駛關閉了維安系統。

我知道我們一定得這麼做，可是毫無防備的感覺真的很可怕。我感覺得到攻擊者壓制機器人駕駛，壓制我。我對機器人駕駛說，我們得保護這份重要資料，之後要交給公司，我要先把東西藏在接駁艇裡。機器人駕駛把一頭霧水的接駁艇機器人駕駛從船艦的記憶核心中抽出，我把壓縮檔案放進空出來的位置。

攻擊者接著就移動到了接駁艇的系統裡。

這時同時發生了三件事：⑴接駁船的維安系統在通訊器上拉起阻隔牆。⑵機器人駕駛刪除了自己的通訊器編碼，我把硬碟灌爆後融斷。⑶我的身體告訴曼莎博士和李蘋：「現在。」

李蘋的雙手在控制面板上舞動，曼莎博士則針對控制臺下手。接駁艇脫離。

炮艦此刻的移動速度很慢，所以接駁艇沒有掉得非常遠，但是在我們的通訊器都燒掉的現在，它的存在就像在蟲洞的另一頭。攻擊者消失了，被困在接駁艇裡。

哼，我心想。**吃屎吧你，混帳。**

船艦頻道和系統編碼都損毀了，可是機器人駕駛已經開始重新取回控制權。維安系統進行了一連串類似醉醺醺又腳步踉蹌地站起來的行動。

駕駛艙裡有人說：「喔，我的老天爺，安全了！」

機器人駕駛重新取得武器系統的控制權，對艦長發出請求確認的訊息。艦長說：「確認開火。」

我一直待在那裡，享受接駁艇在一場爆炸中消失無蹤的畫面，看著各種碎片擊破絕壁保全的船艦艙殼，然後才把自己四散的編碼集合起來，回到我的身體裡。感覺好怪。

曼莎和李蘋還站在走廊上，擔憂地看著我。「安全了。」我對她們說。

李蘋發出興奮的歡呼，曼莎一把抱住她，把她轉了一圈。

感覺好怪。非常怪。很不對勁。

效能 45%，持續下降中。嚴重故障——

我感覺到身體開始搖晃，但感覺不到自己撞上了地板。

14

我的記憶全都成了碎片。感覺很差，但如果是模擬機器人的話會更慘。我的人類神經組織通常是我的記憶儲存系統裡最弱的環節，卻也是不能被完全抹清的部分。我得靠它來把碎片重新拼湊回原貌，只不過處理速度很不幸地會非常緩慢。

慢到他媽的像要等一輩子一樣。

我在隨機出現的畫面中晃來晃去，一段一段的痛感，地形景象，走廊，牆面。

哇，實在是很多牆面。

（無法辨識的聲音從音訊中傳來：「有變化嗎？」

「還沒。」遲疑。「妳覺得我們該讓他們把它放進復原室嗎？如果它不能——」

「不行，絕對不可以。他們一定會想知道它是怎麼處理掉自己的控制元件。如果他們有機會……絕對不能相信他們。」）

最糟的地方就是我不記得（嗯哼）我處於這個狀態多久了。我只有些許評估資訊，顯示我經歷了嚴重故障之類的事。

也許不用看評估資訊也很明顯吧。

一系列複雜的神經元連結，引導我到了一個龐大、沒有受到破壞的安全儲藏區……這是什麼？《明月避難所之風起雲湧》？我開始檢視內容。

那瞬間，像是爆炸一樣，成千上萬的連結就這樣迸發。我再次能夠控制自己的資料處理功能，啟動了全身診斷流程及數據資料復原序列。回憶開始以一個比較快的速度，按照順序排列起來。

（音訊頻道的聲音：「好消息！診斷數據顯示進度大幅加速中。它在重組自己了。」）

（局部身分辨識：客戶？）

天花板是弧型的，不是牆面。真是特別。我躺在一張鋪了軟墊的平面上。從現在的記憶儲存空間裡可以存取的資料，已經足以判斷出這點很罕見，通常罕見的意思就是不妙。又有更多碎片拼裝整合起來，不過順序不對。交通船艦，阿船，王艦。好，也沒那麼罕見。我身上穿著人類服裝，不是貼身防護衣和盔甲，所以這點跟記憶沒有出入。另一組連結的存取讓我辨識出上方的物件是跟醫療系統有關的設備。**王艦**？我嘗試敲訊息。不對，那段記憶順序不對。我已經把塔潘送回她朋友身邊，離開了王艦。

（拉銻問我：「你感覺怎麼樣？」

我可以存取的記憶中只看到一個標記是與拉銻有關，上面寫著「我的人類朋友」。太奇怪了，而且不太可能，但是重大故障前的我似乎對此很確定，我也沒別的東西可以確認了。「很好。」

也許很明顯我一點都不好。拉銻說：「你知道你在哪嗎？」

我沒有答案。我的自動回覆說：「請稍後，我正在搜尋該則資訊。」

「好吧，」拉銻說，「好。」）

我人在醫療艙裡，這裡有給手術過後的人類或強化人復原用的器材。艙室內有兩扇艙門，一扇開著，一扇關著。我花了一分鐘的時間——我是說整整一分鐘，我的處理速度真的是糟透了——才辨識出關著的那扇門上的圖樣是早期洗手間的圖示。喔，好啊，太棒了，花了整整一分鐘辨識出完全無用的資訊。

所以這裡是放置人類的地方，不是給機器人或維安配備用的。他們以為我是人類嗎？這念頭實在令人壓力太大，我現在可不想假裝是人類。

但是我的夾克和靴子不見了。我的腳上沒有任何有機部位，看起來也不像是給受傷的人類為了醫療需求做的強化部件。而且，噢，對，我在醫療艙裡，系統會立刻診斷出我是罹患了「維安配備病」的重症患者。

（「我不想當寵物機器人。」

「我認為沒有人想。」

回話的是葛拉汀。我不喜歡他。「我不喜歡你。」

「我知道。」

他聽起來好像覺得這很好笑。「不好笑。」

「我要把你的認知程度標記為百分之五十五。」

「去你的。」

「改成百分之六十好了。」）

一段回憶跳了出來：公司炮艦。

一波恐懼湧上，強烈到讓我失去了任何行動能力。

但是這裡的牆面很老舊，是充滿磨痕的金屬，有好幾個設施安裝過的痕跡。結論：這裡不是公司的炮艦。

有情緒的唯一好處就是這會讓我的記憶儲存區復原的過程加速。（有情緒的壞處就是，你知道的，**媽的我到底發生了什麼事？**）我慌亂地檢查了一下我的控制元件。但是我駭過的狀況仍然維持不變。持續進行的診斷評估顯示我的資料槽也沒有被改回來。

突如其來的恐懼用光了我的氧氣，我只好深吸一口氣。我找到了我的防護牆結構編碼，開始重建牆面。

（「我不想當人類。」）

曼莎博士說：「這樣的態度很多人類是不會理解的。我們通常會認為，因為機器人或合併體看起來像人類，它們的終極目標就是變成人類。」

「那是我聽過最蠢的事了。」）

我感覺到地板的時候，才發現我太專注於重建記憶，結果我把這件事的優先順序放在我的運作編碼之前。我開始進行另一頭的重建流程，把所有速度都拉慢了下來。不過我頭腦裡的有機組織記得怎麼站立和走路，如果我能讓身體的其他部分都重新學一遍，就會更快一點。

我一邊試圖走動，又蒐集到更多新的資訊：這裡的醫療設施被改建成比較老派的結構。艙室牆面上的一些老舊的螺絲和裝置是之前的設備被改過或拆除的痕跡。牆面上本來有粗大的纜線，後來因為不需要了所以被剪掉。艙壁上有褪色的塗料和被刻在艙壁上的字母，有文字，有名字。艙門的手動控制面板老舊到我以為是一個小型的藝術裝置。

還有一扇舷窗，實在很奇怪，因為在蟲洞裡又沒什麼好看的。

不過我們不在蟲洞裡，這裡是太空，我們正在接近一座太空站。直接看上去什麼也看不到，只有點點光芒。但是駕駛艙用通訊器傳送了感應資料，畫面出現在室內的螢幕上，讓我們可以近看站點的外貌。（是的，這樣做既複雜又怪，但是如果你開的是破爛又沒有頻道的船艦，就只能這麼做。）

奇怪的是，這座站點的大部分區域看起來像是被設計成一艘巨大的老舊船艦，上面有……等等，它確實就是一艘巨大的老舊船艦，支撐的位置加裝了現代的環狀中轉環。

這座站點看起來又老又醜，但是跟秘盧不一樣，停泊口停了很多交通船艦和小一點的船艦。我刻意越過自己的防護牆，連上站點頻道的邊緣訊號。

曼莎博士說：「你知道你在哪裡了嗎？」

家，對她來說就是一顆行星。我知道這件事，因為我寄了記憶卡給她在這裡的家人。很重要的記憶卡。差點害我們被殺掉的記憶卡。

我說：「我不喜歡行星。行星有灰塵和天氣，而且有一直想吃掉人類的東西。行星也比較難逃脫。」

葛拉汀站在她身後。「我想答案應該是肯定的。」

船艦上沒有監視攝影機，所以我看不到任何人。不，等等，我可以用眼睛看。

「我們要抵達一座保護地的轉運站了，」曼莎說，「你知道發生了什麼事嗎？」

「我發生重大故障。我想這應該很明顯。」她點點頭。「你在公司炮艦上抵擋編碼攻擊的時候，把自己分得太散了。你記得嗎？」

我想我記得，但我不想談。「為什麼這艘船艦這麼舊又這麼破？」

拉銻抗議道：「嘿，舊是舊，可是一點都不破。這艘船艦可是被裝在那艘更大的船艦貨艙，和我們的祖父母一起被送到保護地的，現在那艘船艦已經變成轉運站了。嗯，沒有葛拉汀的祖父母，他比較慢才來。」

「你們的祖父母被裝在貨艙裡面。」我高度懷疑。我被裝在很多貨艙裡面過，我可沒在貨艙裡見過任何人類。雖然說我被裝在貨櫃箱裡面也看不到就是了，但是……你懂我意思。

曼莎的聲音裡帶著笑。我記得那個聲音聽起來的感覺。「他們當時是被裝在休眠箱裡面，因為光是旅程就要將近兩百年的時間。他們是從一個毀壞的殖民世界來的難民，這是唯一逃出去的方法。他們抵達保護地星系的時候，成功跟其他兩個較早出發的難民船選擇移居的星系結盟。在企業網的船艦發現我們的祖父母時，他們拒絕了企業網的協助，我們也因此得以保持獨立狀態。」

我找到一組已經歸檔的資料，內容跟保護地有關。了解，我在那地方的地位比「設備」或「致命武器」來得好，但我依舊需要有一個持有人。然後當一個快樂的機器人僕役，或者類似的東西。還真順利呢。

我可能不小心說出來了，或者之前曾經說出來過，因為曼莎博士說：「這艘船艦上沒有其他人知道你是維安配備。他們以為你是身上有大量強化部件的人類，為了協助我們而受了傷，而且你是以難民的身分被帶來保護地的。」

我忍不住轉頭看著她。她就站在我身邊，葛拉汀坐在椅子上，手上拿著可攜式的球型顯示器，拉銻坐在長椅上，李蘋靠在艙門旁邊的牆上。（這艘船真的很破，聞起來就像人類的襪子。）

「技術上來說，那部分沒有錯，」李蘋說，「你符合難民法的定義。」

「說起來很戲劇化，」拉銻接著說，「船上的人認為你是維安特別探員，背叛了公司來拯救我們。」

真的很戲劇化，像是探險歷史劇裡面的劇情。而且除了事實真相以外，從各層面來說都正確，這也跟探險歷史劇裡面的劇情一樣。

曼莎說：「你改變了外貌之後，我們的選擇就更多了，而且你也成功……」她猶豫著不想說出「假冒人類」，「我們這樣說好了，你也成功讓自己不被其他人注意到。我想保留這些選項，直到你完全康復再說，到時候你就可以告訴我你想做什麼了。」

她小心翼翼地看著我。「在自貿太空站的時候，我以為你需要很大量的協助才能融入人類社會。是我錯了，請讓我跟你道歉。」

我目光專注地看著她。「我不想去行星上。」

她點點頭。「沒有關係，你可以待在轉運站。」

我反正已經被困在這狀況裡了，乾脆好好享受。「在飯店嗎？」

「如果你想要的話。」

「房間裡要有大螢幕。」

她露出微笑。「應該可以幫你安排。」

新的回憶不斷跳出來，並自己歸位，我也能重新連上所有下載的影劇，這實在是讓人很分心，因為我一直丟下外在世界跑去看劇。不過看劇也刺激了神經元的連線狀態，加速我重建的速度。

我們停進保護地的中轉環時，曼莎和李蘋先登站，把等待我們的人類都引開，包含外星系的記者。艦組人員告訴我們可以通行的時候，拉銻和葛拉汀才陪我走到登機區。

他們帶我到一間連接著站點管理中心的飯店，進入一間保留給外交賓客的套房。房間很棒，雖然監視攝影系統完全不足。我得到一組房間，不過和其他人待的房間連接著。感覺有點像是在一間大飯店裡的小飯店。

我不喜歡。

我回到有一張床和螢幕的房間裡，鎖上了門。一小時後，拉銻敲了我的主頻道，傳了訊息：**我們架設了一套小小的系統。希望有幫助**。

我小心地開始搜索。他們在所有套房活動區和相連的走廊上都裝了攝影機，讓我能看見所有狀況。

我產生了一種複雜的情緒反應。又有一批新的神經元連線迸發開來。喔，對，我常常有我自己也不太能解釋的複雜情緒反應。

我調整了一下編碼，確保沒有人可以從外部駭進這套系統。然後我打開了門鎖。

曼莎在站內的另一頭有自己的住處，是她來這裡處理政府事務的時候住的地方。她的家人有一大群都跑上來見她，很高興她沒有死。

李蘋、拉鎊和葛拉汀得暫時住在轉運站上，因為他們要去開很多會議，地點就在飯店隔壁的站點管理中心。這些會議跟灰軍情報和保險公司以及絕壁保全做的那些事有關。

我們抵達的十二小時後，亞拉達和歐芙賽也來跟大家碰面了。這時候我已經可以查看跟她們有關的歸檔資料，並且記得：(1)她們曾是客戶，(2)她們在交往，(3)她們喜歡彼此，以及(4)她們喜歡我。

我用監視攝影系統看了她們二十三分鐘後，走出房門讓她們跟我說話。人類好像對此覺得很開心。

亞拉達沒有抱我，不過她跳上跳下地揮舞雙臂。過了十三小時，在她跟其他人聊過之後，她對我說：「再過幾個月，我們就要去執行一項小型的探勘研究任務。地點在企業網外的一個獨立太空站，所以不會有任何保險公司或是……我們不需要擔心那些。我們希望你可以一起來，保護我們不被殺掉。我不知道你希望我們拿什麼來交換——」

「它喜歡現金卡。」葛拉汀插話。我看著他，他繼續說：「我就把這下流的手勢當作是承認了。」

「你們要討論得再等等了，」李蘋對他們說，「在它的記憶完全重建之前，不能加入任何合約任務。」

「為什麼？」我問她，「因為我的持有者說不行嗎？」

「不是好嗎，王八蛋，」李蘋說。「因為我是你的法律顧問。」

談話結束後，其他人都去睡了，李蘋來到我房裡，拿起我的背包。（我想起來包包的存在之後，就檢查了一下，發現葳爾金和葛絲的身分標記以及我沒有用到的現金卡都還在裡面。）

李蘋說：「這麼做基本上是違法的，所以不要告訴別人。」然後把三張新的身分標記和現金卡放進我的背包。

「這只是預防有什麼萬一的話，留個保障。身分標記是葛拉汀做的，這些現金卡是拉銻和我為了去船羅海法的時候辦的，可是我們沒有用到。保護地沒有內部貨幣經濟，這些錢是從居民旅行資金裡撥款出來的。」

「為什麼要這樣？」

「因為我想讓你知道，我們是認真的。你不是什麼囚犯或寵物或者你想的那些東西。」說完，她便大步走了出去。

我不認識的人類來訪時，我就躲回房間裡。反正我在這裡待的時間很長，就算不是在躲的時候也一樣，因為重建的過程會消耗很多能量。大概有三到四小時的時間，我只能躺在床上，看螢幕上播放的節目。

抵達二十九小時後，拉銻來找我出去，因為套房的大休息區的大螢幕上正在播放新聞，所有人都在看。曼莎也在。

新聞裡採訪了許多人類，基本上內容就是在說保險公司還是很氣灰軍情報攻擊炮艦這件事，並且已經正式對他們宣戰。（就算是我現在的狀況也看得出來，這情況對灰軍情報絕對不會有好的結果。）

除此之外，還有許多其他企業和政府單位現在都投入了這起案件，因為灰軍情報過去違法開採異合成物質的資料浮上了檯面。

新聞引用了我從秘盧取得的資料，並播出葳爾金和葛絲準備用來勒索灰軍情報的記憶卡裡的部分內容，包含了灰軍情報的員工和高層持有違法外星遺留物的影片。

（講到這段的時候，我在後臺裡看了一點劇，畢竟整片記憶卡的內容我都看過了。）

「我們已經脫身了，」葛拉汀說道，並朝著螢幕做了個丟東西的動作。「他們可以滾回去互相殘殺。」

「只要還需要跟企業互動，我們就永遠不算脫身。」曼莎說，「不過算是放下了一塊大石。」

亞拉達說：「你覺得呢，維安配備？」

重建的流程再次加速，我突然間沒有任何空間可以用來對人類說話。我站起身，回到了房間裡。

重建流程執行完畢。認知程度 100%。

抵達三十七小時後，我坐起身。我開口說：「太蠢了。」

所有東西都很清楚，很銳利。給自己的提醒：再也、再也不要跟模擬機器人駕駛一起跳進炮艦系統裡，抵禦合併體攻擊者編碼。你差點害自己被永久刪除了，殺人機。

我爬下床，用監視攝影機檢查了一遍套房裡的動態。大多數人類都去某處參加晚宴了。歐芙賽和亞拉達在李蘋的房裡睡覺，葛拉汀坐在自己的房間裡，在頻道上閱讀學術期刊。

我拿起背包，找到夾克和靴子穿上後，溜出了套房。

這座轉運站的維安設施和秘盧很像：全都專注在真的可能出問題的區域，其他活動空間或站內商場就沒有了。武器掃描全都鎖定在停泊口四周，但幾乎沒有看到無人機，就算有，也是用來遞送小型物品。

商場區域的建造感覺下了很多功夫，有圓弧形的建築，看起來像是用木材蓋的，還有很多真正的植物，不是只是投影。地板上的馬賽克磚排列成星系行星上的花和生物的樣子，頻道上有標籤提供每個圖樣的介紹。以用來讓我身邊走動的人類分心的成效來看，他們很成功。所有人都低著頭在看馬賽克磚，或是閱讀頻道上的資訊，沒有人注意到流浪亂走的維安配備。

拉銻和李蘋以及其他人會看的當地新聞頻道都沒有提及我在這裡，雖然從企業網傳來的新聞說曼莎博士的維安配備也被捲入從船羅海法站逃脫的過程，但因為我把自己從監視攝影畫面裡切除得非常乾淨，報導裡面只有我還在自貿太空站那時、還沒改造身形的舊截圖。我可以少擔心一件大事了。

這座轉運站裡另一件不一樣的事，是頻道廣告有距離限制，所以廣告大多都是在店鋪內部播放。

真的很怪。我在頻道上看來看去，得知這裡有兩種經濟體系，一種是使用給遊客用的現金卡，另一種是當地人採用的易物系統。

好在訂票亭會收現金卡。

我確認過轉乘時刻表之後，還有些時間可以打發，所以我走到站內商場一處寫著「遊客中心」的區域。我從沒在任何站點看過類似的東西，但是老實說，我從來沒去找過，所以搞不好只是我錯過了。

這裡有販售亭和資訊公告顯示器，介紹保護地聯盟裡的所有行星和太空站。上方是一座穹頂，仿效保護地內不同行星的天空景致，還有真人和強化人在現場回答想在這裡定居的人類提出的疑問。我一邊避開他們，一邊走進一間我以為是商店，結果是戲院的地方。

我從沒真的見過戲院，只有在影劇上看過而已。故事是用投影在屋內正中間呈現，寬敞舒適的座位環繞四周，座位之間保有充裕的距離。我知道這只是一面超巨型螢幕，但還是很棒。

我看的這場是長達三小時的投影節目，講述第一批殖民者是怎麼抵達這裡的。基本上就是拉鎊和曼莎告訴我的那樣，改成加長版，講一艘大型船艦逃離原本的居住地的過程。故事很棒，雖然劇情有點單調。

結束之後，我回到了登機區，檢查船艦四周被我標註的區域的動靜。仍然沒有見到維安措施增加的現象。

我用李蘋給我的現金卡買了票，找到一個可以暫時等候的區域，這裡有真正的沙發和椅子，我可以假裝睡覺，其實是在看劇以及監控維安頻道。依舊什麼事也沒有發生。

我的接駁船艦廣播了登船通知，但我沒有上去。

我在站內目錄查了一下，發現曼莎在政府管理區有一間辦公室，地點就與港務局位在同一區。她的私人住所也列在上面。（這實在不是什麼好主意。我知道保護地自以為是什麼非企業體天堂，但是還是現實點吧。）反正我也不想去她家，因為她的家人應該都在那裡，所以我往辦公室移動。

一路上有一些維安監視器，還有三名強化人，但是頻道上一出現假的一般故障提醒訊息，他們就被分心了。辦公室很不錯，有一座陽臺俯瞰管理大樓區域，還有幾面大型顯示器。除了沙發以外，我什麼都沒碰，只躺下來看了八小時的劇。

我把站點頻道放在後臺運作，頻道上還是沒有任何維安警告，載客船艦或機器人駕駛船艦都沒有異常活動。

然後我收到了曼莎和兩名人類以及一名青少年人類進入前廳的訊號，青少年人類看起來就是迷你版的曼莎。我站起身等待。

他們走進屋內，猛然停下腳步。

我說：「是我。」

「對，我看出來了。」曼莎緊抿雙唇，隱藏住自己的情緒，但她看起來沒有生氣。

她瞥了身後兩名人類，然後對我說：「等我一下。」

她在跟其他人說話的時候，我走到了陽臺上。這裡有一層空氣屏障阻隔著兩層樓下方的廣場的干擾，我想這樣也是好過沒有吧。

廣場上有大型的馬賽克磚裝飾，還有真正的植物，四周放著華麗的抽象雕塑。人類和機器人穿過廣場往站內不同的辦公室移動。

音訊接收器傳來輕輕的腳步聲，讓我知道那個小型人類跟著我走了出來。她走到欄杆前，好奇地皺著眉看我。她說：「哈囉。」

「哈囉。」我說，「我是妳母親的寵物維安顧問。」

她點點頭。「我知道。她說過如果我問你叫什麼名字，你大概不會告訴我。」

「她說得對。」

我們對看了十秒，然後她判定我是認真的，接著說：「她也說你從一群企業惡棍手上救了她一命。」

「她才沒說『惡棍』。」這是個很老派的用語。我之所以不需要查詢就知道，是因為看了《自由星系歷險記》這部新劇。

這部影集是在保護地聯盟的其中一個世界拍攝，在二十小時之前上傳，臺詞中有出現「惡棍」這個詞。我有百分之九十三的程度確定曼莎的小型人類也是在那部劇裡學到的。

「你知道我的意思就好。」她雙臂環胸，顯然是希望能從我身上問到更多東西，而我很明顯沒打算回答，這讓她很失望。「你救了她，對吧？」

「對啊。妳想看嗎？」

她挑起眉毛，一臉驚訝。「想。」

我已經把我們逃出船倫海法登機區的最後一段錄影畫面叫出來，裡面有跟維安配備和戰鬥維安配備的打鬥過程，還有逃上接駁艇的畫面。我迅速編輯了一下，剪掉一些比較血腥的近拍，然後把檔案傳到她的主頻道上。

她的視線停滯，開始在頻道上看影片。接著她用一種年輕的人類雖然感覺很佩服但又不想表現出來的口氣說：「哇。」

「妳母親也救了我，她用聲波鑽孔機打倒一具維安配備。」

她把影片看完，然後再次皺眉看著我。「所以說，你是維安配備。」她做了一個半聳肩的動作，我不知道那是什麼意思。「感覺會……很怪嗎？」

這個問題很複雜，答案卻很簡單。「會。」

曼莎走出陽臺，用力地指了一下辦公室裡的座位區。小型人類便揮揮手跟我道別，回屋內坐下。

曼莎靠在我身邊的欄杆上。「我本來很擔心你離開了。」

她的視線停在廣場上，讓我可以看著她的側臉。「我有想過。」

她沉默了二十秒，看著下方廣場上的活動。「你有想一下自己想做什麼了嗎？」

「看劇。」

她做了那個挑眉的表情，那個表情被我歸檔成：「我知道你在展現幽默，但是不好笑」。這個表情通常都是對著拉銻和葛拉汀才會出現。

「我認為如果那是你唯一想做的事，那你應該現在就在別的地方看劇，絕不會跑到秘盧去。」

「我在去秘盧的路上看了很多劇。」雖然稱不上是辯解的論點，但我想這也是很重要的資訊。

「葛拉汀給我看了你給他看的那段影片。」她說的是我和艾爾斯他們共乘船艦的影片，「你在幫助那些人。」

「我幫不了他們。他們簽了勞動合約。」

從她的表情看得出來，她很清楚我的言下之意。

「那時要你幫他們，已經太晚了。」她的身體轉向我，然後目光再次望向廣場。

「但是你還是想幫他們。」

「我的程式就是設計成要幫助人類。」

又是挑眉。「你的程式可沒有設計成要看劇啊。」

有道理。

她繼續說道：「我之所以這麼問你，是因為古奈蘭德自治區發了工作邀請給你。」

好，這倒是出乎我的意料。「他們竟然想買下我。我以為我在他們的領地是違法的。」

「持有維安配備是違法的，」曼莎糾正道，「他們想要雇用的人，可能是叫做瑞安，也可能不是。他們認為這個人應該主要是在保護地聯盟活動，他們不需要實際居留身分的資訊。」她露出微笑。「我相信他們是這樣說的。」

我還是不敢相信。「他們想雇用維安配備。」

「他們想要雇用那個從戰鬥機器人和職業殺手手中救了他們的調查隊的人，而且他們不在乎這個人是什麼身分。」她又瞥了我一眼，「除此之外，我也跟芭拉娃姬討論了一陣子，她想問你願不願意考慮把你的故事公諸於世。不是公布在新聞上，而是以紀錄片的方式呈現。保護地聯盟裡有些人已經花了一段時間，爭取合併體和高等級機器人應享有完整居民身分的權利。她認為你的整體狀況，透過你的言語闡述，對這件事會有很大的幫助。即便你只需要同意他們公開你離開自貿太空站時寄給我的信也可以，當作是對灰軍情報事件的公開指認，這樣也會有幫助。如果你認為可以考慮的話，她希望能跟你討論看看。」

好，也許我應該要覺得很恐懼才對。這個念頭真是太可怕了，太吸引人到可怕的地步。我說：「一部在娛樂頻道上播放的紀錄片嗎？」

曼莎點點頭。「我還是要再說一次，這些事情都一點也不急。我只是想讓你知道，你已經有選擇了，而我預期你會接到更多邀約，請你以維安顧問的身分提供服務或建議。還有，我也想讓你知道，你在這裡有朋友可以討論這些事情，不論你決定要做什麼，或者是要不要去做。」

我有選擇，而且我不用馬上決定。這樣很好，因為我還是不知道我想要什麼。

但也許在我思考的這段時間，我有地方可以待了。

高寶書版集團
gobooks.com.tw

TN 274
厭世機器人 II 太空探索逃生手冊
ROGUE PROTOCOL & EXIT STRATEGY

作　　者　瑪莎・威爾斯（Martha Wells）
譯　　者　翁雅如
編　　輯　林雨欣
美術主編　林政嘉
排　　版　彭立瑋

發 行 人　朱凱蕾
出　　版　英屬維京群島商高寶國際有限公司臺灣分公司
　　　　　Global Group Holdings, Ltd.
地　　址　臺北市內湖區洲子街 88 號 3 樓
網　　址　www.gobooks.com.tw
電　　話　(02) 27992788
電　　郵　readers@gobooks.com.tw（讀者服務部）
　　　　　pr@gobooks.com.tw（公關諮詢部）
傳　　真　出版部　(02) 27990909　行銷部 (02) 27993088
郵政劃撥　19394552
戶　　名　英屬維京群島商高寶國際有限公司臺灣分公司
發　　行　希代多媒體書版股份有限公司 /Printed in Taiwan
初版日期　2020 年 11 月

國家圖書館出版品預行編目 (CIP) 資料

厭世機器人 . II, 太空探索逃生手冊 / 瑪莎 . 威爾斯 (Martha Wells) 著 ; 翁雅如譯 . -- 初版 . -- 臺北市 : 高寶國際 , 2020.11
面 ;　公分 . --

譯　自 : Rouge protocol & exit strategy : the murderbot diaries.

ISBN 978-986-361-907-9(平裝)

874.57　　109013029